生死相许

孤独时代的爱情往事

咫尺天涯，孤独时代

乘着绿色的时光机

回忆一起旅行

遇见红豆的痴情

生死相许，即是爱情的秘密

代言 著

山西出版传媒集团

北岳文艺出版社

图书在版编目（CIP）数据

生死相许——孤独时代的爱情往事 / 代言著. — 太原 :北
岳文艺出版社, 2017.10
ISBN 978-7-5378-5365-1

Ⅰ.①生… Ⅱ.①代… Ⅲ.①短篇小说—小说集—中国—当
代 Ⅳ.①I247.7

中国版本图书馆CIP数据核字（2017）第237140号

书　名:生死相许　　　　　　　出品人:续小强　　　责任编辑:韩玉峰
　　　　——孤独时代的爱情往事　策　划:韩玉峰　　　装帧设计:张永文
著　者:代　言

出版发行:山西出版传媒集团·北岳文艺出版社
地址:山西省太原市并州南路57号　邮编:030012
电话:0351-5628696(发行部)　0351-5628688(总编室)
传真:0351-5628680
网址:http://www.bywy.com
E－mail:bywycbs@163.com
经销商:新华书店
印刷装订:山西人民印刷有限责任公司

开本:787mm×1092mm　1/32
字数:220千字　印张:9.5
版次:2017年10月第1版　印次:2017年10月山西第1次印刷
书号:ISBN 978-7-5378-5365-1
定价:35.00元

前　言

中国历史上有很多感天动地、可歌可泣的爱情故事,譬如:董永与七仙女、孟姜女与万喜良、白娘子与许仙、牛郎与织女、王宝钏与薛平贵、李靖与红拂、樊梨花与薛丁山、穆桂英与杨宗保、苏小妹与秦观、崔莺莺与张生、贾宝玉与林黛玉等。遗憾的是,这些感天动地的爱情佳话都出现在各种演义作品、戏剧作品、小说作品、诗歌作品里,基本上可以定性为民间传说。也许这些人、这些事在中国古代从来就未曾出现过,大多是后人的杜撰和对美好爱情的向往。

中国数千年的历史,基本上能够青史留名的情侣只有几十对,我是说真实存在的人物和爱情,并非野史传说。真实存在的爱情,因为很少,所以才弥足珍贵。

中国历来有"门当户对""父母之命,媒妁之言"的说法,构成婚姻关系都倚仗这两个条件。在旧社会,未出阁的姑娘一般是大门不出二门不迈,尤其是贵族家的千金,更是不会随便抛头露面。活动于户外的女人一般多为中年妇女和青楼女子,待字闺中姑娘长到婚嫁年龄,再委托媒婆与门当户对的家庭联姻,由于现实的考虑,这里面掺杂了利益,或为政治联姻,这主要表现在官宦世家;或为经济联姻,这主要表现在商人家庭。这些未出阁的姑娘婚前大多连丈夫的面都没有见过,直到入洞房,才得以见到庐山真面目,更甭谈爱情!所以,在这种情况下的婚姻,能够产生爱情的,大多是日久生情,也有一见钟情。比起"一见钟情","日久生情"更可靠,一见钟情大多留恋于表面,而日久生情则是通过相互了解而产生的感情,这种感情比所谓的"一见钟情"更加牢靠。

现代观念,婚姻是经营,组成家庭更多是因为金钱、利益,真情、真爱太难得了。真正能够做到不顾一切地去爱一个人,真正能够做到不嫌贫爱富,真正能够做到全始全终的人,真的太不容易了。就现在的婚姻关系而言,绝大多数是以房子、车子、收入等为条件,正因为如此,郎才女貌、山盟海誓、海枯石烂的爱情就更加奢侈了。

本书选择了中国古代十一对情侣,选择的条件必须是中国历史上真实存在的情侣或真实性存在争议的情侣,他们的爱情故事成为千古绝唱,他们为了爱情可以不顾一切,他们为了爱情甚至"生死相许"。他们分别为:项羽与虞姬(秦末)、卫青与平阳公主(西汉)、司马相如与卓文君(西汉)、焦仲卿与刘兰芝(东汉)、周瑜与小乔(三国)、梁山伯与祝英台(东晋)、唐玄宗与杨贵妃(唐代)、陆游与唐婉(南宋)、沈佺与张玉娘(南宋)、杨慎与黄娥(明代)、吴三桂与陈圆圆(清代)。这十一对情侣根据年代由远到近排序,其中项羽与虞姬、焦仲卿与刘兰芝、梁山伯与祝英台这三对情侣存在的真实性有争议。

这十一对痴男怨女有些阴阳相隔,有些则分分合合,有些始乱终弃,但是他们也曾有过真情。本书由这十一对情侣的爱情中、短篇小说构成,情真意切、荡气回肠、感人肺腑,望诸位看官切勿错过才是。

代　言

2016年12月25日,南充

目　录

项羽与虞姬

秦朝末年，宦官赵高擅权。秦始皇嬴政去世，赵高发动沙丘政变，公然矫诏，与丞相李斯合谋，逼死了秦始皇长子、皇位继承人扶苏，立始皇幼子胡亥为帝。赵高欺压幼帝，独揽朝纲。赵高结党营私、加重赋税，民不聊生，后又设计害死李斯，继而为秦朝丞相。秦朝弊政日久积，加之赵高之流为祸人间，百姓生活在水深火热之中，继而陈胜、吴广揭竿而起。同年九月，楚国名将项燕之孙项羽也竖起了起义的大旗，开始在全国的起义军中崭露头角。

项羽与叔父项梁一起斩杀秦军将领，后被秦军追杀，为避祸，二人逃到了吴中。二人被一路追杀，狼狈不堪，最后只好躲到了城里的一处早已废弃的客栈里，这里杂草丛生，项羽披荆斩棘，扶受伤的叔父坐下来，并且从身上撕下一块布为其包扎伤口。

项梁看着满头大汗的项羽，问："籍儿，你跟着叔父起义，你后悔吗？现在我们落得人不人鬼不鬼的样子！"

"叔父，我项羽行事向来顶天立地，绝不做那后悔的事情，暴秦坑害百姓已久，修长城，焚书坑儒，我早就忍无可忍了！事已至此，项羽就算是粉身碎骨，也要推翻暴秦！"项羽义愤填膺道。

"好,好,不愧为我项氏子孙。"项梁欣慰道。

"叔父,你听,有人来了!"项羽连忙扶起项梁躲进了客栈的角落里。

项羽扶着项梁躲了起来,并偷偷伸出偷来探看。这时,客栈的门被撞开,一个衣衫不整的女人跑了进来,后面跟着几个大汉,满脸的胡须,几位大汉挽了挽衣袖,准备向那女人扑过来,淫笑道:"美人,看你往哪跑?"

"你们不要过来!"美人一边跑一边哭着。

"美人,你就从了我们吧,现在这世道并不安宁,你从了我们,说不定有个依靠!"其中一个大汉道。

美人哭诉道:"我本是大家闺秀,我爹娘死于贼人之手,我才流落于此,尔等粗汉,岂敢如此放肆?!"

"哟,原来是大家闺秀啊,那太好了,美人,你生得这般漂亮,让我们无法不爱你呀!你还是慰劳慰劳我们兄弟吧,来吧,美人,香一个!"那歹人一边调戏那女子一边将他的臭嘴伸了过去。

另外几个人也一起围了上去,将那美人团团围住。

那女子惊恐万分,横冲直撞,但就是逃不出歹人的包围,女子连忙喊:"救命啊!"

"你就是喊破喉咙也没人管你,现在到处都乱哄哄的,谁还管你!"一个大汉道。

几名大汉一起朝那女子扑过去,并撕扯她的衣服,那女子叫天天不应,叫地地不灵,苦苦地挣扎。项羽一跺脚,飞身出去,对着那几个大汉就是一阵踹,几名大汉被踹飞。

大汉被重伤在地,其中领头的道:"你是谁,竟敢多管闲事?!"

项羽傲慢道:"你们几个还不配打听我的名字!还不快滚!"

几位大汉心有不甘,左顾右盼,犹豫不决,迟迟不肯离开。

"还不快滚!再不滚,我定让尔等葬身于此!"项羽愤怒地瞪着歹人。

几位大汉权衡以后,迅速离开了客栈。

项羽脱下身上的外套,小心翼翼为那女子披上,那女子眼泪汪汪道:"谢将军救命之恩!"

"路见不平,本应拔刀相助,更何况你是一个女子,我项羽怎么能袖手旁观!"项羽正义秉然道。

那女子大吃一惊,问:"你是项羽?"

"正是。"

"你就是那个把秦军打得丢盔弃甲的项羽?"那女子激动地问。

"姑娘,你说的那个项羽就是他!"项梁一只手摸着伤口从角落里走出来。

那女子神情有些紧张、害怕,项羽笑了笑,介绍道:"姑娘不用怕,这是我的叔父,项梁将军!"

"虞姬见过两位将军,虞姬有眼无珠不识大英雄,请两位将军赎罪!今天要不是两位将军,恐怕虞姬劫数难逃!虞姬谢过两位将军!"虞姬委身施礼道。

项羽连忙上前搀扶道:"姑娘,你就不要再感谢我们了,你这样,我反倒不习惯了!你姓虞?"

"嗯。"虞姬点了点头。

"姑娘为何会出现在这里?"项梁好奇地问。

虞姬哭诉道:"两位将军有所不知,我虞氏本是吴中大族,我的父母私下给起义军捐了点粮,却被小人揭发,我们虞氏被灭了族,当时官兵抓我爹娘的时候,我不在家,所以才逃过一劫。现在我无处可去,那几个大汉见我姿色,便要强暴我!"

项羽深感同情地道:"姑娘,你既孑然一身,是否愿跟我项羽?"

"是呀,姑娘,我的侄子项羽武功盖世,仪表堂堂,人品更是出众,姑娘要是跟了他,也算有了依靠,不知姑娘意下如何?"项梁道。

虞姬羞涩道:"全凭将军做主!"

"好,我项梁就为你们保这个媒!"项梁大笑道。

项羽为虞姬抖了抖衣服上的尘土,虞姬则含情脉脉地望着项羽。

项梁道:"刚才你没有杀了那几个人,恐会暴露我们的行踪,我们还是尽快离去吧?"

项羽拉着虞姬的手就往外面走,项梁走在后面,很为他们感到高兴。

项羽一行刚走出客栈,那几个大汉就带着一队秦兵冲上来,几个大汉异口同声喊道:"就是他,就是他打伤了我们!"几个大汉指着项羽。

领头的秦兵道:"项羽,没想到真的是你,真的是踏破铁鞋无觅处,兄弟们给我拿下项羽,将他押到咸阳,我等一定会加官晋爵!"

众人一拥而上,虞姬很害怕,躲在项羽的身后,项羽轻轻拍了拍她,示意让她安心。项羽将虞姬推到了项梁的身边,喊道:"叔父,帮我看好她!"

说罢，项羽端起长枪，飞身过去，朝几个秦兵刺了过去，一枪就刺穿了带头的秦军将领。

　　身后的虞姬看的是心惊胆战，很为项羽捏了一把汗，喊道："将军，小心啊！"

　　项梁看到虞姬心惊胆战的样子，难免有些同情，便向秦兵冲了过去，与秦兵厮杀在一起，项梁也十分的勇猛，瞬间斩杀了几个秦兵。项梁对项羽喊道："籍儿，你带着虞姑娘先走，我在这里善后！"

　　"叔父，我项羽怎么能丢下你呢？"项羽道。

　　项梁道："走吧，就凭这几个秦兵是伤不了我的，我就是怕虞姑娘在这里担惊受怕，快走！"

　　"叔父，你自己小心！"项羽用长枪将一个秦兵从马上挑下来，项羽瞬间跳上了马，飞速冲出，他骑着马一把将虞姬拉了上去，虞姬依偎在项羽的怀里，朝着远处跑去。

　　项羽带着虞姬来到偏远的丛林，丛林里有小溪，项羽靠在树下休息，虞姬则在小溪边梳洗，待虞姬梳洗完后，站在项羽的面前，项羽目瞪口呆，急忙站了起来，道："这世上竟有如此美丽的女子？！"

　　项羽不敢相信自己的眼睛，用手揉了揉眼睛。

　　虞姬羞涩地低下头说："将军，这世上美丽的女子很多，只是将军不曾遇见，虞姬算得了什么！"

　　项羽笑道："此言差矣！这些年来我和叔父东征西讨，若果真有漂亮女子会不知道？在我看来，虞姑娘是这天下第一美人！"

　　"将军过奖了！"

　　项羽靠近虞姬，双手搂着虞姬的双肩道："虞姑娘，你既跟了我项羽,我项羽此生纵然粉身碎骨,也不会有负姑娘!"

虞姬连忙蒙住了项羽的嘴,道:"将军有心就行,虞姬不希望将军发此毒誓!不知道项梁将军怎么样了?"

"放心吧,我叔父武艺超群,那几个士兵是对付不了他的,说不定他正在来找我们的路上!"项羽心宽道。

项羽力拔山兮气盖世,以万夫不当之勇,力挫群雄,很快就结束了秦朝长达十几年的短暂统一。由亭长发迹的沛县人刘邦,也加入到起义的大军当中。刘邦此人圆滑至极,左右逢源,尽管人马不多,但是很快得到了项羽的信任,并依附项羽,占据诸侯地位。

身为楚国人的项羽联合各路诸侯,大肆进贡秦军,攻入咸阳城,火烧阿房宫,彻底推翻了秦国。这期间,虞姬一直跟着项羽,形影不离,两个人的感情越来越深,谁也离不开谁,尤其是身为女人的虞姬在这乱世之中能有个伟大的男人保护,这是一件很了不得的事情。

项羽得了天下以后,在楚国义帝的支持下,自立为西楚霸王。并且大封亡秦功臣为王,项羽为防止刘邦与自己争天下,封刘邦为汉王。

项羽牵着马,和虞姬走在山间,山里正值秋天,一片金黄,空气格外的凉爽,虞姬美丽的秀发时时被吹起,她美若天仙。

项羽转过身,牵起虞姬的手,放在自己的怀里,一个铁骨铮铮的大英雄此时也有柔情的一面,他看着娇媚的虞姬,道:"虞姬,本王已经得了天下,本王想封你为王后,让你跟着本王一生一世,与寡人千古相随!"

"大王，虞姬身份来路不明，大王若是封虞姬为后，恐怕会遭到大臣的非议，还是请大王收回成命，虞姬只愿一辈子陪在大王身边足矣，虞姬不奢求名分！虞姬要的并不多！"

虞姬的一番话让项羽很感动，她的深明大义却不是一般女子可比的。

项羽道："这些年本王南征北战，你一直陪在寡人的身边，我们一起共患难，经历生死，如果不是你，我也没有勇气推翻暴秦，寡人做的这一切都是为了你！现在寡人得了天下，难道连封你为后的权力都没有吗？"

虞姬欣慰道："大王，有你这番话，虞姬已经很知足了！现在大王江山初定，人心不稳，大王何必为了臣妾的一个封号失了人心！臣妾只愿大王长命百岁，大楚江山永固！"

项羽搂着虞姬的双肩，道："虞姬，寡人就封你一个美人，你可不要再拒绝！寡人已经做了退让！"

"好吧，臣妾就依大王，封一个美人。"虞姬勉为其难道。

项羽将虞姬搂在怀里，虞姬的脸贴在项羽的胸前，感到一阵阵温暖，作为一个女人，她此刻是幸福的。

自立为西楚霸王的项羽自然是春风得意，渐生骄狂之心，爱江山更爱美人。西楚霸王项羽坐在彭城王宫的大殿之上，群臣顿首，齐口同声喊道："臣等拜见霸王！"

"众卿家平身！"项羽得意扬扬道。

项羽对身边的宦官道："快宣虞姬！"

宦官大喊道："霸王有旨，宣虞姬觐见！"

少时，虞姬走上殿来，姿态优雅，雍容华贵，肤白似雪，唇红齿白，花容月貌，如翩翩起舞的蝴蝶，又如天仙下凡，群臣目瞪口呆。

虞姬来到项羽驾前，弯腰施礼道："妾身拜见霸王！"

项羽忙起来，招呼道："虞姬，来，坐到本王身边来！"

虞姬微笑着走到项羽的身边坐下来，眼神流露出妩媚和纤弱。

项羽决然道："本王已经分封诸侯，本王不能不给后宫正名，本王决定封虞姬为美人！"

群臣之首的范增站出来，启奏道："大王，老臣有事启奏！"

"亚父，本王知道你要奏什么，本王今日高兴，就别扫兴了啊！"项羽不乐道。

范增不听劝，执意要启奏："大王，不管你听与不听，老臣都要说，而今天下初定，诸侯并不安分，朝中有很多大事急需处理！大王切勿留恋儿女私情，将来毁了江山！夏有妹喜，商有妲己，周有褒姒，难道这些前车之鉴大王都忘了吗？大王既然已经分封诸侯，成为真正的天子，就应该称帝，而不是所谓的霸王；再说彭城不适合建都，请陛下下旨迁都！只有大王当了皇帝才能真正威慑诸侯，西楚霸王古未有之啊！"

项羽恼羞成怒，拍案道："来人，将亚父带下去！"

陈平立马站了出来，启奏道："大王，范大人也是一片忠心！请大王息怒！"

项羽愤怒地指责道："陈平，连你也要悖逆本王吗?!"

"陈大人，你不必为了我的事情惹恼大王！我跟了大王这么多年了，他的性格没有谁比我更了解！你退下！"范增感激道。

范增冷冷地笑道:"如果天要亡我大楚,那也是天意!"说罢,老态龙钟的范增迈着蹒跚的步子走出了大殿。

项羽脸色铁青,拂袖而去,虞姬从旁服侍。

项羽和虞姬回到了后宫,坐下来,拿起酒壶就往酒樽里面倒酒,一杯接着一杯,虞姬都看在眼里,心里很是心疼。

虞姬连忙俯下身子,夺下项羽的酒樽,劝道:"大王,别喝了!"

项羽生气道:"真是气死本王了!本王刚刚当了西楚霸王,亚父就来扫兴!本王不过就是封了你一个美人,至于吗!"

虞姬体谅道:"大王,其实范大人这些年对大王一片忠心,相信大王都看在眼里,毕竟忠言逆耳啊!你可以不听,但还是不要反驳他的一片忠心啊,现在范大人也老了,经不起大王的数落了!再说,大王封妾身为美人也确实过了,美人的封号仅次于夫人!大王不觉得范大人说的话是有道理吗?大王既已分封诸侯就应该称帝,才能笼络人才啊!大王在彭城建都无非是为了光宗耀祖、造福乡里,但是彭城确实没有建都的优势啊!所以,妾身也觉得大王可以考虑迁都!妾身生得美,让亚父心生疑虑也是人之常情,妾身美不是妾身的错,乃父母之恩赐!所以,请大王感念亚父过往功勋吧!"

项羽不仅喜欢虞姬美丽的容颜,虞姬的才华、舞姿那也是羡煞旁人,让项羽呵护备至。

项羽一把将虞姬搂入自己的怀里笑道:"不愧是本王的虞美人!不仅貌美,而且有谋!有你和亚父在,本王无忧!"

虞姬一脸满足道:"当年大王起兵,逃到吴中,幸得与大王相遇,虞姬才能从这乱世中解脱出来。这些年多亏了大王照应,虞姬有今日全都是大王所赐,虞姬此生跟定大王了,生是大王的人,死是大王的鬼!"

项羽连忙捂住了虞姬的嘴:"本王不许你胡说!什么死不死,鬼不鬼的!本王不许你再说这样的话!"

"妾身遵命。"虞姬含情脉脉地看着项羽。

项羽再次为自己斟满一樽酒:"虞姬,给本王跳支舞吧!本王喜欢看你翩翩起舞的样子!"

听罢,虞姬连忙起身,跳起舞来,眼神与项羽对视,那眼神的交流,那种含情脉脉只有他们自己清楚。

项羽与虞姬伉俪情深,项羽走到哪里都把虞姬带在身边,因为只有虞姬在自己的身边,他的心里才最踏实。

项羽利用义帝楚怀王而自立为西楚霸王,在义帝迁往长沙途中,派人将其杀死,遂让各镇诸侯有了把柄。高祖元年(公元前206年)八月,齐、赵等诸侯国开始叛乱,彭城王宫朝野震惊,项羽坐在王宫的大殿之上,震怒道:"齐王田都竟敢叛逆朕,本王亲自带兵去平了他!"

"哎!这就是不听劝啊!"范增自说自话,哀叹道。

项羽都看在眼里,说道:"亚父多虑了,他们敢造反,本王一定亲手砍下他们的头颅!"

"报……"一个将领匆匆跑进大殿,"启奏霸王,汉王刘邦已经攻下汉中!"

项羽震怒:"岂有此理!传本王令,封郑昌为韩王,火速前往阻止刘邦!令萧公角阻击彭越!"

"遵命。"将领火速跑出殿外。

次年冬,项羽带着虞姬亲率大军征讨叛军,项羽北至阳城。田荣引兵会战,两军拉开了战势,身穿君主战袍的项羽坐在骏马上,对田荣呵斥道:"大胆田荣,你竟敢引兵前来! 本王今日必将你碎尸万段!"

"项羽,你杀害义帝楚怀王,自立西楚霸王,残暴至极,天理不容,我是替天行道!"田荣反驳道。

项羽震怒,吼道:"众将士听令,田荣反叛,谁能诛杀此贼,赏千金,封万户侯!"

西楚将士得令,随即冲向了田荣大军,项羽以万夫莫当之勇,以一敌十,斩杀数人,士气大振。项羽一路砍杀,直奔田荣,眼看着就要追上田荣了,田荣部将拼死抵抗,朝后方喊道:"快保护齐王离开!"

田荣见项羽势如破竹,脸色煞白,仓皇而逃,逃到平原县方向。

项羽大笑道:"田荣鼠辈! 竟敢自立为王! 面临我西楚大军,还不落荒而逃!"

项羽转身对大将钟离昧道:"钟将军,随本王杀到齐国! 田荣不死,本王心难平!"

钟离昧随即对众将士吩咐道:"霸王有旨,追杀田荣! 引兵齐国!"

"杀! 杀! 杀!"将士们异口同声,士气高涨,声音划破天穹!

在项羽的带领下,西楚大军一路杀到了齐国,齐国军民人等早已闻风而逃,齐国很多城池都成了空城。

四周围一片狼藉,街道两边破败不堪,像是刚刚被土匪洗劫过,项羽见此,震怒道:"齐国大好河山,却被田氏治理成这样! 传本王令,田氏既然反叛,朕也无须留情。烧毁齐国房屋,所有的齐国降卒一律坑杀!"

西楚将领深知项羽的脾气,谁也不敢站出来劝阻,只能是遵令行事。一时间,齐国境内浓烟四起,到处发出噼噼啪啪的火烧声,齐国投降的将士们哭天喊地,乱作一团,被绑起来的齐国将士纷纷跪在地上求饶。

一旁的将领钟离眛、龙且都看在眼里,对这些无辜的士兵深表同情,但是面对项羽的铁石心肠,楚军将领们也无可奈何! 项羽决然道:"快点挖! 这些田荣的狗,一个都不能活!"

没一会儿,坑挖好了,项羽下令将这些齐国败将全部置入土坑,这些败兵此刻哭爹喊娘,项羽都无动于衷。

项羽道:"快,都给本王活埋了! 本王看谁还敢造反!"

楚军将士纷纷向坑里填土,这些无辜地齐国士兵只能等死。

"慢! 大王,切莫冲动行事!"虞姬向项羽这边跑来。

项羽一脸诧异,道:"虞姬,你怎么到这里来了? 本王不是让你在营地好好待着吗? 这些人是怎么回事,等朕回去再拿他们问罪!"

虞姬连忙解释道:"大王,不怪他们,是妾身逼他们放我离开的!"

"你来这里干什么?! 这是战场! 乱箭齐发之地,我怎么护你周全!"项羽忧虑道。

虞姬道:"大王,妾身的命是命,难道这些败军之将的命就不是命吗? 战争并非他们的本意,他们毕竟是在为齐王当差啊! 他们死不足惜,但是他们家里的老母怎么办? 妻儿怎么办? 家里没有男人势必会妻离子散,受到别人的欺负! 所以请大王网开一面放过他们!

当年始皇帝焚书坑儒、修筑长城，而霸王火烧阿房宫，残杀无辜将士，以致民怨四起，大王与暴秦又有何区别！当年大王起兵反秦，无非是暴秦无道！大王虽然以武力得了天下，但大王只是实现了霸道，而非王道！王道者，应以德育民，使其百姓心悦诚服，轻徭役、减赋税，叛军必将不战自溃！今日大王造下之罪孽，将来必将十倍报应在大王的身上！臣妾希望大王平安！望大王谨记亚父之言，施以仁政，抚民四海！"

西楚将士见项羽逐渐被虞姬说动，集体请愿："请霸王采纳虞美人之言，放过这些齐国将士吧！他们必将感念大王恩德，不再效命反贼！请霸王开恩！"

齐国将士也，异口同声乞求道："霸王饶命！我等誓死追随霸王！愿为霸王当牛做马！"

项羽看了看手下将士，又看了看虞姬，再将目光转向了坑里的齐国将士们，说道："本王的美人说得对，本王过去的确犯了太多杀戮，差一点又走了暴秦之路，朕也想做个仁君，但是这些诸侯们不听话，一个个不安分，本王只有出兵讨伐！本王也不想滥杀无辜，今日有虞美人和诸位将军为你们求情，本王就不处决你们！愿意留下来参加楚军的跟着龙且将军去登记，不愿意留下来继续当兵的，就回家去吧，路资本王也给你们！"

"谢霸王！"齐国将士一齐跪在土坑道。

项羽骑在马上，面对众将士道："众将士听令！田荣活要见人，死也见尸体，定要将他带回来！朕要将他千刀万剐！"

"得令！"众将士异口同声道，浩浩荡荡的楚军向着平原县进发！

项羽俯下身子，一把将虞姬拽到了马背上，便策马跑去。

虞姬忙道："大王，我们这是要去哪儿？"

"前面有条河，河两边景色不错！今天难得有兴致！你就跟本王一起游河吧！"项羽一边说，一边策马前行。

虞姬道："大王刚才还准备活埋降卒呢，哪来的兴致啊？！"

项羽道："本王的后宫那么多后妃，也就只有你敢当着众将士的面数落本王的不是！也怪本王平日里太惯着你了！"

虞姬道："大王，难道我说错了吗？大王，你造下的杀孽太多了！虞姬是怕你日后会遭报应！虞姬身为大王的女人，能不为大王着想吗？"

项羽感念道："本王何尝不知你对本王的心意！要是换作别的妃子，有多少颗脑袋都不够本王砍！"

虞姬忧虑道："大王，你不觉得你距离当年起兵反秦的初衷越来越远了吗？虞姬已经看不到当年将军的意气风发！看到的是重蹈暴秦覆辙的君王而已！"

项羽带着虞姬策马来到河边，项羽将虞姬从马背上放下来，自己也从马上跳了下来，将马拴在了一边的树桩上。

项羽来到了虞姬的面前，面对楚楚动人的虞姬，微笑道："虞姬，本王知道你说什么都是为了本王好，本王不怪罪你！今天要是你不及时赶到，也许本王又徒增罪孽！"

虞姬站在河边，面对滔滔河水，还有河边翠绿的景色："大王，你知道虞姬为什么喜欢你吗？不是因为你对我有救命之恩，只是大王有情有义，对兄弟厚道，霸王举鼎，何等英雄！只是大王做事优柔寡断、重情重义,有时候又过于自负,傲视群雄,是优点,同时也是大王的缺陷啊!不过,大王的有情有义足以掩盖这些缺点!"

项羽走到虞姬的身后,从虞姬的身后一把搂住了她的腰,欣慰道:"在这世上,有你和亚父,我项羽此生也没有遗憾了!只有你们是真心对待本王的!"

虞姬转过身来,面对项羽,忧心忡忡道:"大王,范大人睿智,大王要安定天下,不能没有范大人的策划!大王身上的缺陷,范大人正好可以弥补!大王,听虞姬一句劝,不可使小性子,害了自己,害了所有对你好的人!"

项羽道:"来!虞姬,这景色如此美丽,给本王跳支舞吧!本王舞剑与你伴舞!"

虞姬来到一片空地上,开始翩翩起舞,倾国倾城之貌,婀娜多姿之身段,配合山川之美,演绎得精妙绝伦,项羽舞剑为其助兴,配合得相当默契,好一对绝代佳侣。

虞姬边舞边唱道:"英雄项王盖世兮,推翻暴秦立奇功;西楚霸王未闻兮,只有项王敢使用。"

"西楚霸王未闻兮,只有项王敢使用!"项羽揣摩虞姬的唱词。

虞姬停止跳舞,再次劝道:"大王,听范大人的,大王既已分封诸侯,应该即皇帝位,成为名副其实的天子,不应该再叫什么西楚霸王!"

项羽毅然决然道:"虞姬,你不用劝了!西楚霸王古未有之,本王就是要当这古往今来的第一人!本王就不相信,本王不当皇帝,这些诸侯就真的敢造反!"

虞姬苦劝无效，面对执着的项羽，她感到无可奈何，一副忧心忡忡的样子，说道："但愿大王能够逢凶化吉！"

就在这时，龙且将军快马加鞭地跑过来，迅速下马，来到项羽面前，急奏道："启奏霸王，汉王刘邦率领五路诸侯兵马共约五十六万大军，正向东攻打楚国！请霸王火速定夺！"

项羽大怒道："好你个刘邦，朕擒了你，一定将你千刀万剐！你真的敢反本王！龙将军，你派人将虞美人安置到安全地点，让钟将军继续攻齐，留下三万精兵，随本王去解救彭城！"

"我不能跟大王分开，尤其是在这个时候！"虞姬不忍道。

项羽给龙且使了个眼色，说道："龙将军，你还愣着干什么，还不快将虞姬带走？！"

龙且将军死拉硬拽，虞姬就是不肯离开。

项羽瞬间将虞姬打晕，说道："龙将军，拜托了！"

"大王放心，末将定不辱使命！"龙且将军将昏睡过去的虞姬扶上了马背，便策马而去。

项羽援军未到，刘邦就已经攻下了彭城。

刘邦在彭城王宫里大摆宴席，他身着王袍，高高在上，汉王诸将都坐在大殿两侧，一边品尝美食，一边将王宫里的美人都抓来跳舞助兴。

刘邦踌躇满志，面对诸将道："项羽攻打齐国，彭城空虚，寡人不费吹灰之力就将彭城拿下！项羽刚愎自用，岂会不败！"

曹参从酒席间站起来，奏道："大王不可掉以轻心，也许此刻项羽的大军正往彭城赶来！我们还是见好就收吧，项羽神勇，威震诸侯啊！"

樊哙借着酒劲道:"不怕,有我等在,量他项羽也伤不了大王,我们几个人加在一起还打不过项羽吗?"

曹参打断道:"樊将军不可胡说!留得青山在不愁没柴烧,咱们还是将这宫里的珠宝玉器都带走,这才是上策!"

刘邦心如止水,说道:"来就来吧,有子房在,难道没有破敌之策吗!"

刘邦正说着,彭城的守城将领火速来报:"启奏大王,西楚霸王项羽的大军已经从萧县杀过来了!现在大军已经逼近彭城!"

曹参连忙道:"大王,快撤退吧,要是等项羽的大军包围了彭城,咱们只有困兽之斗了!"

项羽大军大破汉军,杀汉兵十余万人,刘邦只有落荒逃往南山,项羽率军追到灵壁东阻拦,汉兵十余万人落入睢水,项羽将刘邦重重包围,或许是天助刘邦,项羽的楚军被一阵大风吹乱,刘邦趁机带着十余骑兵逃走。

刘邦带着残兵败将逃往下邑,一路搜寻败亡散卒,直到荥阳,各部将士前往会合,刘邦穷途末路,一路逃命,已经筋疲力尽。就在刘邦筋疲力尽的时候,正被曹参搀扶着坐在地上喝水。这时,有士卒来报,道:"启奏大王,丞相来了!"

萧何行色匆匆地来到刘邦的面前,参拜道:"臣拜见大王!"

"萧大人,你这是?!"刘邦不解他的来意。

萧何道:"大王,臣已发动关中未登记造册的百姓前来投奔大王,有了这些人,大王可以抵挡一阵!"

刘邦大喜道:"萧大人总是在这关键时刻救寡人于危难!"

厮杀声再次传来,一名将士奏报道:"启奏大王、萧丞相,楚军已经杀过来了! 请大王和丞相赶紧撤离!"

樊哙赶紧扶着刘邦逃命,当即被萧何拦住:"大王,大王在彭城新败,将士们士气锐减,大王不可再跑啊。如果此战不能战退楚军,大王将失去威仪。大王走了,将士们也不会拼死抵抗,诸侯也会站在项羽那边,对咱们不利啊! 所以,臣恳请大王留下督战!"

大王甩开樊哙的搀扶,说道:"丞相说得对,寡人不能走! 传令下去,寡人亲自督战,一定要战胜项羽! 撤退者斩!"

在刘邦的鼓舞与监督下,汉军将士拼死砍杀。

从荥阳撤军回来,由于楚军遭受汉军的重创,未能一举将其歼灭,项羽心病未消。被刘邦洗劫后的彭城王宫一片狼藉,项羽愤怒不已,他站在大殿上,一味地挥剑乱砍,肆意发泄,喊道:"刘邦,本王逮住你,一定将你碎尸万段!"

这时范增不知道从哪里冒了出来,一脸同情地道:"大王,早知今日何必当初啊! 我早就劝过你杀了刘邦,这个人是你的死敌啊! 此人乃反复无常的小人,怎么可能守信义! 要是你在鸿门宴上听我劝,也不会发生这种事!"

"亚父现在说这些有意义吗? 事已至此,还是想想办法,怎么除掉此人?!"项羽似有悔意道。

范增叹道:"为今之计,定要将刘邦困死在荥阳,不然,后患无穷啊!"

项羽正为刘邦的事情焦头烂额,这个时候,虞姬突然从宫殿里走出来,把一盅水端到项羽的面前,关怀道:"夫君,先喝点水吧,一路杀敌累了吧,我在寝宫里为你准备了热水,还是先洗个热水澡吧!"

项羽接过虞姬手中的水盅一饮而尽,并将剑顺手扔给了身后的随从。

来到寝宫里,虞姬为项羽宽衣解带,项羽背对着虞姬,一脸愁容地问:"虞姬,你说本王和刘邦谁会是最后的赢家?"

虞姬心知肚明,但他深爱着项羽,安慰道:"夫君洪福齐天,天生神人,又是真命天子,怎会敌不过刘邦!"

"本王一定亲手砍下刘邦的脑袋!"项羽信誓旦旦道。

项羽进入到澡盆里,虞姬一边为他擦拭着身体,一边道:"夫君一定要谨记亚父的话,亚父是不会害你的!如果没有亚父的支持,夫君会吃亏的!"

项羽面对彭城的劫难,反思了自己,也确实觉得自己过于自负,未听人劝,有了些许悔意。

刘邦被项羽与范增围困于荥阳,心急如焚,如热锅上的蚂蚁,在营帐里来回走动,一副束手无策的样子。对诸将一筹莫展地问道:"现在项羽的大军已经将我们层层包围,有一年多了,我军外援和粮草通道均被切断,看来项羽这次是铁了心要将我们置于死地!尔等有何应敌之策?"

诸将皆束手无策,谋士陈平站出来,说道:"汉王,项羽此人刚愎自用,一向与范增等人不和,臣倒有一计可退敌!汉王不如从库中抽出四万斤黄金,买通楚军将领,让这些人散布谣言,就说在项王手下,范亚父和钟离眜的功劳最大,却不能裂土称王,并和汉王约定好,共同消灭项羽,如此一来,项羽必定猜忌!"

刘邦喜道:"妙计! 果真妙计! 就这样办! 你速去安排吧!"

果然,此计一出,项羽不再相信范增和钟离眛。

为了彻底孤立项羽,陈平决定彻底除掉范增。一天,项羽派使者到刘邦的大营中,陈平让侍者准备好十分精致的餐具,端进使者的房间,使者刚进屋,就被请到上座,陈平再三问范增的起居近况,并问道:"亚父范增有什么吩咐?"

使者不解,问道:"我们是霸王派来的使臣,不是亚父派来的!"

陈平一听,故意装作吃惊模样:"我还以为你们是亚父派来的人!"

于是,陈平便命人撤去上等酒席,随后使者被领到一间简陋的客房,改粗茶淡饭招待,陈平拂袖而去,使者受此羞辱,自然是很生气。

回到楚营,使者将情况一五一十回禀项羽。项羽更加确信范增与刘邦勾结,在不露声色中项羽已经慢慢疏远范增。愚忠的范增劝说项羽让他抓紧攻城,但项羽一反常态,拒不听从。几天后,外面那些范增勾结刘邦的谣言愈演愈烈,范增感到项羽已经不再相信自己,于是心生归意,对项羽说:"天下大事已定,大王已经不再需要老臣了,我年纪大了,身体也不好,请大王恩准我告老还乡吧?!"

项羽此时已经失去了理智,在项羽的心里他早就认为范增已经背叛了自己,于是毫不念及旧情:"亚父自行去吧!"

范增心如死灰,垂头丧气地走出了项羽的营帐,哀莫大于心死。范增简单收拾行李,向彭城进发,还未走到彭城,因心气郁积,背部的疽诱发而丧命。项羽手下唯一的谋臣就这样被陈平除掉了。

范增去世后,项羽才意识到自己中计,不过已经晚了,恼怒不已的项羽将荥阳城四面围住攻打,刘邦军势危急,仰天长叹道:"天亡我也!"

部将纪信道:"汉王,末将有一计可助大王脱险,大王赶紧换上士兵的衣服赶快走,末将扮成大王的模样引开项羽!"

刘邦虚伪地道:"你扮成寡人的样子,那你自己不是有危险吗?不行,我不能就这么离去!"

纪信连忙剥下刘邦的王袍,给自己换上,推了推刘邦,催促道:"大王,赶快走!再不走,就没有时间了,项羽大军就要攻过来了!"

刘邦故作一副为难的样子:"纪将军,你要小心哪!"

纪信扮成刘邦模样,引两千军乘黄车出城,大声喊道:"刘邦愿意投降!"

项羽匆匆赶来,问纪信道:"刘邦呢?"

"大王已经逃离此地!你不可能再追上他!"纪信大笑道。

项羽震怒道:"来人,将此人给本王架起来,烧死他!烧死他!"

纪信在烈焰中放声大笑道:"天命在大汉,项王你是不会成功的!纪信救主青史留名,值了!"

公元前203年,项羽攻下荥阳。刘邦败走,逃亡巩县,派重兵相抗,项羽无法挺进。韩信也于河北攻破齐、赵等国,准备进攻楚国,项羽派大将龙且迎战韩信,被韩信所杀。项羽腹背受敌,加之粮草不继,迫使他放还刘邦家属,与刘邦签订盟约,以鸿沟为界,中分天下。

鸿沟合议后,项羽刚领兵东归,刘邦出尔反尔撕毁盟约,追杀项羽,想要一举歼灭之。项羽在营帐中,听完奏报,勃然大怒道:"刘邦匹夫,无耻小人,出尔反尔,既已定盟约,现在又背信弃义!可恨!可恨！当年我未听亚父之言，在鸿门将其诛杀，以绝后患！匹夫一亭长，被本王一步步扶至诸侯之位，竟然作茧自缚！钟将军随朕出战！看来是到了朕和刘邦决一生死的时候了！"

项羽领兵迎战，但韩信和彭越并未赶来驰援刘邦，项羽大破汉军，刘邦深沟高垒，龟缩不出。

刘邦心急火燎，书信与韩信，以加封土地为条件，说动韩信从齐地南下，迅速占领楚国都城彭城，楚军再次腹背受敌；梁王彭越率军数万从梁地出发，先南下再西进；汉将刘贾率军数万会同九江王英布，合兵十万，自淮北出发，从西南方进攻楚地；镇守南线的楚将大司马周殷却在此时叛楚，屠灭六县，与英布、刘贾会师，北上合击项羽；刘邦率本部军二十万出固陵东进；汉军五路大军，合计六十万，形成从西、北、西南、东北四面围攻楚军之势，项羽被迫带着虞姬撤至垓下，陷入四面楚歌。

垓下为平原，项羽带着虞姬逃无可逃，项羽和虞姬来到已经人去楼空的客栈歇息，惊闻刘邦的人马也追了上来，项羽只好拉着虞姬继续逃离。眼看着就要追上，项羽的随从将士拼死顽抗，项羽推开了虞姬，喊道："虞姬，快走！"

虞姬含着泪，不肯离去："夫君，我怎么能丢下你，你要是死了，我活着还有什么意义！"

"虞姬，快走，本王没有那么容易死！刘邦没死，本王又如何能死！快走！"项羽喊道。项羽提着长枪朝敌军中杀去，项王一枪刺穿几个人，甚为勇猛。

虞姬执意不肯离去，项羽急道："虞姬快走！你留在这里，只会让我分心,我还要担心你的安危,分了心,反倒对我不利!快走吧!来人呀,快将虞姬给朕带走!"

几个士兵上去搀着虞姬就走,虞姬哭喊道:"夫君,小心呐!"

几番厮杀,项羽最终从敌军中突围出来,安全回到营帐。但兵少粮尽,见大势已去,独自在营帐之中喝着闷酒,一樽接着一樽。营帐之中,灯火暗淡,这个夜晚是那样漫长。虞姬从营帐外面走了进来,她的仪容端庄,衣服整洁,站在项羽的面前,夺下项羽的酒樽,劝道:"大王,别喝了!"

"我现在已经不再是王,楚都彭城已经陷落!你听……四面都是楚歌,他们是要将我项羽赶尽杀绝!"项羽醉醺醺地冷笑道。

虞姬跪坐在项羽的身边,为他梳理着头发,安慰道:"夫君,无论何时,你都是虞姬的夫君,都是虞姬心中的王!"

项羽看着虞姬,抚摸着虞姬洁白如玉的脸庞,问道:"虞姬,你跟本王这么多年,你后悔过吗?"

虞姬含情脉脉地笑道:"虞姬爱的是大王,并非大王的天子之位,就算大王只是一介农夫,虞姬也爱大王。男耕女织,正是虞姬所愿!大王英勇,千古无二,大王更是有情有义,不然早在鸿门宴上就杀了刘邦,大王与刘邦之间的交战乃是君子之战,只是刘邦出尔反尔,无奈夫君着了小人的道!"

项羽深感欣慰道:"本王有你就够了!只是本王如今大势已去,恐无力再顾你周全,本王唯一放心不下的就是你啊……"

"如果夫君有闪失,虞姬也不愿独活,虞姬愿与夫君千古相随!"虞姬斩钉截铁道。

项羽自责道:"都怨本王,分不清善恶,当初不该不听亚父之言,放虎归山,才有今日之祸事!本王身边的几个将领,龙且将军被韩信斩杀,周殷背叛本王,与英布一起围攻本王,都是本王的失察。这些人随朕南征北战,如今却倒戈相向,本王恨呐!本王扪心自问,这些年对他们都不错,周殷被本王封为大司马,一人之下万人之上,虞姬,你说呢?"

虞姬感慨道:"夫君,世人不见得都是知恩图报之人!"

项羽站起来,猛饮一樽酒,拔剑便在营帐之中狂舞,嘴里念道:"力拔山兮气盖世,时不利兮骓不逝;骓不逝兮可奈何,虞兮虞兮奈若何?"

虞姬落泪了,怆然拔剑起舞,和道:"汉兵已略地,四方楚歌声;大王意气尽,贱妾何聊生?"

诗吟完,虞姬拔剑自刎,血溅了项羽一身。

项羽立马抱住虞姬,哭喊道:"爱姬,你走了,本王怎么办?!"

虞姬提着一口气,奄奄一息道:"夫君,虞姬不能眼睁睁看着你被刘邦杀死,虞姬不忍!虞姬先走一步,来世再与大王做夫妻!"

项羽哭道:"虞姬,你等着本王,本王杀了刘邦,替你报了仇就来陪你!"

虞姬用一双带血的手抚摸着项羽的脸,不甘道:"夫君,虞姬不能照顾你了!"

说罢,虞姬便断了气。项羽五内俱焚,喊道:"虞姬!"

项羽的悲壮声响彻夜空。

虞姬去世后,项羽率领八百骑兵趁夜突围,天亮后,汉军才发现项羽离去,于是灌婴率五千精锐骑兵,等他渡过淮河。此时的项羽随从的骑兵只有一百多人了,项羽只能率领这些残兵败将来到阴陵,突然迷路,他亲自问一过路老农:"老人家,哪边没有汉军?"

老农回答道:"左边。"

项羽策马往左而去,老农跟着另外一个农夫聊道:"项羽残暴,就该被汉军杀死!"

项羽进入到沼泽之中,延误时间,被汉军追上,又是一场激战,项羽又往东走,此时只剩下二十八骑,而追击的汉军却有数千人之多。

项羽见穷途末路,便下马对部下道:"本王从起兵到现在已经八年,经七十余战,抵挡本王的人都被本王攻破,本王打击的人都表示臣服,未尝败北,遂称霸天下,现在困于此,不是本王不会打仗,而是天要亡我!今日是要决一死战了,本王要为诸君痛快地一战,必定要胜利三次,为诸君击溃包围、斩将、砍旗,让诸君知道,是天要亡我,非本王不会打仗。本王已经穷途末路,尔等还愿意追随本王,本王由衷感激!"

众将士异口同声道:"末将乃江东人士,誓死追随大王!"

项羽把骑兵分为四队,此时,汉军围困数重,项羽对他的骑兵们说:"本王为你们杀掉对方一将!"

于是,他命令骑兵们分四面向山下冲,约在山东面会合。项羽大呼驰下,斩杀一汉将。赤泉侯杨喜追项羽,项羽大喝一声,杨喜的人马俱惊,退后数里!项羽与骑兵分为三队,汉军不知项羽在哪队,就也分三队包围。项羽飞驰而出,又斩杀一汉将,同时杀近百人,再会合骑兵,仅损失两骑,项羽问:"怎么样?"

骑兵们钦佩地回答："大王真乃神人!"。

项羽率残兵退到了乌江,乌江亭长易成船夫模样,将船划到项羽的岸边,说道:"大王,小人乃乌江亭长,快随小人上船吧,只要过了江,大王还有东山再起的机会!我江东子弟多才俊啊!胜败乃兵家常事,大王何苦归结于天呢?!"

项羽惭愧道:"当年江东数万人随本王征战,现在本王的身边只有这几个死士,纵然江东子弟怜而王我,我何面目见之?"

亭长继续劝道:"大王,走吧,再不走,没有机会了!灭暴秦乃大王之功啊!这些老百姓都记在心里,大王,留得青山在不愁没柴烧,快随小人上船吧!"

项羽苦笑道:"项羽之败乃天意,我项羽乃天之骄子,岂会甘当刘邦俘虏,又岂会偏安一隅,做一世狗熊。我胯下之马随本王南征北战,本王对它有情,本王把它送给你,你替本王好好圈养!权当本王今日对你救驾之恩的答谢!"

说罢,项羽将马赶上了船,将亭长推上了船,而自己带着兵器回头迎战汉军。

项羽少量骑兵迅速被斩尽杀绝,而项羽凭着超高的武艺和浑身解数,斩杀汉兵几百人,自己受了十几处伤,终因寡不敌众败下阵来。此时,韩信大军赶来,将项羽重重包围,韩信身处高岗之上,居高临下,大喊道:"项王,当年我韩信投奔于你,你不但不用我反而戏弄、侮辱我,今日之败乃韩信所赐,你做何感想?!"

项羽大笑,故作不知道:"哦,容本王想想,原来你就是当年那个到我身边乞讨的人啊,怎么现在乞讨到刘邦那里去了!如今你自立为齐王,你不怕刘邦拿你开刀!你纵然做了齐王,但在项羽这里,你还是一小人物罢了!阴谋诡计算计于我,你何来的高贵?!韩信,朕要告诉你,你要防止刘邦卸磨杀驴啊!"

韩信恼羞成怒,喊道:"给我杀!谁能亲手砍下项羽首级,汉王赏千金封万户侯!"

随之,汉军铺天盖地涌向项羽。

项羽举剑呐喊道:"项羽败,乃天意,我项羽一定不做你刘邦的俘虏!亚父、虞姬,本王来找你们了!"

说罢,项羽踩在死人堆上,便举剑自刎,项羽的血流进了乌江,大片水域被染红……

项羽英勇,千古无二,项羽之败,乃性格所致。他优柔寡断、刚愎自用、重情重义,鸿门宴上未听范增之言,诛杀刘邦,是为优柔寡断,也是重情重义;他认为就算将刘邦放虎归山,也能将其擒拿,不能任用贤能此了刚愎自用表现。他呆板的遵守鸿沟之盟,在彭城建都,这些都是他失败的原因。

项羽的故事之所以在中国家喻户晓,一方面因为他的神勇,另一方面是因为他和虞姬的爱情。项羽不是一个好的君王抑或是将军,但他却是一个好夫君。作为帝王,后宫嫔妃众多,但她对虞姬情有独钟,以至于"生死相许"。项羽与虞姬的爱情故事在司马迁《史记》中确有提及,证据确凿,没有异议。只是霸王别姬有了些许戏剧成分,因为年代久远,才让很多真实的历史事件成为传说,但并不能掩盖其真实性。

卫青与平阳公主

汉武帝刘彻坐于未央宫的宝座之上,文武百官分列两排,宦官面对群臣喊道:"有事启奏,无事退朝!"

绣衣使者江充手握竹简道:"陛下,绣衣使者江充有事启奏! 这是臣刚接到的下报,请陛下过目!"

宦官从御前走下来,来到江充面前,将竹简递到了汉武帝的御案前。

刘彻缓缓打开竹简,匆匆过目,脸色铁青,拍案而起,愤怒道:"汝阴侯夏侯颇好大的胆子,竟敢与贱婢通奸,丝毫不把朕的姐姐放在眼里! 江充,朕命令速速带人前往汝阴,将夏侯颇给朕拘来!"

"陛下,夏侯颇自知罪责难逃,已经畏罪自杀!"江充道。

汉武帝愤怒不已,在御案前来回徘徊。

刘彻叹了一口气:"夏侯颇这个禽兽死不足惜,畏罪自杀便宜他了。如若不然,朕将对他处以五马分尸之刑! 传朕旨意,取消其封国,将朕的姐姐从汝阴接回长安。只可惜,苦了朕的姐姐,平阳侯曹时病故,汝阴侯夏侯颇又辜负了皇姐,朕的这位姐姐真是命苦啊! 江充,你速派人前往汝阴将公主接回长安!"

"诺。"江充道。江充转身离开大殿。

汉武帝刘彻愁道："夏侯颇已死,不知道朕的姐姐今后如何打算? 诸位爱卿,你们认为朝中谁能与公主匹配?!"

太中大夫东方朔道："陛下,何不让公主自己选择,公主的前两位夫君曹时、夏侯颇均不能善终,这两位还是陛下保的媒。所以臣斗胆恳求陛下切勿代公主做主,还是让公主自己选夫婿吧!"

"既如此,等公主回长安再说,退朝!"刘彻内疚道。

群臣齐跪,呼道："陛下万岁万岁万万岁!"

秋天的长安,落叶满地,秋风凉爽,平阳公主的心也如同这季节一样悲凉。她穿着华丽的服装,一副娇弱的面孔,让人怜爱,让人同情,她站在长安公主府里的阁楼上,眺望远方,眼神里充满了茫然和凄凉,时不时落下眼泪。平阳公主用手帕不断地擦拭眼睛,不知她是被沙迷了眼睛,还是伤心所致。外面的秋风越来越大,平阳公主的长发数度被刮起,犹如飘零在风中的仙子。公主的贴身侍女平儿送来了公主的大衣,为她披上,一脸同情道："公主,外面风大,进屋里去吧?"

公主回头看了看平儿,用手提了提平儿为她披上的大衣,一脸憔悴道："平儿,你进去吧,我想一个人待会儿!"

平儿同情道："公主,你这是何苦呢? 平儿知道你心里一直爱的是卫大将军,为什么不向陛下说明呢,幸福是靠自己争取的?!"

平阳公主道："平儿,我虽贵为公主,但是我已经是嫁了两次夫家的寡妇,又怎么能配得上大将军呢?! 他尚未婚配,我岂能误了人家!"

"难道公主要让自己终身遗憾吗?"平儿急道。

平阳公主微笑着对平儿道："平儿,我知道你的心意,我感到欣慰,只是很多事情并非都能如愿以偿,还是随缘吧!"

平儿道:"公主,卫大将军此次漠北大败匈奴主力,匈奴逃亡西北,估计十几年内都没有南下攻打大汉朝的实力。卫大将军现在正在班师回长安的路上,估计明天就能到长安。陛下已经在宫里为大将军准备好了接风宴! 公主自出嫁汝阴再没有与大将军见面,不知公主是否愿意借此机会见见大将军?!"

"平儿,你说的可是真的,大将军真的回来了?!"平阳公主表情充满了期待地说。

平儿一个劲儿地点头。

平阳公主喜出望外:"平儿,你让府令备好马车,明日我亲自到长安城外迎接大将军!"

"唯,平儿领命,公主还是回屋去吧,小心着凉!"平儿道。

次日午后,浩浩荡荡的卫青大军出现在长安城外,百姓夹道欢迎,卫青身着大将军盔甲,威风凛凛。百姓异口同声地喊道:"欢迎卫大将军凯旋!"

卫青举手向大路两旁的百姓示意道:"大家好,大汉万年,陛下万年!"

卫青从旁的部将朝卫青喊道:"大将军,城门外好像是平阳公主的仪仗!"

卫青朝长安门口定睛一看,果不其然,便策马到平阳公主的面前。

面对近在咫尺的平阳公主,再一次唤起了隐藏在卫青心里的一段往事。那是多年以前发生在平阳侯府里的事情,卫青那时还年少,平阳公主已经嫁到了平阳国,住在了平阳侯府。卫青的姐姐卫子夫在公主身边做事,而卫青被平阳侯任作马监,专门喂养马匹,说难听点就是马奴。那时的情景再一次出现在卫青的脑海里。

平阳侯国的国相有一次因公务急于用马,急急忙忙赶到马厩,冲卫青喊道:"贱奴,快牵匹快马来,本官有紧急公务。"

卫青见那人叫自己贱奴,不乐意地说:"小人也是人生父母养的,怎么就成贱奴了？大人不过比小人虚长些岁数而已！要是卫青长到大人这般年纪,未必就比大人差！请大人自重,这牵马顿足之事,卫青办不到,还请大人自己去牵吧!"

"好,小小马奴也敢顶撞本官！等公务了了之后,本官一定让你好看！哼!"国相恼羞成怒道。

一脸通红的国相,只好自己前往马厩牵马。少时,国相从马厩里牵出一匹马来,刚出门,就从马背上甩了下来。

国相站起来,抖了抖身上的灰土,愤怒道:"今天这是怎么了？先是马奴不识抬举,又被这牲口戏弄,真是扫兴!"

国相拿起马鞭就把马儿一阵痛打,打的马儿围着马圈来回狂奔,卫青看不惯,冲过去夺下国相的马鞭,说道:"大人,不是卫青不识抬举,也不是马儿戏弄于你,是这马儿生性烈,不愿被人驱使,这马也是通人性的！大人这样做,岂不是有失身份,我劝你还是另外牵一匹吧!"

国相恼羞成怒道:"这马我治不了,我治你难道不成吗?!"

说罢,国相就举起马鞭拼命抽打着小卫青。卫青虽然感到一阵阵疼痛,但是生性倔强的卫青不肯向小人低头告饶,于是强忍住国相的抽打,纹丝不动,卫青打得遍体鳞伤,衣服都已经破了,鲜血直流。

这时平阳公主正好撞到了这一幕,连忙上前制止道:"住手!"

国相见是公主，连忙收手，见礼道："微臣拜见公主。"

平阳公主见卫青满身是伤，瞪了瞪国相道："国相大人，你这是干什么？怎么能下如此狠手?!"

国相巧舌如簧道："公主，微臣有紧急公务在身，让这马奴牵马他不肯，最后又唆使这马将我甩了下来，难道公主还要袒护这贱奴不成?!"

平阳公主气势汹汹道："国相大人，我告诉你，这卫青的姐姐卫子夫是我的结义妹妹。她的弟弟就是我的弟弟，你欺负他就是欺负我。卫青来马厩是为了历练，这都是因为他爱马，视马的命比自己的命还要重！你怎么能打马呢？以后如若再发生这样的事情，我一定禀告平阳侯降罪于你！你走吧！"

"诺，微臣不敢。"自讨没趣的国相便灰溜溜地离开。

平阳公主转身对侍女道："快将疗伤药拿来。"

侍女将药交到平阳公主的手里，平阳公主打开药瓶，说道："卫青，你蹲下来，我给你上药。"

卫青连连推辞道："卫青只是小小贱奴，不能脏了主人的手！不敢劳烦主人！还是卫青自己来吧！"

平阳公主微笑道："卫青，自己怎么能擦药，身后怎么擦，还是我帮你吧，快蹲下。"

"唯，小人遵命。"卫青蹲了下来。

平阳公主为卫青拨开了身上的烂衣服，一条条血淋淋的伤痕出现在公主的眼前，她看得心惊肉跳，很是心疼。公主将药粉涂撒在卫青的伤口上，并轻轻地抹匀，自卑的卫青不敢看公主的眼睛，公主的温柔和美丽的印象从此留在了卫青的心中。对于情窦初开的卫青来说，他认定这一生要娶的女人正是平阳公主这种类型的。这或许是因为卫青缺乏母爱，从而对公主的依赖，又或许真的是男女之情，只有卫青自己清楚。

面对平阳公主，卫青仍然显得有些自卑，鞠躬作揖道："小人拜见公主。"

平阳公主见卫青仍然一副谦卑的样子，她是那样的心疼，说道："你如今已经是大汉朝的大司马、大将军，一人之下万人之上，我也不再是你的主人，我虽贵为公主，但你也是有爵位在身的人，不用对我行此大礼。"

卫青不敢直视公主的眼睛，低头道："公主对姐姐和卫青有知遇之恩，没有公主，哪有姐姐和卫青今日！卫青再次谢过公主！"

平阳公主笑着摇了摇头，无奈道："你呀你，这么多年没见了，还是这副脾气！卫青，你记住，我虽对你姐弟有恩，但你如今的成就就是对我最好的报答，你不卑贱，你是大汉朝的半壁江山！以后你不要再叫我主人。"

"诺，卫青遵命。"卫青道。

平阳公主面对这个可怜而又伟大的男人，一时间不知该如何应对了，公主对这个男人只有无限的崇拜。

卫青突然意识道："公主不是在汝阴吗？什么时候回的长安？"

平阳公主不知如何作答，公主身边的侍女平儿抢答道："大将军，汝阴侯夏侯颇背着公主与婢女私通，畏罪自杀了……"

平儿未说完,便被公主打断了。

卫青对平阳公主深感同情和痛心,说道:"夏侯颇死不足惜,只是委屈了公主,先帝之女,当今陛下的亲姐姐受到如此对待,情何以堪,就算是百姓家的女儿也受不了啊!公主,卫青对不起你,卫青没能在公主身边保护公主。"

平阳公主冰凉的心瞬间被融化了,含情脉脉地看着卫青:"你是朝廷的大将军,不是我一个人的护卫,怎么能时时刻刻保护我呢?你有这份心,我就感到很高兴了!以后我就住在长安城,有空来认认门儿!走吧,进城吧,陛下正率领文武百官在未央宫迎接你呢。"

卫青依依不舍地看了看公主道:"公主早些回府休息吧,这里人多,恐惊扰到公主。"

"嗯,我知道了!"平阳公主道。

卫青上了马,回头朝大部队喊道:"启程!"

卫青走在前面,大军跟在后面,平阳公主站在马路边上,看着浩浩荡荡的大军,看着威风八面的大将军。她感到无比欣慰和痛心,欣慰的是卫青所取得的成就,痛心的是,不能和他爱的人在一起。甚至也许卫青到此时还不知道平阳公主对他的心意。

汉武帝刘彻在甘泉宫为卫青摆下了庆功宴,宴后,刘彻单独召见了卫青。卫青擅长察言观色,面对红光满面、如沐春风的汉武帝,他的内心是平静的,他看得出皇帝的心情不错。

刘彻犹豫了一下,面对卫青道:"卫大将军,朕现在有一块心病啊,就是朕的姐姐平阳公主,她的两任丈夫都死了,她还年轻,朕要给她找夫婿啊!不然,朕怎么对得起九泉之下的先皇!你看朝中何人能做公主的夫婿?"

其实,卫青内心还是喜欢公主的,只是一直以来他都感到自卑,出身低贱,怕配不上公主,故而不敢自荐。卫青此刻的心七上八下、忐忑不安,违心地道:"陛下可以从列侯中再择一位与公主婚配,只是这次要让公主自己选,陛下就不要再为公主做主了。"

刘彻冷笑道:"朝中列侯朕都看不上,朕看得上你卫大将军,只有把公主许配给你,朕才放心! 这也是朝中大臣的意思,大臣们一致推荐你为公主的夫婿!"

卫青受宠若惊道:"承蒙陛下抬举,臣诚惶诚恐,臣能做公主的夫婿是臣几世修来的福气! 只是臣有疑虑,臣的姐姐卫皇后嫁给陛下,而臣又娶陛下的姐姐为妻,这也太……"

汉武帝大笑道:"卫大将军,枉你为我大汉的大将军,怎么能如此拘礼,男欢女爱,人之常情嘛,喜欢就在一起嘛,朕问你,你喜欢朕的姐姐吗?"

卫青一脸通红,不知如何应答,一味尴尬。

汉武帝看在眼里,说道:"朕看得出来,你和朕的姐姐两情相悦,朕文治武功,如果连这点都看不出来,枉为皇帝! 当年朕让去病娶妻,他说匈奴未灭何以为家。现在呢,去病死了,匈奴虽然灭了,但是成了去病的终生遗憾。卫大将军这些年为大汉出生入死,你也过了成家的岁数,朕即日下旨将平阳公主许配给你。"

"臣叩谢陛下隆恩!"卫青沾沾自喜跪拜道。

汉武帝一脸欣慰的样子。

平阳公主正在公主府里的花园里散心，花园里遍布金黄色的菊花，平阳公主随手捏来一朵菊花，面对身边的侍女平儿说："平儿，你看这秋菊开得多美啊！我平日素爱菊花，它开在百花凋残的秋天，从来不与百花争艳，这正是它特别的地方。"

平儿笑道："平儿知道公主生性淡泊，从来不参与朝廷大事，这也是平儿欣赏公主的地方。"

平阳公主感慨道："在这世上，除了卫青，只有平儿最懂我！"

这时，府令急忙跑过来，禀报道："启禀公主，陛下驾到，正在前厅等候公主。"

平阳公主忙对平儿道："我们走。"

汉武帝此刻正站在公主府的前厅，背对着前厅的正门，面壁而思，不知道在思考些什么，平阳公主连忙走进去，站在汉武帝身后："平阳参见陛下。"

汉武帝微笑着俯身扶起平阳公主道："姐姐请起。"

平阳公主对汉武帝道："陛下请上座。"

公主将汉武帝请到前厅的上座坐下来，公主则站在一边。

汉武帝对一旁的太监和侍女道："你们都下去吧，把门关上，朕有话对公主说。"

"唯。"众人应道，便一起退出了大厅，并将大门关上。

平阳公主见汉武帝步态轻盈，谈吐轻松，脸上洋溢着喜悦之情，料想定有喜事，便问道："不知陛下今日有何喜事？"

"皇姐怎知朕今日有喜事？！"汉武帝很意外地问道。

公主笑道："陛下不要忘了，我可是看着你长大的。"

汉武帝大笑道:"姐姐说得不错,朕今日找你的确有一个天大的喜事。"

"平阳愿闻其详!"公主道。

汉武帝笑道:"姐姐觉得卫大将军怎么样?"

平阳公主羞涩地问道:"陛下这是何意? 卫青大将军为人义薄云天,对大汉对陛下更是忠心耿耿,更是我大汉的擎天一柱。"

汉武帝笑道:"卫青是我大汉的功臣,是大汉的英雄,这个百姓都知道,朕不是问的这个。朕就是想问姐姐,卫青当朕的姐夫怎么样?"

平阳公主一听,心里是又喜又惊,不敢相信这是皇帝的决定,忙问道:"平阳新近丧夫,陛下何以突然做出这样的决定?!"

"姐姐,你是朕的姐姐,朕怎么能看着你一辈子守寡呢! 曹时短命,夏侯颇配不上你,这都是朕之过失。群臣向朕推荐了卫青,现在朕让姐姐自己选择,朕不再做姐姐的主,不然以后怎能面对父皇! 朕知道姐姐一直深爱着卫青,而卫青也爱着姐姐,现在匈奴与大汉的战争已经结束。卫大将军至今未婚,当年去病说匈奴未灭何以家为,最后去病没能留下子嗣,这都是朕的错! 朕希望你与大将军在一起,他一定能替朕好好照顾你! 不知姐姐你是如何考虑的?"汉武帝道。

平阳公主一脸羞涩地问道:"不知大将军是何意?"

汉武帝道:"朕已经找卫青谈过了,他很满意朕的决定。"

平阳公主犹豫道:"可是平阳已经是嫁了两次的寡妇,怎么能配得上大将军?! 请陛下收回成命。"

"姐姐说哪里话,卫青都不在意这些,你怕什么! 再说,卫青由马奴出身,身世不明,不是朕和姐姐的知遇之恩,他能有今日吗? 所以,要说配不上也是卫青配不上姐姐！总之，这件事情只要姐姐点头就行！"汉武帝无奈道。

"既然大将军没意见，平阳全凭陛下做主！"公主羞涩道。

汉武帝欣喜不已道："好，朕就为你们保媒，择日朕在长安城为你们完婚！举国同庆！让大汉的百姓共同见证你们的喜事！"

说罢，汉武帝满意地走到大门前，打开大门。

平阳公主施礼道："恭送陛下。"

在汉武帝刘彻的安排下，卫青与平阳公主的婚礼如期在大司马府举行，文武百官皆如数到场。汉武帝、卫皇后等也都在场见证。

礼者分站新人入场通道两边，通道铺满了红地毯，奢华而喜庆。司仪道："韶华美眷，卿本佳人。值此新婚，宴请宾朋。云集而至，恭贺结鸾。有请将军。"

卫青身着玄色礼服，走进来。司仪颂诗："昔开辟鸿蒙，物化阴阳。万物皆养，唯人其为灵长。盖儿女情长，书礼传扬。今成婚以礼，见信于宾。三牢而食，合卺共饮。天地为证，日月为名。自礼毕，别懵懂儿郎，营家室安康。荣光共度，患难同尝。愿关雎之声长颂，悠悠箫声龙凤呈祥。不离不弃一曲鸾凤求凰，同心同德不畏华岳仙掌。虽汹涌洪浪，寒窑烛光，难捍此情之坚。比翼鸟，连理枝，夫妻蕙，并蒂莲。夫天地草木菁灵，可比真爱佳缘。高山之巍，皓月之辉，天长地久，山高水长。"

卫青面对司仪，拜谢道："卫青谢过司仪。"

司仪作揖还礼。

司仪喊道："有请公主。"

平阳公主身着玄色礼服，形态优雅地走进来，公主装扮素雅，却显得高贵富有气质。

卫青面对平阳公主作揖，请她进门，公主来到大堂前，礼仪将红绫交与二人，卫青与平阳公主牵着红绫走到台前。

司仪又道："请两位新人行沃盥礼。"

礼仪端出洗手盆，来到新人面前。

司仪道："请为新婿、新妇浇水盥洗。"

礼仪为他们清洗完毕，便端走水盆。

很快两人便正式拜堂，汉武帝与卫皇后坐于高堂之上。

司仪道："拜天地。"

卫青与公主朝天地而拜。

司仪道："再拜帝后。"

卫青与公主再拜帝后，汉武帝与卫子夫都甜在心里，卫皇后脸上露出了欣慰的笑容。

司仪道："夫妻对拜。"

卫青与公主目光对视，含情脉脉，相对一拜。

婚礼仪式结婚后，汉武帝携手卫皇后一起回到了宴席上，卫青自帝后开始一一答谢到场的来宾，平阳公主被送入洞房。婚宴过后，帝后与大臣们陆续离开了司马府，卫青带着些许酒意回到了洞房中，戎马一生的大英雄卫青这点酒对他来说不算什么，只是还不至于醉酒。此刻，平阳公主已经在洞房里等候卫青多时。

卫青推开了洞房的门，面对柔情似水、温柔贤淑的平阳公主，卫青还是带着些许敬畏,他来到公主面前,不改往日习惯,参拜道:"卫青拜见主人。"

平阳公主连忙从床前走下来,俯下身子扶道:"夫君请起,如今夫君已经是名扬天下的大将军,请夫君不要再这么生分。现在我们是夫妻,我是你的妻子,不再是你的主人。"

卫青感觉这一切都像是在做梦,他不敢相信眼前这一切是真的,他掐了掐自己的脸,说道:"我不是在做梦吧!"

"你不是在做梦,我是平阳公主,我现在是你的妻子。"公主羞涩道。

卫青喜极而泣,站了起来,将公主扶到床边,轻轻地摸了摸公主的脸,说道:"公主,卫青自幼在公主府长大,是平阳侯教我功夫。后来卫青和姐姐受公主和陛下的知遇之恩,现在我们姐弟俩一个是母仪天下的皇后,卫青也成了一人之下的大司马,这些都是公主和陛下的恩赐。卫青做梦都想娶公主为妻,只是公主当初已为人妇,况且卫青卑贱不敢妄想,没有想到今日这些都成为现实,卫青等公主已经等了很多年。"

平阳公主一颗心瞬间被融化,她双手捧着卫青的手,含情脉脉地道:"卫青,我又何尝不是呢,平阳侯、汝阴侯都是陛下做的主,这些年我的心里喜欢的人一直都是你。我身为公主也许不该对你说这些话,但是情难自禁,这些年我闭上眼睛满脑子都是你的身影,我没有办法不去思念你!这些我都没有对任何人说过。"

卫青终于按捺不住,一把搂住了公主,嘴里念道:"公主!公主!"

便一个劲儿地亲吻平阳公主,随即陷入缠绵。

卫大将军与平阳长公主苦苦地等了这么多年,现在终于走到了一起,新婚之后的卫青与平阳公主过着相濡以沫、琴瑟和鸣的生活,两人相敬如宾,很少为了琐事吵架。此时匈奴与大汉的战争已经结束,四海太平,卫青有了足够的时间来恋爱,婚前没有谈过的恋爱,婚后都补了回来,卫青到哪里都带着公主。

卫青带着公主,骑着骏马离开长安城,一路向西奔驰。远处是辽阔的草原,头上是蓝蓝的青天还有白云,他们如同神仙眷侣,在天地间翱翔。时不时平阳公主依偎在卫青的怀里,犹如一副浪漫的画卷,就连草原上的花儿也失去了颜色,连天上的雄鹰也羡慕地惊叫起来。

卫青骑在马上搂着公主,指着天上的雄鹰道:"公主,你看,这老鹰都在羡慕我们呢!"

平阳公主,对着天空微笑道:"能跟自己喜欢的人在一起,怎叫人不羡慕,也许神仙见了我们也会羡慕吧!"

卫青迅速从马上跳了下来,一把将公主从马背上抱了下来,卫青牵着公主的手,漫步在草原上,卫青对公主道:"公主,接下来有什么打算吗?"

公主不解,纳闷道:"打算? 现在天下太平了,能有什么打算。"

卫青调戏道:"难道公主不想跟我生一个属于我们自己的孩子吗?"

"生孩子! 还是你自己生吧!"平阳公主玩笑道。

卫青笑着挠了挠平阳公主的胳肢窝和腰,平阳公主一阵痒,便来回跑,卫青来回追,打情骂俏。

好景不长，卫青与平阳公主结婚十年后，元封五年(前106年)卫青病重，整个大司马府都沉浸在郁闷的氛围之中。平阳公主、卫伉、卫不疑、卫登片刻不离地守候在卫青的病榻前，司马府的下人在府里来来回回，忙得不可开交。

　　平阳公主坐在卫青的病榻前，紧紧地握住卫青的手，泪流满面道："夫君，你一定要好起来，你可不能抛下我还有孩子们啊，你是我们的依靠！"

　　卫青奄奄一息道："公主，对不起，这次恐怕卫青是起不来了！如今天下太平，大汉不再需要我，老天爷要我的命啊！"

　　平阳公主热泪盈眶，连忙用手捂住了卫青的嘴，斥道："不许胡说！当初我们没有生下属于我们自己的孩子，对不起！"

　　"公主，你对卫青的心意，卫青知道，只是卫青这一走就再也见不到公主了，也再也不能照顾公主了。"卫青留下了遗憾的眼泪。

　　卫青看了看平阳公主身后的几个孩子，说道："伉儿、不疑、登儿，你们都过来，为父有话对你们说。"

　　卫青的三个儿子来到卫青的身边，卫青望着三个孩子，给予厚望道："孩子，为父快不行了！虽然平阳长公主不是你们的亲生母亲，但是你们对待公主要像对待亲生母亲一样，知道吗？为父不在，你们要照顾好公主！为父死后，你们纵然有爵位在身，也不能打着为父的旗号胡作非为，为父和你们的表兄霍去病都是顶天立地的大英雄，你们要把家族的荣誉顶起来，知道吗？"

　　孩子们异口同声道："孩儿谨记父亲教诲。"

卫青终于合上了双眼，与世长辞。

平阳公主拼命摇晃着卫青的遗体，喊道："夫君！夫君！你醒醒，你不能就这么走了。"

平阳公主掩面痛哭，卫青的几个孩子也哭成一团，整个司马府像炸了锅。

消息传到宫中，汉武帝正在甘泉宫里读书，太中大夫公孙卿、太史令司马迁、中大夫壶遂等朝廷重臣不约而同来到汉武帝的面前，将卫青去世的消息禀告了汉武帝。汉武帝紧紧地握住竹简，他的眼睛里布满了血丝，脸上的青筋都露了出来，他的情绪很复杂，久久没有说一句话。待他情绪稍微缓和些，悲痛地道："卫青，我大汉的擎天之柱就这样弃朕而去。去病、卫青都走了，朕的左膀右臂、股肱之臣，朕以后靠谁来抵御匈奴！只可惜苦了朕的姐姐平阳公主，先后嫁了三任丈夫都没能陪她一生。"

公孙卿道："请陛下节哀！"

司马迁也劝道："陛下节哀，人死不能复生，陛下还是吩咐臣等怎么安排大司马的身后事吧！"

汉武帝悲痛欲绝道："传旨，将卫青葬于朕的茂陵边上，朕要他永远陪在朕的身边！至于说谥号，司马爱卿你是太史令，你觉得用什么谥号合适？"

司马迁思索片刻，启奏道："卫大将军一生忠于陛下，忠于大汉，为国为民，他与皇后、霍去病大将军皆满门忠烈，臣建议谥号烈。"

汉武帝痛心疾首，挥了挥手："你们都先下去吧，就按照爱卿所奏执行吧,朕想一个人待会儿,这件事情还是尽快通知皇后。"

"陛下,想必此时皇后已经知道了!"壶遂道。

汉武帝不想说一句话,只是不耐烦地挥手,示意他们离开。

"臣等告退。"重臣退出了甘泉宫。

"什么!卫大将军他病故了?!"卫皇后不断地质问前来禀报的太监,她不敢相信这是真的。

太监坚定不移地说:"皇后娘娘,老奴说的都是真的,平阳公主让老奴禀报娘娘!请娘娘节哀!"

听罢,卫子夫像发了疯似的,大叫一声,眼泪夺眶而出道:"卫青,你怎么能先姐姐而去呢?!"

太监见卫子夫情绪极端异常,连忙告退。

卫子夫从椒房殿里走出来,宫女、太监们都紧跟在后面,异口同声地喊道:"娘娘!娘娘!你去哪儿?!"

"你们都不要跟过来!我要见大司马最后一面!"卫皇后回头嘱咐道。

当卫皇后赶到大司马府时,平阳公主一个人站在府门外,久久不肯离去,一副失魂落魄的样子,眼睛一直盯着卫青棺椁离开的方向,府里的下人们怎么劝也劝不动。

卫皇后来到平阳公主面前,众人连忙跪拜道:"拜见皇后娘娘!"

卫皇后也丢了魂,她的眼睛泪迹斑斑,问平阳公主道:"公主,卫青呢?我要见见他。"

平阳公主忧郁道:"他走了!永远也不会回来了。"

司马府的下人看在眼里,说道:"皇后娘娘,你就劝劝公主吧。卫大将军走时就嘱咐过我等,就怕公主这样,卫大将军要是知道公主这样,他在九泉之下也不会安心的。"

卫皇后劝道:"公主,我知道公主深爱着卫青,但是人死不能复生。卫青是我的弟弟,我比公主更难过,请公主节哀!陛下需要公主,我也需要公主,要是公主有什么三长两短,陛下会伤心,卫青在九泉之下也不会瞑目。"

平阳公主心如死灰,面色憔悴,说道:"皇后娘娘,我这辈子错嫁了两个男人,曹时、夏侯颇,卫青是我这辈子最爱的男人,皇后娘娘请转告陛下,我死后请将我与卫青合葬。"

不久,平阳公主郁郁而终。

世人皆知卫青是令匈奴人闻风丧胆的大司马、大将军,是大汉朝的半壁江山,是汉武帝的左膀右臂,但是却不了解卫青的出身以及情感生活。卫青的出身是卫青心中的一根刺,说得难听点,就是俗称的"野种"。卫青的母亲本是平阳侯家中的婢女,后来与县吏郑季通奸,生下了卫青。由于卫青是野种,卫青在郑家遭到了非人的待遇,过着禽兽不如的生活。后来卫青死里逃生,到了平阳侯府找到姐姐卫子夫,从此做了平阳公主的骑奴。

所以,一直以来卫青心里都很自卑,就连当上了大司马以后依然表现自卑。他从这个比自己大很多岁的平阳公主身上感受到了母爱,这种不知道是母爱还是爱情的特殊感情,致使卫青几十年没有结婚,也许是因为匈奴战争耽搁,也许是因为心有所属,一直在等平阳公主。

司马相如与卓文君

汉代大才子司马相如,祖籍安汉(今南充蓬安县),后来迁居到了成都。本来是个富二代,后来家道中落,成了贫困户。司马相如早年凭着家族财力,练就文武全才,一向志向远大的他,闯荡长安,拿钱捐了个武骑常侍,留在了汉景帝的身边,以期出人头地。

　　但是汉景帝这个人不喜欢辞赋,司马相如感觉没有盼头,意志消沉。后来,梁孝王刘武入朝,司马相如趁机结识了礼贤下士的梁孝王,装病不朝,被罢官。罢官后的司马相如投靠了梁孝王,从此成为梁孝王的客卿。好景不长,七国之乱爆发,司马相如全力辅佐梁孝王剿灭叛乱,虽然叛乱在三个月后平息,但是梁孝王也在这次战乱后去世,司马相如再次成了丧家之犬,衣食没有了着落。

　　司马相如在梁国做客卿期间,写下了著名的《子虚赋》,其实,此时司马相如在全国已经有了很大的名气。刘武去世后,司马相如失去了知音,在梁国境内漫游,落魄不堪。

　　司马相如暂时还住在梁国境内的一家客栈里。一日,司马相如从外游走回来,回到客栈,刚进门,掌柜便喊道:"你是司马先生吧?"

　　"我是司马相如。"司马相如道。

掌柜从柜台前拿出帛书，笑着递给他："司马先生，这里有你的信!"

司马相如笑着接过信："多谢!"

掌柜尴尬地问道："司马先生，你还是先把房钱付了吧？你都欠了一个月了!"

司马相如尴尬地笑道："掌柜的，再容我几日，我与你算利息如何?"

掌柜无奈地道："哎，好吧，我最多再给你三日时间，你要是付不了钱，就只有搬走了! 我也算仁至义尽了!"

司马相如带着帛书回到客房，坐下来，缓缓打开帛书一看，原来是好友临邛县令王吉来信，信中写道："长卿，我知你现在梁国生活困顿，既然梁孝王已死，你不如回临邛找找出路吧。我怎么说也是堂堂临邛县令，或许能帮到你，也不至于在梁国颠沛流离。王吉。"

司马相如叹道："哎，我以为我司马相如已经是无人问津的落魄之人，没想到还有王吉兄记得我，想不到我司马相如还是有朋友嘛! 真是患难见真情啊!"

于是，司马相如收拾行囊，准备回归蜀中。

司马相如用自己为数不多的积蓄，雇了一辆马车，辗转数日，这才从梁国回到临邛。临邛县令算好了司马相如归来的时间，故提前一天，便带着临邛县衙的下属官员在临邛县城门外恭候。

司马相如的马车到了临邛县城门外，司马相如通过马车的窗户看到了王吉等人，这才吩咐马夫停车，随即从马车上走下来。王吉笑着走到司马相如的面前,拱手道:"长卿啊,我已经在这里等你两天了,你今天终于到了!走,我给你介绍一下!"

王吉拽着司马相如走到王吉的这些部下面前,王吉一一介绍道:"这位是临邛县尉张大人,这位是县丞周大人,其他几位都是本地的名士。今天听说你要来,他们都慕名而来到,就是为了给长卿你接风啊!"

司马相如面对众人,笑着作揖道:"长卿见过诸位!"

县丞周大人笑着说:"早就听说过先生的大名,今日一见果真名不虚传啊!先生玉树临风、仪表堂堂,真乃国士风范啊!"

司马相如受宠若惊道:"周大人过奖了,在下区区布衣身无长物,怎能与诸位相提并论!"

临邛一位姓贾的名士从人群中走出来,笑道:"好,先生如今名满天下,还能虚怀若谷,小可佩服!小可在庄园设下宴席,还请先生和诸位大人赏光,到庄园一聚如何?"

"相如生性好静,不太喜欢热闹,请先生见谅!"司马相如果断拒绝。

这贾士顿觉脸上无光,一脸尴尬,只得识趣退下。

王吉连忙为相如圆场,解释道:"诸位,长卿生性如此,请诸位勿怪,改天有时间我再登门向大家赔罪!"

司马相如受宠若惊道:"王兄,今日我俩私会,何故将县衙里的大人都请来了,相如何德何能?!"

王吉笑道:"长卿说哪里话,一来这都是大人们自己的意愿,二来你侍候过皇上,又在梁王手下做过客卿,如此人物,我等望尘莫及啊!走,既然你不愿意赴宴,我还是先带你去驿馆歇息吧!"

司马相如再次推辞道："王兄，驿馆乃过路官员歇息之所，乃朝廷的驿馆。相如乃布衣，不合适，相如还是去客栈歇息吧！"

说罢，司马相如便入城而去。

王吉无奈，对这些大人、名士们说："诸位，先回去吧，等长卿安置妥当后，再跟大家相聚！"

王吉追了上去。

这些来为司马相如接风的大人、名士们由衷敬佩司马相如的风骨。

县丞周大人喃喃自语道："真乃君子风度啊！长卿不愧为大汉第一才子啊！"

诸位对长卿的为人无不赞叹。

司马相如在王吉的带领下，在县城里找了家客栈，看好房间后，王吉前去柜台前付钱，司马相如连忙上前制止道："王兄，这住客栈的钱怎么能让你付呢，何况我相如也是七尺男儿啊！"

王吉不理睬他，执意将钱付给店主，再次被相如拦下，并从自己的身上掏出钱来递给店主。

相如道："王兄，你现在虽为县令，但是朝廷的俸禄也不多，何况你也要养家。所以，你还是省着花！你要是真想帮我，何不帮我谋个差事！"

王吉无奈道："也罢！我还是了解你的！只是现在县衙里面并无职缺。再等等吧，这段时间你先住下，待县衙里有合适的职位我再给你留下！"

相如点了点头。

"你先进房间休息吧！我明日再来看你！有什么需要,直接到县衙来找我!"王吉嘱咐道。

待司马相如回到房间以后,王吉悄悄地摸出珠钱交到掌柜的手里,说道:"掌柜的,这是我的朋友,你每日务必好酒好菜伺候,账都记在我头上,知道吗? 要是他问起来,就说是客栈刚开业答谢客人为了赚口碑,切莫说是我交代的!"

"知道了王大人,小人一定遵照你的吩咐!"掌柜应道。

次日,相如正在房间里阅读《诗经》,正读到"关关雎鸠,在河之洲,窈窕淑女,君子好逑"时,王吉敲响了房间的门,司马相如起身前往开门,一见是王吉,手里还提着水果,忙问道:"王兄,你这是何意?"

王吉笑着说:"长卿,我给你买了点水果,你的身体需要这些!"

王吉将水果放在桌案上,司马相如有些不适应道:"王兄,你对相如做的够多了,相如实在无以为报!你还是不要再来看我了,除非有差事让我做的时候,你再来!"

王吉也一筹莫展,道:"差事,我一直在向朝廷打报告,但是一直没有合适你的职位,我也头疼!只是临邛县有个人想见你,或许他能帮到你,长卿愿意见否?"

司马相如道:"此人是谁?"

王吉笑道:"这个人不简单呐,他是我临邛首富卓王孙。卓家的实力在临邛是首屈一指的,如若你能得到他的帮助,对你有百利无一害!"

司马相如摇了摇头,傲慢道:"王兄,当知我生平最讨厌与商家为伍,其人多为势利小人!所以,这个人我还是不见了!他见我或许有所图,否则他一个首富不会无缘无故请我吃饭!"

王吉劝道:"长卿,我知道你的性情,但是就算是为了你的前程,我觉得你可以去,也许会有新的机遇!"

司马相如无奈道:"好吧,王兄如此说,我再不去,恐显得矫情!"

王吉道:"长卿啊,日子就定在三日后,到时候卓府会派人送请柬给你! 我先走了啊,县衙公务繁忙!"

司马相如作揖送行道:"王兄慢走!"

三日后,卓府张灯结彩,下人们忙里忙外,卓王孙请的客人包括临邛富户、县衙官员、当地名士皆已到场,独缺一个司马相如迟迟未来。

客人们都围坐在餐桌前等待相如,突然卓府管家跑来,禀报道:"老爷,司马先生让客栈小二送信说,他有病,不能前来赴约!"

卓王孙遗憾道:"这可如何是好? 今日司马先生才是主角啊!哎! 快命人前往探望!"

王吉站起来道:"卓老爷,司马先生性情我是知道的,可能这又是他的托词吧,本官还是亲自去客栈迎他吧!"

卓王孙道:"也罢,大人速去速回!"

卓府的后院,卓文君的闺房,卓王孙的闺女卓文君正通过窗户观望,她是那样的娇媚、动人,她不知道父亲卓王孙今日宴请的客人是谁,竟如此兴师动众!

卓文君的侍女小娥端着汤推开屋子走进来,将汤放在桌子上,说道:"小姐,老爷命人给您做的蛇羹汤,很补的,你赶紧喝了吧?"

卓文君头也没回,说道:"你先放那儿吧!"

小娥也十分好奇,问卓文君道:"小姐,您在看什么?"

卓文君问道："小娥，今日府上是不是有贵客？我看府里的下人都在忙里忙外的？"

小娥笑道："是呀，小姐，听说老爷今日宴请的贵客是司马先生！"

卓文君深感困惑道："司马先生，哪个司马先生？"

"司马相如啊！"小娥道。

卓文君惊讶道："什么！司马相如！"

小娥问道："小姐，你认识他？"

卓文君摇了摇头道："我倒是想认识，可是人家不认识我！司马相如乃当今天下第一才子，曾经在梁孝王身边做客卿。他的一篇《子虚赋》名震天下，我怎么能不知道。没想到他今日竟会来到我们府上！"

小娥很纳闷，问道："那司马先生是大官吗？"

卓文君摇了摇头。

小娥又问："那他很有钱了？"

卓文君也摇了摇头。

小娥更加不解，问道："既没钱，也不是什么大官，那老爷凭什么对他如此礼遇？"

卓文君笑道："你这傻丫头，这个世上并非大官和大富才值得尊重！司马先生的情怀岂是你能够体会的！不行，我今天一定要亲眼看看这天下第一才子长成啥样。"

卓文君准备出去，刚走到门口，小娥就喊道："小姐，你还是喝了汤再走吧！这蛇羹凉了可不好喝！"

卓文君只好回来，端起一碗汤，三两下就喝完了。便转身开门出去，小娥没办法，只好跟上。

果然不出王吉所料,司马相如并没有生病。当王吉进门时,司马相如正在书写《子虚赋》。司马相如见王吉,忙问道:"王兄,你今日不是在卓府吃酒吗?"

　　"长卿,今日卓老爷请的人是你,我们只是陪衬,你不来赴宴,算什么事? 我就知道你没病!"王吉无奈道。

　　还没容司马相如答话,王吉就拽着相如往外走:"我不管,今日你必须去!"

　　司马相如无奈:"好好好,王兄,你在外面等我一下,我收拾便出来!"

　　王吉道:"你快点,啊!"王吉走出去,关上门,站在门外等。

　　一会儿,司马相如从屋子里走出来,经过一番打扮过后,司马相如更加显得精气十足,真可谓一表人才。

　　王吉欣慰道:"这才对嘛! 长卿真有国士风范啊!"

　　司马相如催促道:"快走吧,就别再夸我了!"

　　司马相如与王吉出了客栈的门,一起上了卓府准备好的马车。

　　马车行到卓府门口停下来,司马相如和王吉先后下了车,在王吉带领下,司马相如进入卓府。卓府的奢华和气派虽然不能跟梁王宫相比,但是作为一个临邛大户来讲,还算得上气派。司马相如跟在王吉的身后,一边四处张望,很快到了卓府的宴客厅,此刻宾朋满座。

　　王吉笑着走到卓王孙的面前,喊道:"卓公,这位就是司马先生!"

　　卓王孙连忙站起来,朝司马相如拱手施礼道:"司马先生,你可是贵客啊,先生能够驾临寒舍,寒舍真是蓬荜生辉啊!"

司马相如笑道:"卓公过谦了,卓公若这都算寒舍,那天下恐怕没有穷人了!"

卓王孙大笑道:"司马先生真风趣啊!来,司马先生请坐,王大人请上座!"

司马相如道:"长卿谢过卓公!"

司马相如和王吉相继入座。

卓王孙面对司马相如笑道:"久闻先生大名,今日在府上设宴就是为了尽地主之谊!今日在场的诸位都是临邛有头有脸的人物,先生可与之结识!来,先生,王大人,诸位我们满饮此杯为司马先生接风!"

卓王孙站起来举杯向大家敬酒,所有人都举杯站了起来,相互碰杯,并一饮而尽。

酒足饭饱之后,王吉笑着说:"诸位还不知道,这司马先生不仅文章写得好,而且颇懂音律,这琴也奏的好啊!"

卓王孙惊讶道:"哦,先生真可谓全才,不知我等今日是否有耳福听到先生的雅奏!"

司马相如推辞道:"诸位,在下只是略懂皮毛,粗浅得很,切莫听信王大人之言!"

"长卿啊,你就别谦虚了!你的琴艺精湛,难得有这个机会,就不要扫大家的兴嘛!"王吉笑道。

卓王孙不依不饶,道:"来人,给先生取琴!"

稍后,卓府的下人将琴和桌案搬来,众人从席间走出,纷纷坐于大厅之中。

卓王孙示意道:"先生,请吧!"

司马相如道:"那好吧,那鄙人就献丑了!"

司马相如来到桌案前,端正姿势后,便弹奏起来,琴声清脆悦耳,荡气回肠,卓文君和丫鬟小娥躲在屏风后面听得入了迷,被司马相如的风采和琴声深深地吸引。

躲在屏风后面的卓文君喃喃自语道:"好一首《凤求凰》,这可是战国古曲啊!"

司马相如似乎依稀发现了躲在屏风后面的卓文君,便更加卖力地弹奏,引得在场一片掌声。

宴后,众人准备离开卓府,司马相如借口如厕,见到了卓文君的侍女小娥,面对小娥,司马相如诚恳道:"姑娘,请问你家小姐是否叫卓文君?"

小娥纳闷,问道:"先生如何知道?"

相如笑道:"小姐蜀中第一才女之名早有耳闻,不料今日来到卓府才想起来!故想结识!这是我的一点心意!请转告小姐,司马相如倾慕小姐已久!我住在县城宾至如归客栈,若小姐有话,姑娘可来此找我!有劳姑娘!"

相如贿赂了小娥。

小娥道:"那好吧,我定会转告小姐!"

就在这天的晚上,小娥深夜来到宾至如归客栈,敲响了客栈的门,客栈小二开了门,问道:"你找谁?"

小娥问道:"司马先生在吗?我找司马先生!"

小二道:"司马先生啊,他住在二楼东厢天字房!"

小二刚说完,小娥就急急忙忙赶到司马相如的房间门外,敲响了相如的房门,一边敲一边问道:"司马先生在吗?"

司马相如并没有睡,好像在等她们似的,并迅速开门:"姑娘! 是不是卓小姐有信给我?!"

小娥气喘吁吁道:"先生,其实我家小姐对先生也是仰慕已久,要不是先生提前表达了心意,我家小姐恐怕不肯轻易说出口! 我家小姐说了,她毕竟是临邛大户卓王孙的女儿,卓老爷是不会同意你们在一起的,所以小姐说如果你真想跟她在一起,今晚就私奔,走得远远的!"

相如惊讶道:"什么! 私奔!"

小娥质疑道:"莫非先生怕了?!"

相如确有些顾虑道:"倒不是怕,只是这不被祝福的姻缘真的行吗? 不过,我管不了那么多了,既然卓小姐对我司马相如有情,我司马相如也一定不会辜负小姐! 姑娘先出去,待我收拾下东西,即刻就走! 今晚都带卓小姐走!"

卓府的下人已经睡着了,卓文君女扮男装,拎着包袱,偷偷地从后院溜了出去,正躲藏在卓府后门的角落里。

小娥与卓文君约定了地点,并带司马相如找到了卓文君。

司马相如一见到如花似玉的卓文君,情不自禁,一把抱住了卓文君,久久不能释怀。

小娥急道:"先生,小姐,赶紧走吧,不然被发现就完了!"

因为是提前安排了快马,司马相如带着卓文君策马而去,而小娥不敢回到卓府,便悄悄溜走,躲在了亲戚家中。

次日清晨,卓家上下都起床了,准备用早膳,卓王孙派人去叫卓文君吃饭,却发现屋内空无一人,便急急忙忙禀报卓王孙:"老爷,小姐不见了！小娥也找不到！只留了一块布卷！"

管家将布卷交到卓王孙的手里，卓王孙打开一看，写道："父亲在上，女儿不孝，女儿仰慕司马相如先生已久，愿以身相许，今生不悔！已离开临邛，请父亲务必保重。文君。"

卓王孙震怒，拍案而起："岂有此理！婚姻乃父母之命，媒妁之言，连招呼都不打就跟人私奔！司马相如的人品她了解吗，才跟人认识一个晚上就要跟人私奔，这传扬出去，我卓某人的脸往哪搁?!"

管家道："老爷，是否派人去追？"

卓王孙气愤道："你知道他们去哪里了吗？如何追?！就当我从来没有养过这个女儿。从今天开始，断了对小姐的钱粮补给，我看她离开我这个老子怎么生活？"

卓文君与相如一起回到了成都，看到位于成都郊外的司马家的房子破败不堪，家徒四壁。此时的相如父母已经离世，可以说是无依无靠。

卓文君与相如一起看了看司马家的房子，感慨道："想不到先生的房子如此破旧？我长这么大还没有住过这样的房子！"

司马相如羞愧难当，问道："文君是后悔了？"

卓文君摇了摇头："我卓文君认定的人是不会后悔的，只是这日后怎么生活啊？我了解我爹的品性，我与你私奔，他肯定会跟我断了父女关系，是不会资助我们钱粮的！只能靠我们自己！长卿，你可否有亲戚朋友可以借贷，只是有了本钱，我们可以开店！"

司马相如感叹道："世态炎凉，我司马家家道中落，我父母去世以后，那些亲戚和朋友见我就像躲瘟神一样。尤其是梁王死后，我衣食无着,他们更加不愿意理睬我,哪里肯借钱给我!只一个临邛县令王吉把我当朋友,但是我总不能老是给人家找麻烦吧!"

卓文君道:"路是我自己选择的,我现在不能回头,不能向我爹认输!也罢,以后咱们就男耕女织吧,我看你们家不是还有几块地吧,至少饿不死!"

司马相如觉得对不起卓文君,就这样,他和卓文君勉强在成都生活了几个月,终究还是熬不下去。

一日,司马相如从地头劳作回来,卓文君做好了饭,正在家里等他。司马相如放下锄头,回到屋内,卓文君用手帕为他擦了汗。待相如坐下来,卓文君看在眼里,苦在心里,说道:"其实只要跟我回到临邛去,向我同族兄弟借点钱,我们就可以维持生活!"

相如自尊心受到伤害,说道:"你是不是嫌弃我了?"

卓文君道:"夫君,我哪里是嫌弃你,你觉得这日子能过吗?我自小锦衣玉食,哪里过过这样的日子。还是听我的吧!"

相如深感内疚:"文君,对不起,这些日子你跟着我确实受苦了!好吧,咱们明天就回临邛!"

一切都在卓文君的计划中,相如和文君回到临邛以后,向亲朋借了钱,开了一家酒店。卓文君卖酒,掌管财务,司马相如在店里料理所有的杂事。就这样,日子一天天好了起来。

毕竟卓家小姐和姑爷回临邛开店,这可不是小事,很快在街坊传开。卓王孙正在卓府厅堂与众人议事,突然管家来报:"老爷,文君小姐她……"管家欲言又止,管家看了看周围的人有些不便说出口。

众人倒也识趣,异口同声道:"既然卓老爷有事,那我们就先告辞,改日再议!"

卓王孙站起来,拱手道:"好好好! 对不住诸位了!"

待众人走后,卓王孙问道:"什么事儿? 这么神神秘秘?!"

管家吞吞吐吐道:"文君小姐她……她和司马先生在城北开了一家店! 现在街坊传得沸沸扬扬!"

卓王孙大吃一惊:"什么! 这还了得! 我卓王孙的女儿在外抛头露面讨生活,让我卓王孙的脸往哪搁啊! 行了,我知道了,你先下去吧!"

从那以后,卓王孙再无颜面对街坊邻居,连卓府的大门都不敢出,一连好几日,而卓文君夫妻也不敢回到卓府探望这个好面子的父亲。

见卓王孙数日不出大门,卓王孙的弟弟前往探望,面对古板的卓王孙道:"大哥,你只有一个儿子两个女儿,本来不缺钱财,如今文君已经委身于司马相如,生米煮成熟饭。司马相如一时间也不愿到外面去求官,虽然清贫,但也毕竟是个人才。文君的终身总算有了依托,而且司马相如还是县令王大人的贵客,你怎么能叫王大人跟着难堪?!"

卓王孙无奈道:"我气的不是司马相如配不上我女儿,而是他们私订终身,完全不把我这个父亲放在眼里,宁愿饿死,也不肯向我这个爹低头!"

卓王孙的弟弟劝道:"好了,好了,这事儿过了这么长时间,想必你的气也该消了! 你还是去认了这个女婿吧! 我看司马相如名声在外,当今陛下雄才大略,也许他能出人头地,到时候你哭还来不及呢!"

卓王孙道:"也罢! 血浓于水啊! 我也不忍心见她在外面受苦! 放心吧,我会派人送东西过去的!"

"这还差不多,我走了啊。大哥还是出去走走吧,看看他们的小店,生意好着呢!"卓王孙的弟弟一边说着一边往外走。

随即,卓王孙喊道:"管家进来一下!"

管家闻声进屋:"老爷有何吩咐?"

卓王孙吩咐道:"听着,你从府上挑选奴仆一百人,领铜钱百万,并将文君小姐出嫁时的衣物一并送过去,交给文君小姐!回来,我等你回话!"

"唯,老爷。"管家往外走去。

卓王孙是一个爱惜颜面的人,他要让临邛全城的百姓看到,他没有不认这个女儿,一路吹吹打打将卓王孙准备好的人和财务尽数送到卓文君和司马相如的小店外面。

卓文君和司马相如听到响声,都从店里走出来,见卓府的百号下人都整整齐齐排列在店门外,还有一箱箱铜钱和衣物,卓文君和相如都很纳闷。

卓文君认识管家,问道:"齐管家,你这是干什么?"

管家笑道:"小姐,这些是老爷给你准备的嫁妆,这里有下人一百人,还有几箱钱财和你出嫁的衣物,都在这里,老爷让我给你送过来!这是老爷让我交给你的信!"

管家将信交到卓文君的手里,卓文君打开竹简,司马相如凑到一块一起看,写道:"女儿,你这些日子受苦了!是爹不好,不该断了你的钱粮。只是婚姻大事不是儿戏,你也太不当回事儿了!相如一表人才,你嫁给他爹还是放心的,爹气的是你们太不把爹放在心上了!有时间,回家看看吧!卓王孙。"

卓文君见信后，喜极而泣，对司马相如说："夫君，我爹终于肯认你这个女婿了！"

卓文君擦干眼泪，笑着对管家说："齐叔，东西留下吧，这些下人留下一半，其他人都回卓府吧。我这段时间和夫君过惯了苦日子，不太适应这么多人伺候！我明日就和夫君回家拜见父亲！"

管家道："好吧。"

管家便带着一部分人离开。

司马相如对这些下人说："来，帮忙把这些东西都抬进去！"

次日，卓文君和司马相如用了卓王孙给的这些资本，准备回到成都安居乐业。临行前，卓文君和司马相如打扮了一番，提着一些卓王孙喜爱的美酒回去。

此刻，卓王孙正在院子里和管家谈事情，卓文君和司马相如走了过来。卓文君距离卓王孙几步之远，便喊了声："爹。"

卓王孙对着管家道："你先去吧！"

司马相如也朝卓王孙喊了声："妇翁！"

卓王孙冷冷一笑，道："司马先生好样的，连声招呼都不打一个，就拐走了我的女儿，还和我的女儿私奔！"

司马相如无言以对。

卓文君连忙为司马相如打掩护道："爹，这不怪长卿，是女儿自愿的！女儿提出私奔，长卿本来是反对的！但是女儿知道爹的脾气，所以才先斩后奏！请爹爹见谅！"

卓王孙无奈道："也罢，你们能回来看爹，爹什么气也消了！"

卓文君给司马相如使了个眼色，司马相如连忙将酒坛子伸到卓王孙的面前,说道:"妇翁在上,这是小婿和文君一起酿的酒,自己加了些配方,市面上买不到的,孝敬妇翁!"

卓王孙朝身后的管家喊道:"齐管家,把这坛酒拿进去!"

齐管家小跑过来,从相如手中接过酒,便拿了进去。

卓文君依依不舍地道:"爹,女儿和夫君今日是来向你道别的!我们准备回成都安家!临行前来看看爹还有哥嫂!"

卓王孙纳闷道:"你们不是在临邛待得好好的吗,怎么突然又要走?"

卓文君道:"夫君乃大才,渴望建功立业,临邛这个小地方怎么能施展抱负。当初回临邛开店是为了生存,现在有了爹爹给的这些资本,我想一如既往地支持夫君!我们本来打算去长安,但是最终还是决定留在成都!"

卓王孙对着司马相如严厉道:"长卿啊,我不管你有多大的抱负,我的女儿这些日子跟着你吃尽了苦头!她从小到大加在一起吃得苦也没有这段时间吃得多!抱负是男人的事儿,幸福是女人的事儿,就看你如何做好一个丈夫!言尽于此,你好自为之!"

"长卿谨记妇翁教诲,长卿一定不会辜负文君!"司马相如态度诚恳道。

卓王孙半信半疑地点了点头,道:"进去吧,文君,你哥嫂都在里屋呢!"

卓文君与相如一道朝里屋走去。

与卓家有了交代后,卓文君和司马相如一起回到了成都,买了田地、房屋,终于成了富有人家。

卓文君和司马相如站在成都的宅院中间，文君感慨道："夫君，我们在成都终于有家了！还有这么多下人伺候，有了这些田地，我们可以坐地收租了，还有买卖，夫君你可以去实现你的抱负了！"

汉武帝刘彻已经即位，一日，武帝正在宫里读着文章，突然看到了《子虚赋》，他匆匆浏览了一遍，眼前一亮，说道："妙，真是妙不可言！"

随之，便细细品读一番。汉武帝再一次激动地拍了拍御案，说道："文章写得这样好，可惜，已经作古了，要是还活着，朕真想见见他！"

一旁的太监杨得意问道："不知陛下看的是何人的文章啊？如此欢喜！"

汉武帝道："只可惜没有署名，看内容应该是战国哪位名家手笔！文章名为《子虚赋》！"

杨得意笑道："陛下，这个人没死，是我的老乡司马相如写的！这篇赋当年可是名震京师啊，此赋颇受梁孝王刘武的青睐，我那老乡还在老梁王手下做过多年的客卿呐！此人在七国之乱中发挥的作用很大！"

汉武帝大喜："哦，果真如此？我倒真想见见此人，他现在哪里，速速传他进宫？"

杨得意道："此人现在应该在成都，奴才立刻传旨蜀郡太守，让他召相如进宫！"

说罢，杨得意急急忙忙出了宫。

"宣司马相如觐见！"杨得意朝殿外喊道。

司马相如在几个小太监的带领下来到了汉武帝的面前，跪拜道：

"司马相如拜见陛下,陛下万岁万岁万万岁!"

汉武帝笑道:"先生平身!"

司马相如站了起来,眼睛不敢直视汉武帝,汉武帝见司马相如一表人才,问道:"先生如今就任何职?"

司马相如抬起头来,回答道:"启禀陛下,相如并无一官半职!"

汉武帝十分惊讶:"哦,怎么会这样? 先生大才,怎么会只是布衣,看来是朝廷有负先生! 敢问《子虚赋》可是先生之作?"

"正是在下拙作!"司马相如谦虚道。

汉武帝道:"先生真乃神来之笔啊!"

相如道:"只要陛下喜欢,贱民还能再为陛下新作一篇《上林赋》,贱民当年做过先帝的武骑常侍,见过先帝狩猎!"

汉武帝大喜道:"哦,果真如此吗? 来人,笔墨伺候!"

司马相如来到桌案前,铺开竹简,一会儿工夫就写完了《上林赋》,相如对杨得意道:"请杨大人转呈陛下!"

汉武帝端起竹简,阅读起来,全神贯注地读完了这篇文章,大赞道:"妙! 先生以后可否愿意留在朕的身边,朕治理江山需要先生这样的大才!"

相如道:"谢陛下隆恩,贱民愿意追随陛下!"

汉武帝大笑道:"好好好,传旨,封司马相如为郎。"

司马相如得到汉武帝的赏识,从此飞黄腾达,后官拜中郎将,笼络西南夷,蜀人都以司马相如为荣。

司马相如名利双收,再一次和卓文君回到临邛探望卓王孙。

卓王孙正在临邛的店铺里张罗生意,突然齐管家来报:"老爷,公子请你回去,说今日府上有贵客要来!他应付不过来!"

卓王孙纳闷,问道:"贵客,什么贵客?"

"中郎将要来!"管家道。

卓王孙更加纳闷道:"我没请什么中郎将啊?他来我们家做什么?"

管家道:"老爷,听说这位朝廷的中郎将是文君小姐的夫君,你的女婿相如先生!"

卓王孙惊讶道:"什么?司马相如当上中郎将了?!"

管家取笑道:"老爷,这事儿蜀中都传开了,恐怕就你还不知道,每天就忙着你的买卖!"

卓王孙放下手中的算盘,急道:"快随我回府!这司马相如现在发达了,不会对我报复吧?!"

卓王孙一边小跑一边问。

管家道:"不会,相如先生不是那样的人!"

卓王孙忧心道:"但愿如此吧!"

卓王孙刚回到府上,就看到府门外站了很多兵丁,这才惶恐地走进去。此时,司马相如和卓文君已经在客厅里拜茶。

卓王孙一路小跑,来到司马相如面前,连忙跪拜道:"老夫拜见大人!"

司马相如和卓文君连忙起身搀扶,文君道:"爹,你这是干什么?"

相如道:"妇翁,你是我的妇翁,不用如此行礼!当年要不是妇翁帮了我和文君,哪有相如今日啊!妇翁请坐!"

卓王孙这才忐忑不安地坐下来。

厅堂里除了卓家上下,还有临邛县令王吉等官员。

司马相如走过去,面拜王吉,说道:"王兄,请受相如一拜,当年若不是王兄接济,相如早已成了饿死鬼!"

王吉连忙起身道:"长卿啊,你我兄弟,莫须这些俗礼! 你现在可是朝廷的中郎将,下官只是个小小的县令,哪敢让你行此大礼!"

卓王孙走到卓文君的身边,悄悄对卓文君说:"女儿啊,你真有眼光啊! 咱家出了个中郎将的才子,真是家族荣耀啊!"

卓文君没有说什么,只是对卓王孙挤了一下眼。

卓王孙笑道:"今天我卓某人请客,宴请诸位!"

卓文君和司马相如如沐春风,感受到了前所未有的荣耀。

公元前118年,司马相如因病免官,与卓文君一起住在茂陵。

汉武帝对侍卫嘱咐道:"司马相如病情严重,派人去把他的书全部取回来,以免日后散失!"

"唯。"侍卫转身和几个人离开了未央宫前往茂陵。

一队侍卫到达茂陵后,相如已经死去,家中一卷书也没有,只有卓文君在为相如守灵,哭得死去活来。

领头的侍卫问道:"不知夫人家中可否还有司马先生的遗作? 我们奉陛下旨意将全部带回,以免遗失!"

卓文君擦干了眼泪,对侍卫说:"长卿本来不曾有书,他时有写书,但是别人时有取走,家中总是空的! 长卿还没死的时候,写过一卷,他说如有人来取,就把他献上,就再也没有书了!"

侍卫看到可怜的卓文君,摇了摇头,叹了一口气,说道:"咱们回去交旨吧。"

卓文君已是满脸泪痕,对着司马相如的棺椁道:"长卿,对不起,我这辈子最对不起你的就是没让你纳妾,我也没有能力为你生下一男半女,对不起!文君相信夫君你也是爱我的,否则你也不会不纳妾,文君希望如果有来世,我们还能做夫妻!"

卓文君泪流满面。不久,也随司马相如而去。

司马相如乃汉赋四大家之首,卓文君乃蜀中四大才女之首,从这层意义上来说,绝对是天造地设的一对。但是从门第来看,两家贫富差距悬殊,以致在现实中遭到重重阻碍。司马相如与卓文君的爱情佳话是真实的,流传了两千多年,至今不衰。他们不仅是爱情的模范,也是与世俗、礼教抗争的成功典范。卓王孙是商人,势利眼,目光短浅,只重眼前利益,相如落魄时瞧不起他。后来相如当了大官,卓王孙作为相如的妇翁又开始巴结他、讨好他,这是典型的市侩形象。而卓文君跟着心走,因为她仰慕司马相如的文采而以身相许,好在她嫁了一个伟大的男人,不能不佩服她的眼光。卓文君前半生基本上是锦衣玉食,后半生司马相如的俸禄和光辉也让她生活在幸福中,而相如一生也基本衣食无忧,二人收获了美满爱情。

焦仲卿与刘兰芝

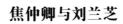

孔雀东南飞,五里一徘徊。

东汉建安中,庐江府有一女,姓刘名兰芝。十三能织素,十四学裁衣,十五弹箜篌,十六诵诗书……艳惊四座,才名远扬,坊间颇有名气之才女。

春暖花开,桃李芬芳,花香四溢,十六岁的刘兰芝身着一身白色素服正坐在自家院子里弹拨箜篌。长发及腰的兰芝深处万花丛中,气定神闲,一心扑在了琴弦上,她面若桃红,眉如月梢,眼如星灿,唇如樱桃,齿白如雪,如出水芙蓉,却又像天仙下凡。

刘兰芝跪坐而弹奏箜篌,先是由慢到快,由浅入深,箜篌之旋律也越来越紧凑,几乎到了高潮。兰芝心无旁骛,两眼专注地盯着琴弦,周围的人和事她一概不知。少时,有喜鹊飞来,从兰芝的头顶绕过,似乎被兰芝的琴声吸引。兰芝见喜鹊飞来,便激情高涨,弹拨起来更加卖力。箜篌之声仿佛响彻整个庐江城,随之越来越多的鸟类飞向兰芝,它们纷纷歇落在院子里的枝丫上,叽叽喳喳,仿佛都能听懂兰芝的旋律。

刘兰芝的母亲和嫂子正在院子里劳作,正在打扫院子的嫂子也停止了清扫,呆站在原地聚精会神地聆听兰芝的琴声;正在晾晒衣服的母亲也将手里的活儿放下,抬头望了望空中的白鸟,喜悦地朝刘兰芝笑了笑,喃喃自语道:"闺女竟乃人中之凤,琴音竟能引来白鸟! 真是奇观!"

刘兰芝母亲正在暗自称赞女儿时,一只孔雀正从东南方向飞来,孔雀毛色光鲜,飞翔有速,鸣叫之声划破天空,刘兰芝的嫂嫂喜不自胜,叫了起来:"娘,兰芝,快看,孔雀! 想不到兰芝弹箜篌竟能引来孔雀! 娘,这孔雀乃百鸟之王,乃吉祥之鸟,此刻竟让我看到了百鸟朝凤的奇观!"

刘兰芝见百鸟飞来,她的兴致更高,弹奏得更加用心,嘴里念道:"皑如山上雪,皎若云间月。闻君有两意,故来相决绝。今日斗酒会,明旦沟水头。躞蹀御沟上,沟水东西流。凄凄复凄凄,嫁娶不须啼。愿得一人心,白头不相离。竹竿何袅袅,鱼尾何簁簁。男儿重意气,何用钱刀为!"

刘兰芝停了下来。

刘兰芝嫂嫂问道:"兰芝,愿得一人心,白头不相离,这两句好像在哪里听到过,很是耳熟?!"

刘兰芝起身,放下箜篌,微笑着走向嫂嫂,说道:"嫂嫂,我刚才念的这首诗出自蜀中才女卓文君的《白头吟》。"

刘兰芝嫂嫂笑道:"娘,你看到了吗? 你家姑娘这是思春了! 傻姑娘,这世上哪有什么纯粹的爱情,大多只是搭伙过日子罢了!"

刘兰芝母亲接着道:"孩子,别一天到晚在家里读书、弹箜篌,多学习做饭、洗衣服、女红之类的事情,这才是女儿家该做的。你今年都过了十六了,到了谈婚论嫁的年龄了,这件事情你要放在心上!不能一天到晚没个正形儿,毕竟这读书、弹琴不是正事,女儿家不做官,读那么多书干什么!"

刘兰芝不甘心地道:"娘,我不嫁,我才十六,不急!女儿要一辈子陪在娘的身边!再说这婆媳关系向来难处,兰芝可不想过那样的日子!女儿家怎么了,女儿家虽然不能为官,但是古往今来的巾帼英雄还少吗?商代的妇好,汉代的卓文君、王昭君、班婕妤、班昭这些,哪个不是咱们女人学习的榜样?母亲莫非跟世俗之人一样贬低女人?!"

刘兰芝母亲无奈道:"好好好,你饱读诗书,母亲说不过你,但是女儿家生来就是要嫁人的,哪能不找夫家?!你父亲尸骨未寒,他最大的遗憾就是没能看到你嫁人!你要对得起你的父亲,娘也会为你找个好人家!"

刘兰芝拧不过,表情不悦道:"娘,反正我是你的女儿,随便你吧!"

说罢,抱着箜篌就进了屋。

兰芝母亲对着兰芝嫂嫂,埋怨道:"你看吧,这丫头就是这德行!油盐不进啊!"

兰芝嫂嫂道:"娘,不过呢,兰芝说得没错,婚姻大事不能儿戏,要是婆媳关系不好,兰芝嫁过去可是要吃苦的!娘还是慢慢给兰芝找吧!"

兰芝母亲瞅了兰芝嫂嫂一眼,无奈道:"兰芝给你什么好处了,把你收买了,现在连你也站在兰芝那边!"

兰芝嫂嫂嘟了嘟嘴,拾起扫帚假装扫地,回避兰芝母亲的眼光。

庐江府焦家本是仕宦之家,焦家先祖都在汉朝当过小官,虽说是仕宦之家,但也不过是上不了台面的芝麻小官。这在科举制度出现之前的门第取士的时代是无上的荣耀,焦家到了焦仲卿这代,凭着祖上福荫,加上自己的文采,于是在庐江郡衙门当了个抄文书的小吏,尽管如此,焦母常常引以为傲。

一日,焦仲卿从衙门回来,焦母为他点上一炷香,将他叫到焦家祖宗牌位前,郑重其事道:"仲卿,来给你的父亲和祖宗上炷香吧!你现在当了府衙的文书也算为我们焦家光宗耀祖了!你如今也到了娶亲的年龄,娘一定给你找一个门当户对的官家之女与你相配!这才对得起焦家列祖列宗!"

焦仲卿接过母亲手里的香,拜了拜,便插进香炉。

一旁的焦仲卿妹妹焦月英对焦母道:"娘,兄长的亲事最好还是征求兄长的意见,找一个门当户对的女子,最好找一个对兄长一心一意的妻子!"

焦母斥道:"你个姑娘家家的知道什么!我在说你哥哥,你少打岔!"

焦仲卿道:"娘,孩儿不奢求什么门当户对,找个爱孩儿的,孝敬您的就行了!"

"你少胡说,儿子,娘告诉你啊,你必须找个官家之女,门庭差了,不能要啊!"焦母斩钉截铁道。

焦仲卿很无奈,摇了摇头:"娘,孩儿忙了一天,累了,进屋休息会儿!"便走进了屋里。

庐江郡衙门的焦仲卿只是个抄文书的小吏,有才华,淡泊明志,不爱溜须拍马,身为文人的焦仲卿尤其反感那种奉承之徒。因此,在衙门多年也没有机会升迁,甚至被衙门里的一些上司打压,根本就没有崭露头角的机会。焦仲卿琴棋书画样样通,却派不上用场,也无法用来治国安邦,常常被上司用来消遣助兴,这些在焦仲卿的心里一直感到委屈,但是他只能隐忍。

庐江郡丞王大人是一个酒色之徒,常常流连于烟花柳巷。无奈这是个乱世,各诸侯都在忙着争夺汉朝的江山。因此,朝政腐败、荒废,没有人管他,一直都在渎职。他常常将焦仲卿叫到风流场所为他弹琴助兴,今日也不例外,焦母还以为是这郡丞在赏识他、提拔他,怎知焦仲卿只是被郡丞用来消遣的。

焦仲卿背着古琴推开了房门,里面三五个美女正在郡丞面前跳着艳舞,郡丞坐在上位,左拥右抱,对着美女一味地亲热。

焦仲卿面对如此场景,不敢多看着暴露的美女,低头对郡丞道:"王大人,下官还是出去吧!"

郡丞不悦道:"仲卿啊,看到没有,这样才叫人生,你懂不懂享受生活啊?!本官叫你来,一来是为了让你弹琴为本官助兴,二来你也可以玩玩嘛!你这个榆木脑袋怎么就不开窍呢?告诉你,人生苦短,及时行乐才对!"

焦仲卿唯唯诺诺道:"大人,这弹奏可以,至于这艳福嘛,下官确实无福消受!"

郡丞嘲讽道:"你呀,就是个榆木脑袋不开窍,要不然凭借你的才华可能早当上太守了！好吧，弹吧！"

焦仲卿在屋里找了个空地，便盘腿而坐，将琴放在自己的双腿上弹奏起来，琴声清脆悦耳，美女伴舞，这郡丞可是如痴如醉啊。

隐约焦仲卿好像听到不远处传来箜篌的声音。对于深谙音律的焦仲卿来说，他知道这弹箜篌的人技艺高超，定非凡品。从音律的感情上听得出，这是个女子，而且还是个多愁善感的女子。焦仲卿也将琴声变了调，与远处的箜篌和声，听来更加耐人寻味。

焦仲卿喃喃自语道："这弹奏箜篌的女子是谁呢？怎会如此伤感！"

刘家大院，刘兰芝正在弹奏箜篌，隐约也听到古琴的声音，琴声低沉，与自己的箜篌配得天衣无缝，刘兰芝也喃喃自语道："这弹琴的人是谁，竟会如此消沉，有种郁郁不得志的哀怨！想必也是个仕途失意的落魄文人！"

刘兰芝似乎听出了对方的心声，再一次转变曲调，用箜篌回应了焦仲卿心中的苦闷。

焦仲卿听着远处的箜篌之声，他热血澎湃，感觉是遇上了知音，再次以琴声回应，喃喃自语道："想来对方是听懂了我的心声，难得这世上还有知音。这个人是谁？听这曲调有着女子的柔美和感性，对方应该是位才女！可怜，我焦仲卿无缘结识。"

而另一边的刘兰芝也动了思春之心，然而上天自有安排。

焦家织坊里，焦母和女儿焦月英正在织坊里面织布，突然李媒婆推开了织坊的门道："焦家大娘，我在院子里找你半天都没见人，原来你在这里!"

　　焦母忙问:"李媒婆,是不是我儿子的亲事有着落了?"

　　李媒婆笑道:"是呀,为了你儿子的亲事,我的腿都跑断了。刘家,兰芝姑娘,庐江有名的才女,箜篌弹得那叫一个好,人也孝顺!现在刘家就一对兄妹和她老娘,你儿子的事我只是跟兰芝她娘提了这事,兰芝娘没什么意见,我就是来问问你,你同意了,就正式去刘家提亲!"

　　"好啊,好啊,这门亲事我替哥答应了!"焦月英抢话道。

　　焦母斥道:"你懂什么,小丫头需要乱说! 干活儿去!"

　　焦母又朝李媒婆笑道:"这刘家的背景也太差了吧,我儿子好歹也是衙门的官,而且我们焦家也是官宦世家,怎么能找百姓家的女儿呢? 李媒婆再辛苦你一下,看能不能上太守、县令、州牧那样的家里去说说,如果能娶到他们的女儿,那我儿子就前途无量了! 事成之后,你要什么,我都答应你!"

　　李媒婆大惊道:"什么! 太守、州牧的女儿,你是不是疯了! 焦家大娘,你还是另请高明吧,你的钱我挣不了。我李媒婆没那么大的本事,我见得着太守嘛!"

　　说罢,李媒婆便转身要离去,焦母连忙拽住她,无奈道:"好吧,这也是我儿子的命,那你跟我说说这刘家是什么背景?"

　　李媒婆道:"这刘家也曾是官宦人家,刘家自兰芝他爹去世后,刘家家道中落,再说了这世上哪有永远的官家,哪有永远的富人,且不说这兰芝姑娘还是十里八乡有名的才华,人长得漂亮,你知道有多少人上门提亲!"

焦母叹道："哎，也罢，李媒婆麻烦你再上刘家说说，如果他们同意了，我们择日再下聘礼！"

"好吧，你等着啊！"李媒婆一边说着，一边就往外走。

刘家也是一样，自从刘兰芝弹箜篌招来百鸟朝凤的情景，在十里八乡都传开了，都说这兰芝姑娘是天仙下凡，不是凡人，传的神乎其神。因此，前来刘家提亲的人总是络绎不绝，其中不乏官宦人家，这刘家的门槛都快踩烂了。

这刘兰芝被围的不敢出门，一个人躲在闺房里，而刘母却在客厅里来回徘徊，不知道该要如何应对。刘兰芝的哥哥刘兰洪兴奋地跑进来，喊道："娘，这襄安县县令杨大人派人来给他儿子提亲了！还有庐江郡丞王大人他也派人来了！"

刘母诧异道："郡丞王大人，我听说那人官品不好啊，他儿子不是还小吗？"

刘兰洪道："是呀，我也问了，他说他想找兰芝做小妾，她说兰芝要是嫁给他，他保我们一家富贵！娘，我觉得兰芝可以嫁给这个王大人！"

刘母大惊道："什么！你这混账东西，你不是把你妹妹往火坑里推吗？这郡丞一把年纪，好色成性，你妹妹做他的小妾不是糟蹋她吗！快快快推了他！"

"得罪了郡丞，以后我们家的日子可不好过啊！"刘兰洪警示道。

一旁的刘兰洪妻子吼道："你还是人嘛，宁愿得罪他，也不能送你妹妹过去啊！"

刘兰洪没辙,无奈道:"那好,这县令的公子应该没问题吧,兰芝嫁过去难道不享福?!"

刘母反问道:"你见过这杨县令的公子吗?是瘸子、跛子、瞎子、聋子,还是丑八怪,你清楚吗?怎么你谁都敢答应!"

"就是,娘说得对,这婚姻大事还是要兰芝自己决定,这富家子弟有几个是务正业的!"刘兰芝嫂嫂道。

就在这时,李媒婆从刘家大院求亲的队伍中穿梭而来,来到刘母的面前,一阵笑道:"刘家大娘,今天我是替城东焦家来求亲的!焦家你知道吧,也是个官宦人家,焦家公子现在在郡衙里做文书,焦公子一表人才,才华横溢,有庐江第一才子的美誉,是焦家当年让我来代她提亲!不知刘家大娘意下如何?"

刘母有些顾虑道:"李媒婆,这焦家看得起咱家吗?"

"看得起,看得起!"李媒婆笑道。

刘母对一旁的儿媳道:"你进屋去问问兰芝,问她愿不愿意嫁焦家。"

刘兰芝嫂嫂便走进了屋子。

刘母对李媒婆道:"你等一下,看看我家姑娘是什么意思。"

刘兰芝嫂嫂进了屋,刘兰芝正在做女红之类的东西,嫂嫂忙问:"兰芝,现在焦家来提亲了,娘让我问问你的意思。"

"焦家,哪个焦家?"刘兰芝疑惑道。

刘兰芝嫂嫂道:"听李媒婆说是城东焦家,听说焦家公子一表人才,在郡衙做文书,也算吃公家饭的!听说这焦公子才华横溢,有庐江第一才子的美誉,娘也觉得你们比较配,让我来问你。"

刘兰芝道:"人家是公家人,又有庐江第一才子的美誉,人家能看上我吗?"

刘兰芝嫂嫂笑了笑,道:"我的傻妹妹,他是庐江第一才子,你不也一样是庐江第一才女吗。你的箜篌弹得好,诗写得好,试问庐江还有哪个女子能与你相提并论?!你要赶紧决定,人家李媒婆还等着回话呢!"

刘兰芝犹豫片刻道:"且不知这焦家公子真如你所说一表人才,也罢,嫂嫂你去吧,婚姻大事本就是父母之命媒妁之言,母亲没有意见,那兰芝只有接受!"

兰芝嫂嫂再次问道:"你真的决定嫁到焦家了,决定了我马上出去回话!"

刘兰芝羞涩地点了点头。

兰芝嫂嫂兴高采烈地跑了出去,激动地喊道:"娘,兰芝她同意了!"

"我的姑奶奶,说了这么多亲事,她终于同意了!"刘母做出一副祈祷的样子道。

一旁的刘兰洪乐得手舞足蹈:"好,这下太好了,妹妹嫁给衙门里的人,以后我在外经商就容易多了,也给咱刘家长脸了!这才是我的好妹妹!"

一旁的李媒婆听得真真的,笑道:"你们说定了啊,那我就回去让焦家准备聘礼,择日前来迎亲!"

说罢,李媒婆便乐呵呵地跑了出去。

刘兰洪站在刘家院子的台阶上,面对这众多求亲的人,深表歉意道："大家对不住了啊！我妹妹现在已经有了合适的人选了，大家都回去吧，你们都是达官显贵，是我妹妹配不上你们家。所以，作为兄长的我还是要尊重妹妹的选择！请诸位海涵！诸位请回吧！"

来人一阵扫兴，纷纷挑着自己带来的聘礼返回。

李媒婆再次回到焦家，这时候焦母正在院子里给花浇水，李媒婆老远喊道："焦家大娘，刘家同意了，让你们焦家准备好聘礼，择日迎亲！"

刚从屋里走出来的焦月英一听，大喜道："真的，刘家真的同意了？太好了！哥这下有福气了！哥能娶到庐江第一才女刘兰芝真的是她上辈子修来的福气，刘兰芝的孝顺是出了名的，这也是咱们焦家的福气！"

李媒婆还未离去，焦仲卿从衙门里回来了，见有媒婆在，焦仲卿一脸诧异，朝母亲问道："娘，这是怎么回事。"

焦母还未先开口，李媒婆就迫不及待地道："焦大人，我告诉你，你娘已经替你向刘家求亲了，人家兰芝姑娘已经应了！"

焦仲卿无奈地道："娘，你就不要管我的事情了！这一般的庸脂俗粉怎么适合你儿子！"

焦月英道："哥，你知道这兰芝姑娘是谁吗？就是这庐江大名鼎鼎的才女刘兰芝，她能嫁给你一个小吏，你就乐死吧！还庸脂俗粉！"

焦仲卿惊讶，道："什么？刘兰芝！我听说过她，听闻她十三能织素，十四学裁衣，十五弹箜篌，十六诵诗书，确实是如雷贯耳！真的是她吗，如果是她，娘，儿子死而无憾了！"

焦母道:"呸,呸,呸,你说什么呢,什么死呀死的,儿子你记住,是刘家人高攀,我们焦家是什么地位,那是官宦人家!"

焦月英急道:"哥,你在等什么,赶紧准备聘礼,好择日迎娶嫂嫂过门啊!"

焦仲卿迫不及待地进了屋。

数日后,焦、刘两家人正式达成了联姻协议,一切准备就绪以后,焦仲卿与刘兰芝的婚礼如期举行。焦仲卿身着玄色礼服,拜别母亲后,便手持一尊铜雁与迎亲队一起前往刘家。

刘家李兰芝正在自己的闺房里梳妆打扮,刘兰芝也穿着玄色礼服,为她化妆的是她的嫂嫂,刘兰芝对着铜镜,心里有些不舍道:"嫂嫂,我就要嫁到焦家去了,以后我不在家的时候娘就靠你照顾了!我那哥哥为人轻浮,也不负责任,三天两头往外跑,不务正业。所以,嫂嫂你要多为咱家操心啊!"

"知道了,兰芝,你就放宽心吧,你娘也是我娘,何故这般!"兰芝嫂嫂道。

刘兰芝嫂嫂一遍又一遍地为刘兰芝梳头发,兰芝的头发乌黑亮丽,兰芝嫂嫂从首饰盒里拿出一些新的首饰给兰芝戴在头上,说道:"兰芝今天是最美的!感觉就像天上的仙女一般!"

刘兰芝调侃道:"嫂嫂莫非是见过仙女?"

兰芝嫂嫂笑道:"兰芝啊,这天上的仙女,嫂嫂哪有福气见到啊,不过咱家的仙女,嫂嫂算是见着了!只是嫂嫂舍不得咱家兰芝啊!"

刘兰芝难免有些伤感,她轻轻地将手搭在嫂嫂的手上,安慰道:"嫂嫂,别让我流泪了,今日我都哭过好几回了!再说,我想回来的时候还能看你们嘛!"

焦仲卿的迎亲队伍很快就来到刘家,一路上敲敲打打,声音响遍几条街,兰芝嫂嫂竖起了耳朵,说道:"兰芝,你听,好像是迎亲的上门了!"

到了刘家的大门口,兰芝的母亲和兄长刘兰洪正在门口等候,焦仲卿从马背上下来,手里捧着一尊铜雁,来到刘母的面前,说道:"泰水在上,请受小婿一拜,此乃铜雁,请泰水收下!小婿能娶到兰芝姑娘,是小婿的福气!泰水,快有请兰芝姑娘吧!"

刘母对一旁的刘兰洪催道:"快,叫你妹妹出来,就说仲卿在外面等!"

没一会儿,刘兰芝在嫂嫂的搀扶下,从刘家走了出来,焦仲卿被刘兰芝的美艳动人深深地吸引了。他目瞪口呆,实在不敢相信世间竟有如此美丽的女子。

焦仲卿上了台阶,牵起刘兰芝的手,往下走,并搀着她上了轿子,就这样一路吹吹打打朝焦家走去。

焦仲卿与刘兰芝的婚礼,严格按照周礼布置流程,包括醮子、亲迎、妇至成礼、见舅姑等,整个仪式由赞者、司仪、执事等数人主持,周制婚礼的典型特点是不举乐,不庆贺。

刘兰芝和焦仲卿回到了自己的房间,焦仲卿再次被刘兰芝楚楚动人的面孔深深吸引,刘兰芝和焦仲卿一起坐在了床边,刘兰芝羞涩地说:"夫君,让我为你宽衣吧?"

焦仲卿道:"有劳夫人!"

刘兰芝羞涩地为焦仲卿解开衣服,焦仲卿露出宽大的胸膛,刘兰芝的手留在焦仲卿的胸前,感到一阵温暖和炽热,仿佛刘兰芝整个人的身体都在燃烧。

次日一大早,刘兰芝就早早起床,来到院子里弹奏箜篌,这是她多年来的习惯,坚持了很多年。早上是一天的开始,神清气爽,弹奏箜篌也是在修身养性。刘兰芝的箜篌之声清脆悦耳,音律强烈而富有感情,节奏轻快。

焦仲卿被刘兰芝的箜篌声音惊醒,他从床上下来,穿好衣服,往屋外走去,一路来到院子里。他没敢打扰刘兰芝,他走路的脚步很轻,而刘兰芝也沉迷于箜篌,待兰芝弹完后,便起身。

焦仲卿在身后鼓掌,赞叹道:"夫人,真想不到你的箜篌竟练到如此炉火纯青!在认识夫人前,我就知夫人有庐江第一才女之称,幸成我焦仲卿妻子,焦仲卿何德何能,仲卿日后一定待夫人好!只是听兰芝你的箜篌之声,倒让我想起一个人,那日我在给郡丞演奏,偶听有箜篌之声传来,我还给她和声,只是不知这人在哪里,听得出来是一女子!"

刘兰芝喜出望外,惊道:"原来夫君就是那弹古琴的人!真想不到,原来上天早就安排了这段姻缘。我能听出夫君的心声,那日你弹古琴,我就知道你壮志未酬、愤而不平!"

焦仲卿感慨万分道:"知我者,兰芝也!既是上天安排,仲卿此生定不负夫人!"

刘兰芝欣慰道:"有夫君这番话,兰芝此生也当视夫君为今世唯一!"

焦仲卿将刘兰芝搂在怀里,就这样紧紧地抱着。

这时，焦月英来了，见两人抱在一起，故意咳嗽一声，道："哥，嫂子，吃早饭了！"

焦仲卿搂着刘兰芝，来到饭桌上，一副恩爱绵绵的样子。

早饭，焦家一般都煮粥，吃馒头和腌菜，日子过得还算清苦，刘兰芝看后觉得有些难以下咽，在刘家她从来不吃这些。而且桌子上只放了三副碗筷，焦仲卿的，焦月英的，还有就是焦母的，焦母不客气地说："既然做了我们焦家的媳妇，以后一定要严格遵从三从四德，不能做任何有损我焦家门楣之事！碗筷在厨房，自己拿去！我们焦家的媳妇首先一条就是勤！"

"我替兰芝拿去！"焦仲卿站起身来，连忙为刘兰芝打掩护。

焦母一本正经地道："不行，仲卿，你不能这样惯着她，让她自己去！"

焦月英不忍见到刘兰芝这个新嫂嫂有想法，连忙站起来，说道："我去吧，我去替嫂嫂拿！"

焦月英刚起身，焦母拍案道："坐下，让她自己去！"

刘兰芝刚嫁到焦家就来了个下马威，她委屈地站起来，闷闷不乐地走向厨房，随后回到饭桌上。

焦母见到刘兰芝闷闷不乐的样子，大声道："怎么？不高兴！兰芝，你公公去世早，仲卿是我唯一的儿子，现在我这个婆婆是一家之主，说你几句难道不该吗？我儿子怎么说也是朝廷命官，也是书香门第，要不是我们家道中落，怎么可能让仲卿娶你！你能嫁给我们仲卿是你几世修来的福分！你不要不知足，母亲告诉你，从今天开始，你要改掉在刘家的坏毛病，早上起来不要谈箜篌，要学会做早饭给你的夫君！我们家有很多事,比如扫地、织布等,这些你都要学会做!这些才是一个好妻子应该做的!"

刘兰芝道:"婆婆说得对,兰芝一切都听婆婆的!"

焦仲卿不忍看到刘兰芝受到委屈,说道:"娘,今天是兰芝第一天到咱们家,这新环境还没有适应,你突然提了这么多的条件,也太过了吧!每个人都有自己的志趣和个性,娘为什么要以自己认为对的事情去要求兰芝呢!娘一大早提这提那,你让不让人吃饭了!"

焦母生气道:"仲卿,你现在就知道护住你妻子,日子一长,你难道还要赶娘吗?!"

说罢,焦母放下碗,将筷子重重地拍在桌子上,将脸侧到一边。

贤惠的刘兰芝,扯了扯焦仲卿的衣襟,暗示他不要再说,刘兰芝站起身来,笑着走到焦母的面前,劝道:"娘,都是儿媳不好!让你生气了!你放心吧,你说的每一条以后兰芝都按照娘说的来!你还是先吃饭吧!"

刘兰芝只能靠哄着取悦焦母,焦母这才肯吃饭。刘兰芝回到自己的位置上,开始喝起这在刘家很少吃的稀粥还有腌菜,不曾埋怨一句。

焦仲卿喝了一碗粥,起身,随手拿了一个馒头,说道:"娘,兰芝,我去衙门了。月英,你要好好照顾你的嫂嫂,我不在的时候,你可不能欺负你嫂嫂!"

焦仲卿给焦月英使了一个眼神,其实这话是说给焦母听得。焦仲卿说完,便走了。

焦仲卿做了这个官,因为工作繁忙,便很少回家,这对于新婚的小夫妻来说无疑是残忍的。焦仲卿基本上出去后,要几天才回来,刘兰芝常常一个人独守空房。鸡叫时分,刘兰芝就被自己的婆婆叫醒,进入织坊作业,天天晚上都不能休息,夜以继日。三天时间能在机上截下五匹布,但焦母还是嫌弃兰芝做得太慢。像这样的生活持续了两三年。

这不,焦仲卿又出门近一月了,尚未归家。焦母天天把刘兰芝当成是免费的佣人,而不是儿媳。

刘兰芝已经在织坊里连续工作了一天一夜,困了,就只是打盹,她听到婆婆的咳嗽声,就连忙睁开眼睛,继续工作,眼眶的黑眼圈越来越黑。

焦母走过来,埋怨道:"你怎么这么慢呢?男人主外,女人就要主内,做好本职工作,我告诉你,做我焦家的儿媳就要吃苦耐劳!"

刘兰芝已经几天几夜没有合眼了,再这样下去,迟早会被累死在这里。

刘兰芝终于忍不住,站了起来,据理力争,说道:"婆婆,不是我兰芝不贤惠,而是你焦家的巧妇难做,我已经连续几天没有合眼了,当真要累死我吗?我嫁到你们焦家,你们给了我什么,给了我金,还是给了我银,天天说自己是官宦人家,既然是官宦人家为什么偏要找我刘兰芝!婆婆,我告诉你,我是焦家的儿媳,焦仲卿的妻子,我不是你们焦家的佣人!就算是一个外人这样用,你们也应该给我付工钱吧!我实在受不了你家的驱使,请婆婆遣返我回娘家去!"

焦母一听,见自己的威信给挑衅,她顿时气急败坏道:"有本事你就走,我没有你这个儿媳!"

焦月英闻声,赶过来,看着兰芝,同情道:"娘,我们焦家是哪世修来的福气,能娶到嫂嫂这样的媳妇,娘你为什么总是要这样对待嫂嫂呢?人家可是庐江第一才女,你不让人家弹箜篌就算了,你让人家给你干活也就算了,你为何还要人家没日没夜给你干呢?人家刘家怎么说也是大户人家,人家姑娘干吗到你这里吃苦呢?哥是衙门的人,没错,就哥那点俸禄够养活谁呀?还是靠咱们的织坊,娘,你就别往自己脸上贴金了!还官宦人家呢?我们焦家算哪门子官宦人家,祖上是做过宰相呢,还是太尉?是做过太守呢,还是将军?都没有吧!所以,娘,你还是不要太过分了!你要是真的把嫂嫂给赶走了,估计哥回家肯定会跟你翻脸!"

刘兰芝归意已决,道:"月英,你不要再说了,反正,这焦家的媳妇我是当不了,还是请婆婆找她理想的儿媳吧!"

说罢,刘兰芝便回到房间里,收拾自己的嫁妆,便叫了一辆马车,准备搬东西走人。焦月英眼看着刘兰芝上了马车,不断地呼道:"嫂嫂,你别走呀!你走了,我哥怎么办!他那么爱你,他一定会为了你跟娘翻脸的!"

任凭焦月英在后面喊,刘兰芝的马车也没有停下,越走越远。

兰芝回到娘家后,进了大门,走上厅堂,进退两难,觉得脸面已经不在。她命马夫将东西都搬进了刘家。

刘母表情十分诧异,问道:"兰芝,你不在焦家住,回娘家干什么,也不怕人家说闲话!?"

刘兰芝不甘地道:"宁愿别人说闲话,也好过累死在焦家!"

刘母失望地道："兰芝,想不到没有去接你,你竟自己回到家里,十三岁我就教你纺织,十四岁你就学会裁衣,十五岁会弹箜篌,十六岁懂得礼仪,十七岁把你嫁出去,总以为你在夫家不会有什么过失。你现在有什么过失?为什么没有去接你你自己回到家里?"

兰芝十分惭愧地对亲娘说："女儿实在没有什么过失,只是女儿已经几天没有睡觉了,婆婆是要把我累死!我不得已才跟她翻脸回到家里!"亲娘听后十分伤悲。

一个多月后,焦仲卿从外面回到家里,回家后便四处寻找刘兰芝,却不见刘兰芝的踪影。

焦仲卿对正在做饭的妹妹问道："你嫂嫂呢?怎么没有见到她?"

焦月英低头不语,她对焦仲卿使了一个眼神。

一旁的焦母,若无其事地道："仲卿啊,你不用找了!她回娘家去了!"

焦仲卿纳闷道："她没事回娘家干什么?"

焦月英心直口快道："是娘赶走的!"

"你这死丫头,你哪只眼睛看到是我赶走的?明明是她自己走的!"焦母推脱道。

焦仲卿无奈道："娘,你就不要推了,我太了解你了,肯定是你赶走兰芝的!娘,儿已经没有做高官享厚禄的福相,幸而娶得这样一个好媳妇,刚成年我们便结成同床共枕的恩爱夫妻,希望同生共死直到黄泉也相伴伍。我们共同生活了才两三年,这种甜美的日子只是开头还不算长久。她的行为没有什么不正当，哪里知道竟会招致你的不满，得不到慈爱亲厚！我知道娘，你肯定是觉得兰芝没有怀上你的孙子吧，才迁怒于她！怀孩子是两个人的事情，你凭什么都怪在兰芝的身上，万一是你儿子的问题呢！"

焦母没有丝毫悔意，振振有词道："你怎么这样狭隘固执！这个媳妇不懂得礼节，行动又是那样自专自由。我心中早已怀着愤怒，你哪能自作主张对她迁就。东邻有个贤惠的女子，她的名字叫秦罗敷，她的体态没有谁能比得上，我当为了你的婚事去恳求！你就应该赶走兰芝，千万不可再留她！"

焦仲卿一头跪在了焦母的面前，哀求道："如果娘赶走兰芝，仲卿也不会再娶！"

焦母听了仲卿的话，一脸铁青道："你怎么油盐不进，你怎敢胡言乱语，我已经跟她断了情义，我绝对不会答应你！"

焦仲卿不愿再与母亲理论，负疚的焦仲卿二话不说就往刘家跑去。刘家只有刘母、兰芝嫂嫂和兰芝在，焦仲卿敲响了刘家的大门，是兰芝嫂嫂开的门，气愤道："你怎么还敢来？你母亲这样欺负我妹妹！"

焦仲卿连忙解释道："嫂嫂，你误会了，我不在家，是我娘干得好事，我现在是来找兰芝的，兰芝在吗？"

还没等兰芝嫂嫂回话，焦仲卿就闯了进去，朝兰芝的房间走去，一边找一边喊，惊动了刘母，刘母从屋子里出来，朝焦仲卿吼道："你嚷什么？你怎么还敢来刘家？你们母子俩是怎么欺负我女儿的。"

焦仲卿一脸愧疚，说道："娘，我不知道，我在外面都一个多月了。我刚回来，一回家就找不到兰芝！兰芝！"

焦仲卿接着喊。

焦仲卿走到了刘兰芝的房间，推开了房门，刘兰芝正在屋子里流泪，看样子她是伤透了心。

焦仲卿坐在刘兰芝的身边，深感负疚，说道："兰芝，这些日子我不在，我娘对你做了些什么，我不知道，只求你能原谅我！是我没有照顾好你！你跟我回家吧。"

兰芝释怀了，说道："不用麻烦了，记得那年初阳时节，我辞别娘亲走进你的家门。侍奉婆婆都顺着他们的心意，一举一动哪里敢自作主张，不守本分，日日夜夜勤劳地操作，孤身一人周身缠绕着苦辛。自以为没有什么罪过，能够终身侍奉婆婆报答他们的大恩。但仍然被驱赶，哪里还谈得上再转回你家门。我有一件绣花短袄，绣着光彩美丽的花纹。还有一床红罗做的双层斗形的小帐，四角都垂挂着香囊。大大小小的箱子有六七十个，都是用碧绿的丝线捆扎紧。里面的东西都各不相同，各种各样的东西都收藏其中。人既然低贱东西自然也卑陋，不值得用它们来迎接后来的新人。你留着等待以后有机会施舍给别人吧，走到今天这一步，今后不可能再相会相亲。希望你能安慰自己，长久记住我，不要忘记我这苦命的人。"

焦仲卿苦劝无果，只能垂头丧气地回到焦家。他想过，等兰芝哪天气顺了，再到刘家去接她。

刘兰芝回到娘家以后，整个人的精神面貌都好多了，再也不用受焦家那份奴役苦了。当公鸡鸣叫，窗外天快放亮，兰芝起身精心打扮梳妆。她穿上昔日绣花的夹裙,梳妆打扮时每件事都做了四五遍才算妥当。脚下她穿着丝鞋,头上的玳瑁簪闪闪发光。腰间束着流光的白绸带,耳边挂着明月珠装饰的耳珰,十个手指像尖尖的葱根,又细又白嫩,嘴唇涂红像含着朱丹一样。她轻轻地漫步在自家的院子里,艳丽美妙真是举世无双。

刘兰芝回家十多日,县令便派了一个媒人来提亲。媒人对刘母道:"县令大人有个排行第三的公子,身材美好举世无双,年龄只有十八九岁,口才文采都很好,希望刘老夫人能答应这门亲事!"

刘母对着身边的兰芝道:"兰芝,这门婚事可以,你可以嫁过去。"

刘兰芝含泪道:"兰芝当初返家时,仲卿一再嘱咐我,发誓永远不分离。今天如果违背了他的情义,这门婚事就大不吉利。这事,娘以后再商议吧!"

刘母对媒人道:"我们贫贱人家养育了这个女儿,刚出嫁不久便被赶回家,不配做小吏的妻子,哪里适合再嫁你们公子为妻?希望你多方面打听打听,我不能就这样答应你。"

这个时候,刘兰芝的哥哥刘兰洪从外面回来,正好听说了这件事情,心中十分恼怒,对其妹兰芝逼迫道:"兰芝,长兄如父,父亲去世早,你的婚事哥哥说了算!做出决定之前为什么不多想一想,县令的公子多好啊!你嫁给县令的公子足以保你荣华富贵,我们刘家也会跟着沾光!你不嫁这样好的公子郎君,往后你打算怎么办?"

兰芝道:"确实像哥哥所说的一样,离开了家出嫁侍奉丈夫,中途又回到哥哥家里,怎么安排都要顺着哥哥的心意,我哪里能够自作主张？虽然同仲卿有过誓言，但同他相会永远没有机缘。立即就答应了吧，可以结为婚姻。"

媒人连忙走下来，道："好，好，就这样，我回去向县令禀告！"

县令知道后，非常高兴，他翻阅历书，将成婚吉日定在了三十日。

刘母和刘兰洪接到县令的回复后，非常高兴。刘母走到兰芝的面前，笑着道："刚才得到县令的信，明天就能来迎娶你，你为什么还不做好衣裳？不要让事情办不成！"

兰芝默不作声，用手巾掩口悲声啼，眼泪坠落就像流水往下泻。移动她那镶着琉璃的坐榻，搬出来放到前窗下。左手拿着剪刀和界尺，右手拿着绫罗和绸缎。早上做成绣夹裙，傍晚又做成单罗衫。一片昏暗天时已将晚，她满怀忧愁想到明天要出嫁便伤心哭泣。

焦仲卿也意外地听到这个消息，便从衙门告假请求回家看看。走到半路上，距离刘家还有二三里的样子，人很伤心，马儿也悲鸣。兰芝对仲卿那匹马的鸣叫太熟悉，喜服还未穿好，就出门相迎。却看不到仲卿的踪影，暗自落泪，道："自从你离开了我，人事变迁无法预测，果不能满足我们从前的心愿，内中情由又不是你能了解的。我有亲生的母亲，逼迫我的还有我的亲兄长，嫂嫂也无能为力，把我许配给了别人，你还能有什么希望！"

焦仲卿在距离刘家还有二三里的地方，朝向刘家的方向，落泪道："祝贺你能够高升！大石方正又坚厚，可以千年都不变。蒲苇虽然一时坚韧，但只能坚持很短时间，你将一天比一天生活安逸，地位显贵,只有我独自一人下到黄泉。"

仲卿心如死灰地回到家里,焦母正在屋里缝补衣物,焦仲卿上前拜见道:"今天风大天寒,寒风摧折了树木,浓霜冻坏了庭院中的兰花。我今天已是日落西山生命将终结,让母亲独留世间以后的日子孤单。但愿母亲的生命像南山石一样长久,身体强健安康。"

焦母已经隐约感觉到了焦仲卿的话外之意,她总觉得有什么地方不对劲,泪水随着话语掉下来,说道:"仲卿,你是大户人家的子弟,一直在官府台阁做官。千万不要为了一个妇人去寻死,贵贱不同,你将她遗忘怎能算薄情?东邻的罗敷,苗条美丽全城第一。做母亲的为你去求婚,答复就在早晚之间。"

焦仲卿对母亲的行为感到很无奈,再拜母亲之后便转身走回去,在空房中长叹不已,他的决心就这样定下了,把头转向屋子里,心中忧愁煎迫一阵更比一阵紧。

到县令公子迎亲的那一天,牛马嘶叫,新媳妇兰芝被迎娶进入青色帐篷里。天色昏暗已是黄昏后,静悄悄的四周无声息。

迎亲队走到河边,河边的黄昏很美,兰芝喊道:"停一下。"

马车停止了前进,县令公子忙从马上下来,问:"兰芝姑娘何事?"

刘兰芝道:"你们都在这里等我,我想去看看这条河的景色,你看黄昏好美!"

刘兰芝小跑来到河边,仰望天空,黄昏的太阳让人觉得很温暖,很美,刘兰芝道:"这里就是我的葬身之地!我的生命就在今天终结,只有尸体能永远留下,我的魂魄将要离去。"

刘兰芝挽起裙子,脱下丝鞋,纵身跳进了河中。

迎亲队听到扑通一声,连忙跑过去,发现刘兰芝已经被河水吞没,岸边只留下这双鞋子。

刘兰芝殉情的消息很快就传到了焦仲卿的耳朵里,他悲痛欲绝,在自家院子里的大树下,搬来凳子,用白绫上吊死了。

当焦母发现时,尸体已经僵硬,焦母万念俱灰,自责道:"仲卿啊,娘对不起你!娘真想不到你会为了一个女子寻死!"

两家要求将他们夫妻二人合葬,合葬于华山旁。坟墓东西两边种植松柏,左右两侧栽种梧桐。各种树枝,枝枝相覆盖,各种树叶,叶叶相连同。中间又有一对双飞鸟,鸟名本是叫鸳鸯,它们抬起头来相对鸣叫,每晚都要鸣叫一直叫到五更。过路的人都停下脚步仔细听,寡妇惊起更是不安和彷徨。

焦仲卿和刘兰芝的爱情在庐江郡传的是沸沸扬扬、神乎其神,就连太守都来祭拜他们,将他们的爱情上报朝廷,广为传颂。

婆媳关系自古以来都是备受关注的话题,为什么婆媳总是难以相处,我想主要原因还是因为中国长达几千年男尊女卑的社会造成,以三从四德去约束女人,否则就视为不贤。焦仲卿和刘兰芝在庐江应该是最为般配的一对,然而,焦母却始终认为刘兰芝配不上焦仲卿,加之焦母内心门当户对的心理在作怪。焦仲卿与刘兰芝的婚姻悲剧,在当时绝对不是个例,而是中国历史上广泛存在的,是大多数普通夫妻的悲剧缩影。焦仲卿与刘兰芝的爱情故事发生在东汉末年,由于他们是小人物,正史并无记载,后人根据其事件创作《孔雀东南飞》长篇叙事诗,整首诗详细叙述了焦仲卿与刘兰芝的爱情,由于缺乏考证,二人在中国历史上存在的真实性存在争议。

周瑜与小乔

东汉建安四年(199年)12月,孙策大军在周瑜的辅佐下攻打庐江郡皖城。乔府,两个当世之绝色美人大乔、小乔在府上的花园里,大乔赏梅;小乔正坐在亭子里弹古琴,她气定神闲,城外的厮杀声丝毫不能动摇她的心智,像那天上的仙女。乔府的花园还有一个湖,湖水清澈如镜,偶尔可见游走的鱼儿。湖的四周生满了四季常青树,梅花的香气沁人心脾,这或许是皖城最后的一片世外桃源。

大乔不安地走到小乔的面前:"妹妹,这孙策大军都快攻进皖城了,你的琴声还能如此沉稳,难道妹妹真的不怕吗? 你听府上的那些奴才现在正在搬咱们的东西呢!"

小乔冷冷一笑:"姐姐,让他们搬吧,人都要死了,还要钱财干什么?"

大乔道:"妹妹,你就这么肯定孙策大军能攻进来吗?"

小乔道:"姐姐,孙策此人雄才大略,向来攻无不克。皖城的这些守将肯定是守不住的,加上还有一个周瑜,那更是如虎添翼!"

大乔忧心忡忡地说道:"妹妹,那我们就在这里等他们来找我们吗? 我们还是赶紧逃吧! 再晚就来不及了!"

小乔再次冷笑道："姐姐,你也太天真了,我们能往哪里逃,现在孙策的大军已经把皖城围得水泄不通,连只鸟都飞不出去!"

大乔急道："那我们在这里等死吗?"

小乔不以为然:"我们落在孙策手里比落在曹操手里好得多,曹操是出了名的好色。我久闻孙策大名,他礼贤下士,对女人更是礼遇有加! 他是不会杀我们的! 姐姐,你信不信,孙策一旦破城,他一定会严令兵士闯乔府!"

大乔难以置信,道:"妹妹,你就这么肯定!"

小乔胸有成竹道:"姐姐,妹妹如果连这点自信都没有,那实在妄为皖城才女!"

说罢,小乔继续弹奏古琴,琴声悠扬,就连正在杀戮的士兵都被这琴音感化,放下了刀剑。

"你听,这琴声好美,好像一个美人在吟心!"坐在马背上的孙策竖起了耳朵,对身边的周瑜道。

周瑜笑了笑,问道:"伯符,你可听说过皖城大小乔,要不是你说什么美人我差点给忘了!?"

孙策道:"有点印象,莫不是乔玄的两个女儿? 久闻乔公有两个闺女,个个都是倾国倾城啊,难道二人在城中?"

周瑜道:"伯符,从这琴声听得出来,弹琴的应该是女子,而且能弹这么好的女子,估计当今天下只有乔公的小女儿了! 乔玄本是袁术麾下大将,但是跟错了主子,在两年前被曹军重创身亡! 乔公的两个女儿从此没了依靠,一直流落,我敢肯定二乔在城中!"

孙策大笑:"公瑾啊,果真如此,那你我兄弟就会一睹芳容!"

周瑜殷切盼之。

孙策大喊:"众将士听令,全力以赴,攻破皖城,杀敌最多者赏!"

城破后,城里的百姓顿时像热锅上的蚂蚁,四处逃窜,杀声、逃命声交织在一起,人声鼎沸,穿破苍穹。

只有从乔府传出来的琴声还是那样的平和,外面的事情就像是没有发生一样。果真如小乔所料,没有一个士兵闯入乔府。

周瑜和孙策骑着马,一路奔驰,来到乔府的大门口,二人从马上下来,整理了盔甲,抖擞了精神,便一同往乔府走去。

孙策和周瑜顺着琴声一路往庭院深处寻去,渐渐地,距离乔府的花园越来越近,周瑜和孙策透过树枝窥到了二乔的身影。

周瑜看到弹奏的小乔,惊叹道:"伯符,想不到这世上竟有如此美人!当今天下第一美人貂蝉我没见过,我想比起这大小乔也不过如此吧!"

孙策对身后跟着的随从说:"赶紧去给公瑾取把琴来!"

稍候,士兵取来了琴,周瑜拿着琴就盘腿而坐,就这样躲在湖的对面隐蔽处开始雅奏起来,与小乔的琴声和音。

大乔道:"妹妹,这琴声是从那边传过来的,莫不是他们进来了?!"

小乔冷静地说:"姐姐莫怕,听琴声来者应该没有敌意,只是没有想到此人也深谙音律,并且能读懂我的心声!姐姐你觉得这个人是谁?"

"孙策大军已经攻入城中,但是不见一个士兵,我想这来人应该是孙策本人吧。"大乔疑惑道。

小乔略加思索:"不对,孙策虽然能文能武,但是没有听说他懂音律,想必另有其人!我变个音,我看她还能跟上?!"

小乔突然变换了音律,她是在考验湖对面的弹奏者。没想到周瑜也跟着变了音律,与小乔的音律配合得天衣无缝。

一阵激烈地弹奏过后,小乔停了下来。小乔朝湖对面的周瑜、孙策喊道:"湖对面是哪位高人,快快现身吧。如果真是孙将军,倒是我姐妹失迎了。"

孙策笑着对周瑜道:"公瑾,这女子很厉害啊,她没有见我们,就知道我们是谁。走吧,去会会她们!人家都主动邀请了!"

孙策和周瑜两个人避开随从,独自来到大小乔亭子外的走廊边,隔着几十米远。

孙策大笑:"孙策见过两位姑娘!"

小乔连忙起身,和大乔一同施礼,异口同声道:"小女子见过孙将军!"

孙策问道:"两位姑娘,你们是如何知道湖对面是我们?"

小乔笑了笑,道:"天下皆知是孙将军在攻打皖城,如今城破,不见一个兵卒打进来,足见是孙将军的命令,这个应该不难想吧!"

孙策由衷地欣赏道:"两位姑娘真是好眼力,恕我冒昧,两位姑娘可是乔玄将军的女儿,大小乔?"

"正是,我们父亲被曹操害死,我们姐妹俩流落到皖城,原想过太平日子,没想到这孙将军不成全啊!"大乔感慨道。

孙策一脸同情:"两位姑娘赎罪!请两位姑娘理解,这天下无论谁来坐,终究还是要统一的,只有统一,百姓才能真正过好日子!其实,我早就料到两位姑娘在城中,所以才命令属下不要打扰姑娘!"

大乔道:"看来我是误会孙将军了!孙将军的威名,我们姐妹还是知道的,孙将军的仁义之心也是我们姐妹久仰的,将军所到之处,并未杀害无辜百姓,这点我们姐妹由衷地敬佩!"

孙策受宠若惊:"姑娘哪里话,为将者应该胸怀天下,体恤黎民,一味杀伐终究会遭到报应的!"

大乔对这位孙将军充满了仰慕之意。

孙策恍然大悟:"我差点忘了,我身后的这个人,你们能猜出他是谁吗?"

小乔疑惑道:"莫非刚才弹琴的是这位先生?"

孙策笑道:"姑娘,你莫看他是书生打扮,他带兵打仗百战百胜,战无不克啊!没有他的辅佐,我孙策也不会有今天!这个人可是当世奇才哦!两位姑娘能猜到吗?"

小乔不以为然,笑了笑:"孙将军,让我猜猜,这个人长得壮有姿貌,且与孙将军交好,必是那庐江本郡人,洛阳令周异大人之子,有曲有误,周郎顾之称的周瑜周公瑾吧?必是那弹琴之人!"

周瑜大笑:"其实,听姑娘之言,我周瑜并不吃惊,因为两位姑娘都是庐江有名的才女,想不到我周瑜在姑娘这里评价如此之高!在下受宠若惊!你想必就是那小乔了?"

小乔不言,笑着点了点头。

周瑜道:"小乔姑娘琴艺高超,公瑾实在是不及,只望姑娘日后能指点在下一二!"

小乔微笑道:"先生过谦了!江东周郎之威名,我是早有耳闻的!"

孙策一本正经道:"当今之世并不太平,两位姑娘之父乔将军乃一员虎将,不想被曹贼陷害,姑娘难道不想找个依靠吗?恕孙策直言,我与公瑾已过婚配之年,尚未娶妻,不知二位姑娘是否愿意嫁给我俩?先父若是知道,也会含笑九泉的!我与公瑾也算名门之后,想必不会辱没两位姑娘吧?"

大小乔顿时羞红了脸,不敢再看二人。

孙策问小乔道:"小乔姑娘,你是否愿意嫁给公瑾?"

小乔低着头,脸绯红,偷偷瞟了一眼周瑜。

周瑜道:"二位姑娘,我知道伯符的要求太突然了,一时间二位姑娘不易做出决定。这样吧,我有个主意,姑娘可考虑三天吧,三天后如两位姑娘愿意,就在乔府的门口挂一个红灯笼;如果不愿意,我和伯符定会撤出皖城,约束士兵,从此没有人敢来打扰姑娘!伯符,我们走吧!"

孙策和周瑜给二乔恭恭敬敬作了揖,便离去了。二乔这才抬起头来,表情充满了好感。

三日后,周瑜和孙策再一次带着迎亲队来到乔府,刚到乔府大门,只见两只大红灯笼高高挂。

孙策和周瑜从马上下来。孙策面对周瑜,笑道:"公瑾啊,两位姑娘对我们还是有情的,姑娘家这种事情难以启齿是可以理解的。还是公瑾的主意好啊,想了这么一个法子,不像我就会冲动行事!也罢,两位姑娘同意了就好!走,我们进去吧!"

周瑜和孙策刚走到大门口,二乔就着玄色婚服从府里走出来了。

小乔含情脉脉地看着周瑜:"先生,我和姐姐想在离开皖城前去祭拜一下父亲!毕竟我们即将嫁人!"

孙策也看着大乔点了点头。就这样,周瑜牵着小乔的手,孙策牵着大乔的手,两对新人一起走下了台阶,上了马车。

乔玄将军的坟墓深处密林之中,四周都是竹林,风景独特、美丽,还能听到鸟儿叽叽喳喳的声音。两对新人站在乔玄的坟前,二乔一同跪了下来,大乔哭诉道:"爹,女儿和姐姐就要嫁人了。这两个男人都是当世之大英雄,我相信他们是有能力保护女儿和姐姐的。今天我们就要离开皖城了,临走前,来看看父亲!父亲在九泉之下也可以瞑目了!"

大乔哭道:"父亲,请祝福我们吧!"

周瑜和孙策分别将他们扶了起来。周瑜和孙策也跪在了坟前,异口同声道:"泰山大人在上,请受小婿一拜,我们一定照顾好她们,让她们免受战乱颠沛之苦!"

从二乔的表情可以看出,她们对这两个男人还是充满了信心。

周瑜和孙策起身,孙策笑着说:"乔公二女虽经颠沛流离,但有我们两个做丈夫,乔公和泰水在天上也该含笑了!"

二乔随孙策和周瑜一同回到了吴郡,在吴郡举行了盛大的成亲仪式。

仪式后,两对新人各自回到了自己的房间。小乔坐在床前,身姿端正,气定神闲,一副大家闺秀的气质。

周瑜来到小乔的身边坐下,问:"小乔姑娘,公瑾不愿强人所难,公瑾想问姑娘嫁给周瑜是自愿的吗?如果不是,公瑾绝对不碰姑娘,另外再给姑娘寻良配!"

小乔道:"将军,我父死后,自将军和孙将军攻入皖城那一刻,我们姐妹就已经将生死置之度外。我嫁给将军是自愿的,姐姐也是自愿的。孙策将军乃孙坚将军之后,姐姐嫁给他也算门当户对;至于说周将军你也是名门之后,周将军能文能武,威震天下,小乔早就对周将军仰慕已久,皖城相遇或许是天意,小乔愿终生相随周将军!"

"我以为你们姐妹是为了自保才嫁给我们,看来是公瑾肤浅了!请小乔姑娘赎罪!"周瑜深感欣慰道。

小乔从床前站起来,在屋里徘徊,道:"周将军不仅能文能武,而且人品更是了得,要是换作一般的人早将我和姐姐抢去,强行迎娶;将军却没有,将军这样的品行在如今乱世,也许不多了。小乔敢断言,江东孙氏在周将军的辅佐下,一定会有所建树!小乔能嫁给这样的人,焉能不是小乔的福气?!"

周瑜深受感动,情不自禁地走到小乔的面前,搂着她,含情脉脉道:"小乔姑娘,公瑾谢谢你,谢谢你对公瑾的厚爱!天色已晚,我们还是早些就寝吧?"

小乔羞涩地点了一下头,周瑜倒也不呆板,一把将小乔抱了起来,放在床上,两人缠绵在一起。

天下皆知,二乔嫁给了孙策和周瑜,羡慕不已。二乔自从嫁人以后,也不再是闺女打扮,已然成了家庭的小媳妇。

每当周瑜从外面回来,小乔总是嘘寒问暖。如果是夏天,周瑜回来后满头大汗,小乔就一早准备了热毛巾;如果是冬天,周瑜回来的时候,小乔又早早为他升起了炭火,供他取暖。

周瑜刚进门,小乔就为他脱下身上的盔甲,挂在一边的衣架上。

小乔忙问:"夫君,我为你熬了参汤,这大冷天的最容易生病,这参汤驱寒!我给你端过来!"

周瑜幸福地点了点头。

小乔走过去,从火炉上将汤罐取下来,倒在碗里,并用布条双手捧着发烫的汤碗,亲自端到了周瑜的面前,道:"夫君,来趁热喝吧?"

周瑜伸手接过汤碗,小乔不断地提醒道:"夫君,小心,烫!"

周瑜将包着汤碗的布条扔了,用一双长满老茧的双手捧着发烫的碗,道:"夫人,不怕,我周瑜每天刀光剑影,每天拿着刀剑与敌军作战,这手早就是一双粗糙的手。这碗再烫也烫不了我,再说只要是夫人为我熬的汤,就是一锅滚烫的油,我公瑾也照样喝!"

说罢,周瑜瞬间将一碗热腾腾的参汤一饮而尽。

周瑜便将碗伸到小乔的手里,小乔感动道:"夫君……"

周瑜将小乔搂在怀里,一脸满足:"小乔,我公瑾能娶到你,真是我的福气!在我的记忆里,我的亲生母亲当年也没能这样照顾我!我的父亲是洛阳令,妻妾、子女众多,母爱对我来说是奢侈的,我这辈子能与你小乔白头偕老,也算是我的福气!"

贤惠的小乔,依偎在周瑜的怀里:"周郎,你能文能武,既是主公的心腹之臣,又是今之大英雄,连曹操都畏惧三分。周郎待我的好,小乔是知道的,所以也是小乔的福气!如果有来世,小乔还是愿意嫁给周郎!"

周瑜和小乔互诉衷肠,周瑜更加疼惜小乔。

建安五年(200年)四月,孙策在府上遇刺身亡,时年26岁,消息很快传到周瑜的府上。

周府的管家急急忙忙向周瑜禀告:"大人,主公他遇刺身亡了。"

小乔也在周瑜的身边,两个人正在花园里赏花、品茶。小乔听到这个消息,脸色煞白,手里的茶杯也掉在了地上。

周瑜大吃一惊:"什么!主公身亡了?你休要胡说。"

管家诚惶诚恐:"大人,在下哪敢欺骗您和夫人啊!现在是举国震惊啊!"

周瑜连忙起身,朝府外跑去。

小乔急忙喊道:"公瑾,你等等我,我要去看看姐姐。"

周瑜来到孙策的府邸,整个孙府一片死寂,众人皆沉浸在悲伤之中,门外挂满了白灯笼和白绫。

周瑜急急忙忙跑到了孙策的灵台前,江东文武都在,孙策的家小都在为孙策烧纸钱,周瑜难以置信。

周瑜落了泪,跪在了孙策的面前:"伯符,我们是兄弟,你又是我周瑜的主公,我们说好的,要一起干一番轰轰烈烈的大事,你怎么就这么走了?"

周瑜正痛哭,小乔也赶了过来,她见姐姐大乔一脸憔悴的样子,连忙跑过去,跪在了姐姐身边,问道:"姐姐,怎么会这样?到底怎么回事?"

大乔不愿意说话,一直跪在那里做着重复的动作,给孙策烧纸,泪流满面,六神无主。

武将韩当出列,说道:"周将军,主公是在狩猎的时候被刺客所伤,哪知那刺客的剑上有毒,主公回来后就薨了! 是我等保护不周,请周将军降罪!"

周瑜问道:"韩将军,刺客查出来了吗?"

韩当一筹莫展:"至今没有线索! 这些杀手都是被人割了舌头服毒的,被我们抓住的人,要么是没有舌头说不了话,要么是已毒发身亡。定是曹操、袁绍,不然还能有谁?"

周瑜再次问道:"主公临死前可有遗命?"

谋士张昭出列,说道:"主公的遗命是希望其弟孙权继承江东大业!"

周瑜面对张昭,问:"先生以为孙权合适否?"

张昭点了点头。

周瑜郑重地说道:"孙权智勇双全,必能完成江东大业,我宣布孙权为我江东新主公,诸位还有什么异议吗?"

众人左顾右盼,都没有异议。

周瑜斩钉截铁地说道:"事情就这么定了,以后诸位都要拜见新主子,谁也不能有二心!"

小乔一直陪在大乔的身边,大乔很难过,小乔担心姐姐的身体,也跟着难过。小乔走到周瑜的面前,扑在周瑜的怀里就大哭起来:"周郎,姐姐的命好苦啊! 原本以为她嫁了江东的主子一定会幸福,没想到这才嫁过来一年时间啊!"

小乔哭得更加厉害,见到小乔哭,周瑜的心里也很不是滋味,一只手不停地拍着小乔的背,安慰道:"小乔,生死有命,我们都希望主公活着,都希望大姐过得好;但是,人死不能复生啊!"

小乔听了周瑜的话,擦干了眼泪,来到大乔面前,为大乔送上了手帕:"姐姐,你就不要难过了! 我听说了这个噩耗后,急急忙忙跑过来,就是担心姐姐出什么事。我们双亲都不在,我们姐妹俩相依为命,要是你有什么,我可怎么活啊! 再说了,我们的爹娘不希望你这样作践自己的身体,主公也不想看到你这样,否则在九泉之下的主公也会不高兴的! 姐姐,你不要难过了,我求你了,姐姐!"

　　一直处于失魂状态的大乔,这时候才被小乔叫醒。大乔虽然流着泪,但是一直没有哭出声来,当小乔跪在她身边的时候,她终于忍不住,一头埋在了小乔的身上号啕大哭起来。

　　处理完孙策的后事后,所有的人几乎几天几夜没有睡觉,大乔好不容易被小乔哄睡了,才回到周府。

　　见小乔的眼眶多了几道黑眼圈,周瑜心疼道:"小乔,这几日苦了你了! 你好好睡觉吧! 一切有我呢。"

　　小乔在周瑜的搀扶下回到卧房,小乔躺下后,周瑜为她盖上了被子,说道:"好好睡上一觉,什么都不要去想,睡醒了,你再陪伴大姐!。"

　　周瑜和小乔并没有太多时间在一起,很多时候,周瑜都在忙于军国大事,但是贤惠的小乔总能在周瑜回家的时候有热饭吃、有热水澡可以泡。就这样,小乔一直伺候他十余年。

　　建安十三年(208年)秋,赤壁之战爆发。北方曹操率百万大军南下,准备攻打割据江东的孙权。此时的周瑜驻守鄱阳,孙权身边没有可以信任的谋士和武将,大臣分为主战、主和两派,孙权一筹莫展,拿不定主意,这时鲁肃向他推荐了周瑜,希望孙权召回周瑜。

鲁肃奉了孙权的之命,来到鄱阳,这时周瑜正在鄱阳的兵营里练兵,将士们士气高涨。鲁肃一路走来都看在眼里,对周瑜的统帅才能很满意。

兵营里的一个伍长跑过来,对正在指挥练兵的周瑜道:"启禀将军,京口的鲁大人来了!"

周瑜纳闷:"哪个鲁大人?"

这时,鲁肃出现在伍长身后,大笑道:"公瑾,是我!鲁子敬,我奉主公之命而来,有军国大事与你相商!"

周瑜笑迎:"子敬啊,一向少见,你能来,证明主公确实是遇到棘手的事情了,咱们进营帐说!"

周瑜迎鲁肃一起进了营帐中,并双双入座。

周瑜朝营帐后面的小乔喊道:"夫人,子敬来了,还请夫人上茶!"

稍候,小乔的茶泡好了,端给了鲁肃和周瑜。

鲁肃不忘客气几句:"嫂夫人真贤惠啊,乔公的女儿,当世之才女,如今也能安心围在公瑾左右,真乃公瑾之福啊!"

周瑜笑道:"先生客气了!先生刚才说军国大事,不知先生所知何事啊?"

鲁肃一筹莫展:"公瑾啊,现在主公也是没有办法啊!曹操重兵南下,打败了刘备,占据荆州,势头正向江东蔓延,看来曹操有心一统天下啊!朝中有人主战,有人主和,主公的本意是主战,但是又没有合适的将帅。这回面对的曹军可是不低于八十万大军啊!稍有不慎,江东不保!我等无家可归,必死无葬身之地!我知公瑾雄才大略,又曾跟随先主公,所以,才向主公推荐了你！只有公瑾出山,这局势才会好转！"

周瑜感慨道:"真是国难思良将啊！请子敬回奏主公,公瑾即日启程！"

鲁肃笑道:"既然公瑾已经决定,那我就连夜启程回京口禀告主公,好让主公放心！告辞！"

周瑜一路护送鲁肃出了营地。

鲁肃来到渡口,此刻小乔正在渡口等着他,小乔的脸色很不好,鲁肃见小乔,连忙走过去见礼道:"嫂夫人,你怎么在这?"

小乔不甘道:"为什么? 对于你们,对于主公,公瑾只是一枚棋子,随时可以被利用,想起来就用一下,不用了就随便找个地方扔了;但是对于我,他是我的夫君,我需要为他的前程和安全着想,那曹操你们都束手无策,为什么要让我夫君去? 鲁大人,你不觉得这对我夫君很不公平吗? 如今的主公一心想要一统天下,公瑾又一片忠心,我实在担心他会遭遇不测！鲁大人,我请求你放过我们吧！"

鲁肃深感同情,道:"嫂夫人,你的心思我明白,公瑾是你的夫君,但同时也是江东之臣啊！食君之禄为君分忧,嫂夫人不会不明白吧！再说,公瑾一向胸怀大志,你让他平平淡淡、庸庸碌碌过一辈子也不是他所愿！所以,嫂夫人如果真的爱公瑾,就全力辅佐他吧！子敬还有公务在身,就不陪嫂夫人了,告辞！"

鲁肃上了官船,小乔还停留在岸边,久久不肯离去。鲁肃站在船板上回头望着小乔,叹道:"公瑾此生娶到这样贤惠的妻子也是他的福气啊！只可惜生在这乱世,哪有清平日子啊！"

周瑜心情沉重地坐在营帐内，小乔正好从外面回来，一副郁郁寡欢的样子。

周瑜走了过去，关切地问："夫人，你怎么了？"

小乔忧心忡忡地道："公瑾，你是将军，也是我的夫君你每一次出征上战场，我都为你提心吊胆！何况这一次是去迎战曹操，曹操号称百万之众，你有把握吗？"

周瑜道："曹操乃当世枭雄，人言乱世之奸雄，所到之处，城池皆破，手下猛将如云，说实在的，我没有多大的把握。但是，主公有命，我定当不辱使命，一定不会让曹贼越过我江东防线！"

小乔道："公瑾，我跟你一起回去，要是你决定不了的事情，我也可以为你参谋，这样我在你的身边，我也放心！"

周瑜笑道："好啊，有夫人在我身边，又多了一个智囊！"

周瑜和小乔一起回到了京口。

周瑜来到孙权身边，看到孙权一筹莫展的样子，周瑜胸有成竹地说道："主公无须忧虑！破曹只是早晚的事情！"

"哦，看来公瑾成竹在胸啊！说说你有何良策？"孙权惊讶道。

周瑜在孙权身边来回徘徊："主公，你听我慢慢分析。曹军长途跋涉，疲惫不堪，再加上天气寒冷，马没有粮草，北方人习惯陆战不擅水战，水土不服；马超、韩遂尚在关西，为曹操后患；中原的曹军不过十五六万，所得刘表部不过七八万，人心并不向曹。所以，破敌只是早晚的事情！只要主公联刘抗曹，曹贼并无胜算！"

孙权感叹："曹操想要废汉自立很久，只是忌惮二袁、吕布、刘表和我罢了。现在只剩下我，我和曹操势不两立，你所说的话甚合我意,这是上天把你赐给了我!"

孙权拍案而起,拔剑砍掉了桌子的一角:"以后再敢有人说投降,就像这个桌子一样的下场。"

群臣皆惊。

"报,启禀主公,刘备特使觐见!"迎接特使的官吏道。

孙权将剑插在了剑鞘里,回到了座位上:"宣。"

稍后,一个手持羽毛扇,身着道袍,一副仙风道骨的人走了进来,来到孙权的面前,拜见道:"外臣诸葛亮拜见吴侯。"

孙权大惊:"你就是诸葛孔明?"

诸葛亮道:"正是在下。"

孙权笑问:"久仰先生大名,先生何故到我江东啊?"

诸葛亮摆了摆羽毛扇,一副忧心忡忡的样子,说道:"吴侯,当今天下三足鼎立之势已然形成,吴侯、曹操,还有我家主公少了任何一家,其他一足便不保。如今曹贼势头正盛,我荆州已然受到重创,如我家主公不保,东吴也会毁于一旦。所以,我代表主公来到江东,是希望与吴侯联盟的,只有我们两家联盟,曹军才可破!"

一旁的周瑜傲慢地说道:"孔明兄,可有破敌良策?"

诸葛亮笑道:"如果我没有猜错,这位应该是公瑾吧?"

周瑜吃惊地问道:"哦,你如何知道?"

诸葛亮大笑:"江东满朝文武,谁能这么近距离站在吴侯面前,必是吴侯的股肱之臣,公瑾一表人才,器宇不凡,这还有猜吗?"

周瑜笑道:"好一个孔明啊,不愧为刘皇叔的军师啊!孔明自从跟了刘皇叔,这战果丰硕啊,公瑾也曾耳闻,钦佩不已啊!孔明何不赏脸到寒舍一坐,你我共商破敌之策?!"

周瑜面对孙权行礼:"主公,公瑾和孔明先行离开,若商议出破敌之策再来禀报主公。"

诸葛亮告辞道:"吴侯,孔明先行告退。"

孙权起身,抬手做出相送的样子:"先生慢走!"

诸葛亮随周瑜一同来到了周府,周瑜把诸葛亮请到了周府的花园亭子里坐下来。周府的花园风景优美,稍后,小乔便亲自为诸葛亮和周瑜奉上茶。小乔将茶放在诸葛亮的面前:"先生请慢用!"

诸葛亮笑问周瑜:"公瑾啊,这位是夫人吧!"

周瑜笑道:"孔明真是好眼力啊!这位就是乔玄将军的小女儿小乔,我和先主公孙策破皖城时,遇到了她,便将她带回。"

诸葛亮赞扬道:"公瑾乃当世豪杰,小乔又是当世佳人,你们真是天造地设的一对啊,公瑾福气不浅呐!"

周瑜笑道:"先生过奖了!先生不如来说一下这破敌之策吧!"

诸葛亮一副成竹在胸的样子:"不着急,我们还是先喝茶,看看公瑾的花园吧!今天天气这么好。"

周瑜看到诸葛亮一副怡然自得的样子,料想他肯定有了妙计:"孔明啊,你定是有了破曹军的妙计,这样吧,我们谁也不用说出来,我们都写在手上如何?"

诸葛亮笑道:"公瑾此法甚好。"

周瑜喊道:"夫人,取笔墨来。"

稍后,小乔将笔墨送上,放在亭子里的桌子上。

周瑜和诸葛亮各自用笔沾上墨汁,分别在自己的手心写了一个

"火"字，然后分别伸给对方看。两人看后大笑。

周瑜道："孔明啊，我们真是英雄所见略同。你不如说说你是如何想到这个字的？"

诸葛亮道："曹军多出自北方，水性不好，曹操将战船用铁链相接，让士兵在战船上如履平地，我们只需要选取战船十艘，装上干柴，浇上油，加点火，就能烧他个干干净净！如果再送上点东南大风，曹军定然全部瓦解。"

周瑜鼓掌，笑道："孔明真乃妙计！与我不谋而合！只是这东南大风难借啊！"

诸葛亮道："只要公瑾能依计行事，我定然为你请得三天三夜的东南大风。"

周瑜看了看天气："孔明啊，这是军国大事，不能戏言呐。如今这天气这么好，连半点风都没有，何来的东南大风啊？"

诸葛亮大笑："公瑾啊，你尽管去做，这请风之事就交给我吧！"

周瑜还是难以置信："来，喝茶！"

两人以茶代酒，干了一杯。

诸葛亮起身："公瑾啊，告辞了，孙刘联盟乃是大计，我还会在京口待上一些时日，公瑾如有更好的妙计，随时来找我就是！"

周瑜道："孔明还是吃了饭再走吧！"

"改天再来讨扰。"诸葛亮头也没有回就走了。

周瑜的脸色很难看，小乔见诸葛亮走后，方才来到周瑜的面前，说道："这孔明先生有卧龙之称，自跟了刘备，为刘备出谋划策，战果不菲，今日一见果然名不虚传！"

周瑜含嫉恨的眼神说道:"若他果真能请来东南大风,此人必除,否则将成为我江东大患。"

小乔看出了周瑜的嫉妒之心:"夫君,山外有山,人外有人,一味地比较,那做人是会很累的。"

周瑜后头看了看诸葛亮离去的身影,回头搂着小乔,说道:"夫人,走,我们进屋吧!"

十艘战船已经备好,干柴和油也已经备好,只差东风。周瑜为了这事已经几天睡不着觉了,这东南大风谈何容易啊,这成为周瑜的一块心病。他派人去把诸葛亮请来,诸葛亮知道周瑜的病症所在。

诸葛亮一副轻松自如的样子说道:"公瑾何故唤我?"

周瑜一筹莫展道:"先生不是说能请来东风吗?现在我万事俱备,只欠先生的东风。"

诸葛亮长笑道:"东风,这有何难?待请风台筑成,公瑾可依计行事。"

周瑜难以置信,问道:"先生之言当真,先生可愿立军令状?"

诸葛亮胸有成竹:"如我不能请来三天三夜的东风,我孔明愿由公瑾军法从事。"

诸葛亮走后,周瑜叫来了黄盖。

黄盖面对周瑜,说道:"将军,你有何事吩咐?"

周瑜目光里充满了嫉恨,说道:"黄将军,诸葛亮说他能请来三天三夜东南大风。若果真如此,那此人必有神鬼莫测之能。他已在我面前立下军令状,无论他是否请来大风,你都要替我杀了他。此人不除,将来必成为我江东大患。"

"唯。"黄盖领命道。

里面的谈话被站在窗外的小乔听得真真的。

诸葛亮穿着道袍,手持羽毛扇登上请风台,他将羽毛扇放在一边,先是用招风帆摇了摇,再是朝东南方向拜了拜。随后,东风袭来,周瑜便将准备好的装满柴、油的船只使向曹操大军。顿时,曹军大营燃起了熊熊大火,曹军四处逃窜,纷纷丧命。

诸葛亮的使命完成,小乔便亲自送来马车。

小乔从马车上走下来,朝清风台上的诸葛亮喊道:"孔明先生,快上马车,速速离去!公瑾让黄盖将军杀你!快走!"

诸葛亮笑道:"我知公瑾一定不会放我离开,只是我不明白,夫人为什么背叛你丈夫来救我?"

小乔道:"孔明先生乃当世高人,况且我又不忍我夫君再造杀孽!"

诸葛亮匆匆上了马车,便奔驰而去。

诸葛亮从车窗里探出头来,喊道:"夫人,你的大恩大德,孔明一定报答!"

当周瑜和黄盖的兵马急急忙忙赶来的时候,诸葛亮已经走远。

周瑜从马上下来,看了看小乔,不甘道:"夫人,你为什么放走诸葛亮,此人将来一定会危及我江东,夫人怎可妇人之仁啊!"

小乔将周瑜拉到一边,低声道:"夫君,我向来知道你的为人,你仅仅是为了江东着想吗?难道就没有一点私怨在里面吗?孔明辅佐刘皇叔,天下民心所向,如果你真的杀死他,夫君恐背上不义的骂名。为妻者怎忍心！"

周瑜回到家里，从此卧床不起，他修书给孙权，希望孙权能找机会杀死诸葛亮，并且向孙权提出讨伐益州的方案，孙权批准。

周瑜面色苍白，憔悴得不成样子，不间断的咳嗽使他说不出话来，声音嘶哑。

小乔陪在周瑜的病床前，痛哭流涕道："周郎，你究竟得了什么病啊？"

周瑜奄奄一息。小乔回头问身后的医官，道："医官大人，我夫君到底得了什么病？"

医官吞吞吐吐道："这……大都督脉象平稳，下官实在是查不出病因啊！夫人，请赎下官唐突之罪，大都督这应该是心病，夫人还需找到病因，才能对症下药啊！"

"心病？我知道了，你先下去吧？"小乔道。

医官道："告辞！"

医官刚走，周瑜开始胡言乱语，躺在床上的周瑜双手拼命地在空中乱抓，挥舞着双手，嘴里喃喃自语道："主公，快跑，诸葛亮追来了！他不是人，他是妖魔！"

周瑜感觉像疯了一样，小乔一个劲儿按住他，喊道："周郎，周郎，你怎么了？"

周瑜急火攻心，喷了一口血，溅了小乔一身。

周瑜仰天长叹，道："既生瑜，何生亮？"

说罢，便一命呜呼。

小乔捂头痛哭，喊道："周郎，你做人为什么总是不能容忍别人比你强呢？这世上奇人异士那么多，周郎岂能一一比过，我当时放走诸葛亮，就是不希望你将来有一天后悔，毕竟这不是英雄所为。郎君，你能理解小乔吗？你走了，丢下小乔怎么办？你当年在皖城不是向我爹发过誓吗，要好好照顾小乔。你走了，小乔就找一个清净处，孤独终老吧。生是周郎的人，死是周郎鬼。来世，你等等我，我再与你结为夫妻！"

周瑜去世后，再也没有了小乔的踪迹，历史也没有了对她的记载，或许真的如她所说，她隐居了吧。

周瑜，据历史记载，他并不高，但形貌俊美，通音律，精兵法。三国时期杰出的军事家、谋略家，先后跟过孙策、孙权兄弟，为东吴基业打下了基础。周瑜之所以有名，我想有多方面原因，一方面是因为他的军事才能，面对曹操的八十万大军，弹指间，强撸灰飞烟灭，不得不佩服他的军事才华；另一方面，就是他与小乔的爱情。大小乔是乔蕤将军的两个女儿，长得花容月貌，多才多艺，乃绝代佳人，分别嫁给了孙策、周瑜二人，但是这两个人都英年早逝，丢下遗孀。小乔与周瑜恩爱交融，共同生活十余年。十余年里，小乔始终对周瑜不离不弃，周瑜因忙于军国大事与小乔聚少离多，但是依然全心全意爱着周瑜。

梁山伯与祝英台

东晋末年,会稽上虞县,荒僻的梅溪源头,有一避乱士族,人称祝家庄。

祝家庄在上虞县是有名的大户。祝家庄的院子里,传出女子嬉戏的声音,有一女子在祝家庄的花园里荡着秋千。女子身材婀娜,皮肤白皙,五官精致;一身橙色的绫罗纱衣,腰上系着白色玉带;黑得发亮的秀发之间镶着玳瑁,插着红宝石的珠钗,在阳光的照射下闪闪放光。祝英台甜美的笑容,犹如那天上下凡的仙女。祝家庄的花园里,此时正赶上春季,百鸟争鸣,百花齐放,争奇斗艳,蜜蜂、蝴蝶环绕在祝英台的身边。祝英台在秋千上荡漾,渐渐地慢了下来,祝英台回头看了看身后的银心,道:"银心,用点力送我一送!"

"小姐,不是银心不用力,银心是怕小姐摔下来。"银心有些顾虑道。

祝英台深感扫兴地说道:"银心,别怕,出事我担着,你送吧!"

银心有些犹豫:"小姐,你还是下来吧,银心是担心小姐被老爷和夫人责罚!"

"银心,我的好银心,你就送送我。"祝英台道。

银心极不情愿:"好吧,小姐就这一次哦。"

银心再次送了送祝英台,祝英台在秋千上荡漾起来,秀发在空中飘了起来,散发着花草香,衣带也在风中飞舞。她笑的那样美,那样灿烂,像盛开的花朵。

"英台,开饭了,一家人就等你一个。"祝英台的八哥朝花园里跑来。

祝英台的前面有八个兄长,祝英台排行老九,所以又叫祝九妹,英台的八哥是最疼爱英台的,比其他兄长疼爱她数十倍。

八哥跑到花园里,无奈地说道:"英台,你怎么又荡秋千了,万一掉下来怎么办?"

八哥又看了看银心,斥责道:"银心,你怎么不看好小姐,万一掉下来怎么办?"

银心道:"八公子,我劝小姐很多次了,她就是不下来!"

祝英台调皮道:"八哥,不关银心的事,是我自己要来的。走吧,我们还是去吃饭吧。"

八哥将英台从秋千上扶下来,无奈地说道:"你呀,就是不听八哥的话,你是我们兄弟最小的妹妹,八哥不疼你疼谁。"

八哥无奈地训着祝英台,三人走出了花园。

祝家上下都围着一张圆桌坐着,桌子上摆了几十个菜,有鱼,有鸡,有参汤,各种野味,一看就是大户人家的生活标准。祝英台的七个哥哥都已经坐好了,她的父亲祝公远,母亲滕氏也早早入了席。英台八哥和祝英台没到,都不敢动筷子,祝家出自士族,家教严厉,家风更是纯正。

英台八哥带着祝英台来到父母身边，母亲滕氏怨道："你这丫头，越来越不像话了，总是这么贪玩，没事到处疯，到了饭点也要人叫！还有你银心，是怎么照顾小姐的？"

银心深感委屈，吞吞吐吐道："夫人，我……"

祝英台撒娇道："娘，你跟八哥都不要责怪银心了，银心能管得了我吗？银心是我的好姐妹，你不能这样说她！"

滕氏用手刮了刮英台的鼻子："你这丫头，就是不听话，快坐我旁边，吃饭了！"

祝英台和八哥纷纷坐了下来，银心在一旁站着。

祝公远道："开饭了。"

大家这才开始提筷子吃饭，祝家的公子们一个个小心翼翼地吃饭，连大气都不敢出，更加不敢说话，祝家的家教向来秉承食不言寝不语。

祝公远看了看祝英台，说道："英台，你也到了出嫁的年龄了，不能再这样贪玩了，回头我就找人给你寻夫家！"

祝英台一听，不悦道："爹，我不嫁，我要一辈子陪着你和娘，再说英台生性好自由，不适合嫁人！"

祝公远大怒道："胡闹，男大当婚，女大当嫁，你怎敢说不嫁，再说我祝家乃士族，与你匹配的也必定是那官宦公子，怎得不满意？"

祝英台说道："爹，你知道女儿好学，这一般的士族子弟怎配得上英台，英台听说周士章先生在尼山设馆，英台想去求学，望爹爹和娘亲成全！"

祝公远说道:"英台,女儿家又不能做官,读书干什么？再说朝廷有规定,女子不能入学,要是被发现会被逐出书院,我们祝家也会受到牵连,这个不行！"

祝英台不甘道:"爹爹,周先生是一个有德的人,先生在尼山设馆授徒。女儿想女扮男装前往尼山拜在周先生的门下,当几年学生,学些微末学问,不敢说满腹经纶,总好过半途而废。女儿恳请爹爹送我去尼山。"

祝公远对此十分犹豫。

她的八哥忧虑道:"英台,这书院里都是男子,你一个姑娘整天与男子混在一起成何体统,万一出了事情怎么办？"

滕氏道:"对呀,英台,你八哥说得对,一个姑娘家上尼山,我和你爹不放心啊！"

祝英台扯着母亲滕氏的衣襟,撒娇道:"娘,英台一直都是个男孩脾气,哪有点女子品性,我女扮男装他们是认不出来的;再说这么多年我们祝家做客的客人不都以为我是祝家九公子嘛！放心吧,娘！"

祝公远犹豫片刻,说道:"也罢,你这娇生惯养的性格,去尼山让山长管教一番也好。但是爹有两个条件:第一,学成归来你就嫁人。第二,你要向爹娘和几位兄长证明,此次上尼山不会被人发现你的女儿身。"

祝英台爽快地说道:"好,第一个条件我答应你,至于第二个嘛,爹想怎么证明？"

祝公远道:"此次你前往尼山,爹给你配几个书童保护你,这样爹才放心。怎么证明你的女儿身不被发现,你自己想去,想好了,再来找我。"

祝英台向滕氏撒娇道:"娘,英台只要银心陪我,不用其他人。"

"好啦,好啦,先吃饭,饭菜都凉了。"滕氏无奈道。

祝英台这才开始吃饭,祝家兄弟们都埋头夹菜、吃饭,没有谁敢说话。

"老爷,门外来了一个道士,他说他要求见老爷。"祝府一个下人跑来向祝公远禀告。此时的祝公远正独自一个人坐在府里花园的亭子里饮茶,祝公远感到莫名其妙:"这道士来见我干吗?"

"不知道。"下人摇了摇头。

祝公远道:"让他进来。"

少时,这个下人带着一个身穿道袍,长须,头顶挽髻,戴冠的道士来到了祝公远的面前,这道士身形小巧。下人把道士带来便离开了。

祝公远上下打量了一番这名道士,不解地问:"道长,你从哪里来? 听下人说道长要见我,不知道长有何贵干?"

这小道对着祝公远作了作揖:"祝公,小道来自龙虎山,道号清心子,听闻祝公贤德,福泽四方,眼下我龙虎山正在修缮道观,故小道来此希望募得祝公些许善款。"

祝公远笑了笑:"原来如此,世人皆知我祝公远好仁广施,道长来此,我理应捐赠供奉道观,来人呀,取些散钱来赠予道长。"

少时,下人取来一些钱,用布袋装好,交到了祝公远的手里。

祝公远走到小道的面前,将钱袋子伸了出去:"道长,一点心意不成敬意,请道长代交龙虎山。"

133

小道接过钱袋子，说道："小道谢过祝公，对了，祝公府上可是有个女儿？"

祝公远道："世人皆知我祝某有九个儿子，我哪里来的女儿呀！道长从哪里听来？"

小道笑了笑："祝公，休要打马虎眼，祝公瞒得过世人，难道瞒得过我等修道之人吗？你这女儿应该就是那排行第九的公子，常常男装打扮，久而久之，世人都以为祝公是九个儿子！"

祝公远吃惊道："道长乃真神仙啊！祝某确实有一个小女儿！"

小道一副沉重的表情："祝公，请恕贫道直言，你这小女近日恐有灾祸，必须离开上虞祝家庄一段时日，否则福祸难料！"

祝公远脸色煞白："灾祸，还请道长明示？"

"天机不可泄露，祝公尽管按我说的做就是。"

祝公感叹道："小女最近确实想要女扮男装上尼山书院读书，因为她是女儿身，所以我没有允许。"

小道闭了闭眼睛，做出一副思考的样子："祝公，现在这颗凶星正在祝家庄上空，只有小姐离开，才能逢凶化吉，保一家平安；不如放她去尼山书院避避也好！言尽于此，小道告辞。"

说罢，道士行了一个礼，便离去。

祝公远喊道："道长，道长。"小道也一直没有回头，见他朝府门口走去，只是这个背影很熟悉。

祝英台的闺房外面有一片桃林，此时正开着桃花，粉红色的一片，地上遍地是桃花的花瓣。微风拂过桃林，桃花瓣通过窗户飘到了祝英台的闺阁里。祝英台和丫鬟银心正在闺房里嬉笑,此刻银心正在为祝英台打扮,祝英台穿着男装,戴着男人的帽子,对着铜镜,自己上下打量一番,满意道:"银心,看我像不像一个公子?"祝英台变了个声调,用男人的口气问。

"小姐,要是我不认识你,我真会把你当成男人!"银心道。

祝英台道:"死银心,我像男人,难道我不像女人吗?"

银心傻傻地笑了笑:"小姐,你是这天下最完美的人,无论是女装还是男装,你都是这样美!"

"哼,这还差不多。银心你也赶紧换上男装,从今天开始,我就是你家公子,你要反复地练习,叫我公子,不要到了尼山书院穿帮了。"祝英台嘱咐道。

银心道:"嗯,银心这就去。"

银心朝外面走去。

祝英台站在铜镜前反复地打扮自己,这个时候英台的母亲滕氏进来,滕氏大吃一惊,还以为走错了房间,到了哪个儿子房中。祝英台猛地转过身来,朝母亲显摆,笑道:"娘,看我像不像男子?"

滕氏围着英台走了几圈,惊讶道:"英台,真的是你吗?你虽然经常男装示人,但是没想到你这次扮得这么像,我还以为是你哪位哥哥。"

祝英台以男子口气大笑道:"娘,连你都认不出我是男是女,你还担心什么?"

滕氏无奈地道:"英台,娘和你爹的担心并不是多余的,毕竟尼山书院都是男子,而且此去长达三载,三载光阴难免不会出事。山上男子总要洗澡吧,你怎么办,不可能一直不沐浴吧!另外天气热了,衣服也不能穿得太厚,你能保证不暴露吗?"

祝英台笑了笑:"娘,你放心吧,有银心在我身边呢,沐浴我不一定非得跟他们一起去沐浴呀,我可以去没有人的地方洗!"

滕氏还是不放心,郑重道:"英台,你是爹娘唯一的女儿,娘告诉你,贞操是女子最好的嫁妆。你是大家闺秀,出身士族,一定不能败坏有违门风的事情!三载过后,你如果失身,就不要进我祝家的门,听到了吗?"

祝英台以男子声调,道:"娘,你看我一副男儿像,性格又这么有男子气概,声音也像男人,谁会非礼我啊!你就放一万个心吧!"

"英台,娘不是跟你开玩笑,娘是认真的。"滕氏握住祝英台的手道。

祝英台感受到了母亲的那颗牵挂的心,道:"放心吧,娘,英台就是死也不会干这种伤风败俗的事情!"

滕氏道:"但愿如此,但愿你记住今天的承诺。"

祝英台和银心都穿上了男装,站在了祝家庄的大门口,肩上挎着包袱,走路的姿势就像两个大男人,祝公远、滕氏、祝家兄弟纷纷来到大门口相送。

祝英台和她的父母都表现得有些依依不舍,祝英台看了看老父,又看了看滕氏,道:"爹,娘,你们保重,女儿去了!这一去,可是整整三年!"

祝公远道:"英台,那道士是你扮的吧!爹都被你骗了,不过你扮道士能瞒过爹,爹完全放心你去尼山书院! 平时为父对你严厉都是为了你好,你是为父唯一的女儿,为父怎么能不疼你。记住,到了尼山书院给我和你娘写封信,以后每月都要来信给我们,这样我们才放心,如有难处,也可书信告知我们,听到吗?"

"还是被爹发现了,嗯,英台记下了。"英台难过道。

英台的八哥走到英台的面前:"英台,这是我们兄弟一起去寺院请的符咒,可保你平安,你还是带在身上吧!"

八哥将符咒装进了英台的包袱里。

祝英台依依不舍地离开了,回头向几位兄长和父母挥了挥手。

八哥大喊道:"银心,照顾好小姐。"

"知道了,八公子。"银心回道。

祝家上下目送祝英台、银心远去。

阳春三月,桃李芬芳,江南草长,祝英台和丫鬟银心女扮男装走在去往尼山书院的路上。银心挑着装满行李的担子,到底是女儿身,挑不动,时歇时走,抱怨道:"小姐,你走慢点,我实在挑不动了!"

祝英台走到银心面前,用折扇敲了敲银心的脑袋:"哼,银心,你怎么又忘了,我现在是公子,你要多叫我公子,养成习惯;不然到了尼山书院指定露馅。朝廷有规定,女子不能上书院读书。要是露馅,我们祝家上下都会有麻烦的。"

银心道:"知道了,小……公子!"

祝英台无奈地道:"行吧,歇会吧。"

银心放下挑子,歇起来。

望眼过去,有一个花木丛生的路边小亭,有两个人,好像也是书生。

祝英台对银心道:"银心,前面有个亭子,那边有两个人,好像也是读书人,我们去那边歇息吧,说不定还能同路。"

说罢,祝英台笑着大摇大摆地走了过去。

银心面对着沉甸甸的挑子,叹道:"哎,谁让我是当丫鬟的命啊!"

银心挑着担子懒散地跟上去。

亭子里有主仆二人,从衣着打扮看得出,仆人也是一个约十几岁的少年,他撂下挑子正坐在亭子里的凳子上歇息。一边歇息一边扇着风,额头上满是汗水。而那主子背着手站在亭子里望着远方,像是在思考什么。

祝英台摇着折扇走了过去,亭子里坐着的仆人见祝英台走过来,忙喊道:"公子,有两位公子过来了,一个挑着行李,好像也是读书人。"

梁山伯看了过去,会心地笑了笑:"四九,快去帮那位挑行李的公子挑一下,看他的样子也挺辛苦的。"

四九懒散地道:"好吧。"四九起身走了过去。

祝英台面对着梁山伯走了过来,梁山伯笑着问道:"公子何往啊?"

祝英台笑着作揖:"在下上虞祝英台,前往尼山书院求学的,公子何方人士啊?也是去读书的吗?"

梁山伯同样作揖:"在下会稽梁山伯,跟公子一样,也是去尼山书院求学的。"

祝英台道:"好啊,这样我们可以结伴而行。"

这时,银心和四九才来到亭子中。

祝英台向梁山伯介绍道:"这位是我的书童,叫银心。"

"他叫四九,也是我的书童。"梁山伯道。

梁山伯往祝英台身上打量一番:"祝公子衣着华丽,想必是士族子弟吧!"

还没有等祝英台回话,梁山伯恍然大悟:"想起来了,公子刚才还介绍上虞祝家,那可是士族啊!在下失礼了!"

祝英台不以为然:"士族,纵观古今,王侯将相宁有种乎?有些士族子弟还不如平民呢,士族太多纨绔子弟了。"

梁山伯道:"公子的想法还真是特别啊,我也赞同公子的高见!当今天下门阀制度森严,我等平民百姓焉有出人头地之时。"

祝英台不解地问:"公子何故如此悲哀,莫非公子不是士族子弟?"

梁山伯叹道:"哎,士族算不上,我爹本是县令,在我很小的时候就去世了。我和我娘相依为命,此去尼山书院求学的钱都是我娘找人借的,卖了她的首饰,东拼西凑,凑来的!此去尼山书院如不能学有所成,不能入朝为官,愧对我娘啊!"

祝英台看了看一旁的银心,又看了看梁山伯,一脸同情道:"想不到梁公子的身世如此凄凉,听梁公子一席话,想梁公子也是性情中人。我祝英台交定了你这个朋友,梁公子愿与英台结拜否?"

梁山伯自卑道:"祝公子,不可,你是上虞祝家,江南最大的士族,我梁山伯乃卑贱之人,怎配与公子结拜?再说,士族结拜乃是大事,士族子弟可入朝为官,祝公子跟我这样一个贫贱之人结拜,祝家族长是不会同意的,反倒会连累祝公子。"

祝英台冷笑道:"我刚才还夸公子呢,怎么公子还在乎这门第之悬?人没有高低贵贱,人的品行有高低贵贱,很多士族子弟不如公子高才,也不如公子大度,更加没有公子的品行!祝英台愿与梁公子结为金兰之交,请梁公子莫推辞!"

祝英台旁边的银心为了提醒祝英台不断地扯英台的衣襟。

四九道:"公子,祝公子一番好意,公子还是领了吧。此去尼山书院三载有余,有个士族公子照应也好啊。公子,你无须再考虑,祝公子也是一番诚意!"

梁山伯犹豫了一会儿,说道:"好吧,但是祝公子对外一定不能讲山伯是祝公子的金兰兄弟,否则会连累公子的!梁山伯万万做不出这样的事情。"

祝英台为了让梁山伯宽心,笑道:"好吧,梁公子怎么说怎么好!"

四九环视了周围,说道:"可是,两位公子,这里并没有香案啊,怎么结拜?"

祝英台笑道:"何须香案?此处有天地为证,有你们两个为证,够了!"

祝英台和梁山伯站在亭子的边上,当日是晴天白云,风和日丽,万物逢春,鸟儿在林子里叽叽喳喳,还有鸟儿为他们做证。

"我祝英台,今日与会稽梁山伯义结金兰,从今往后有福同享有难同当,天地为证。"祝英台朝天立誓道。

"我梁山伯,今日与上虞祝英台结为金兰兄弟,从今往后有福同享有难同当,天地为证,如违誓言,天诛地灭!"梁山伯道。

祝英台道:"梁公子何必发如此毒誓!你我都是情投意合之人,其他的都是虚妄。银心,梁公子看来比我年长些,以后他就是我的义兄,你待他要像待我一样。"

"是,公子。"银心道。

梁山伯也对四九道:"四九,以后你待祝公子和银心公子也要好,像待自家兄弟一样,知道吗?"

四九道:"当然了,公子。"

梁山伯看了看天色,说道:"贤弟,现在时辰不早了,我们还是赶路吧,待天晚些能否找个客栈借宿。"

祝英台点了点头,一行四人便离开了亭子。

梁山伯、祝英台一行跋山涉水,来到了尼山周士章所开设的学馆。到了门口,可见白色粉墙,八字门,里面种了几百根竹子,遮掩到门外。四人到了门里,有一人闪出,忙问:"你们有什么事情?"

梁山伯看了看祝英台,说道:"我叫梁山伯,他叫祝英台,我们都是从会稽来的,打算投周先生门下读书,可否报名?"

看门的人道:"我是书院看门的,周先生在这里设馆多年,四面八方来此读书的人多达一百多人。周先生体恤苍生,他交代凡是来报名的,不会拒绝,请几位稍等,我进去通报。"

过了一会儿,看门的出来将几人请了进去。

周先生头戴古母追巾,身穿蓝衣衫,苍白胡须,有三四寸长,正站在案头外面。

看门的禀报道："周先生，梁山伯、祝英台等四人带到。"看门的便告退了。

梁祝二人见周先生一副仙风道骨的样子，作揖，并各自介绍了自己。

周士章道："几位请坐，可以细谈。"

梁祝二人坐了下来，银心和四九各自将挑子放在门口，也找了位置坐下来。

梁山伯道："学生会稽梁山伯久仰先生大名，早就想来拜先生为师，只是家母不放心，加上久未凑够学费，所以耽误了。这位是祝英台，来自上虞祝家庄，我们是途中相遇，故而同往，还请先生收留！"

周士章手摸胡须，点了点头。他觉得梁祝二人倒有几分英气，祝英台英气中带着几分媚气。

周士章道："祝英台，可说一二？"

祝英台道："慕先生大名，英台和梁公子一样，朝廷正是用人之际，英台想学有所成，报效朝廷。"

周士章满意地点了点头，便上座，梁祝二人上前拜了四拜。

周士章道："两位交了束脩就可入住了。两位意气相投，这后面有两间大房，可分作读书休息之用！"

梁山伯道："多谢先生，我和英台老弟带有书童，请先生一并分房！"

周士章笑道："好，也给两位书童配房，这两位书童的房间就在你们住的对面，正好召唤。"

梁祝告辞，银心和四九各自挑着行李跟着看门的一起去看房间。梁祝所住是两间正房,房外靠南院子里有两株大樟树,映的屋子阴凉。后屋有木雕窗户,正对屋角上一个小院落,里面有百十根青竹,还有两棵大柳树,外面是一道粉墙,墙外能听到马蹄声经过,想必临近大路,屋子里的床和几案都是现成。

祝英台笑道:"梁兄,这后面有间屋子很好,住哪个?"

梁山伯跟在祝英台的身后:"这间屋子这么好,还是英台贤弟住吧? 先生对我二人甚为关心,知道我们性情相投,才让我们挑房子。"

梁山伯与祝英台以及两位书童各自找好了自己的住处,便安顿下来。

前来尼山书院读书的学生什么背景都有,都是对周士章先生的满腹经纶颇为崇拜,故来此。很多学生都是士族子弟,在众多同学中,梁山伯的背景算是最差的一个。梁山伯与祝英台刚到书院,就碰到一幕。那天中午放学,同学们都在书院的饭堂排队打饭,大家都还守规矩,排得整整齐齐,谁也不敢大声喧哗。

突然有一个士族子弟,一副气势汹汹的架势,推了推身边的同学,抢先排在第一位,对负责打饭的师傅喝道:"快,先给我打!"那士族公子将碗伸了过去。打饭的师傅虽然看不惯这等世家子弟,但是又不敢招惹,刚准备接碗,排在后面的一个士族子弟吼道:"你凭什么这么没规矩,大家都在排队,你一人搞特殊?"

"老子就是搞特殊了,你想怎么着? 老子告诉你,我爹是朝廷的谏议大夫,我叫王和廷,老子打的就是你!"

嚣张的王和廷一脚将排在他后面的人一脚踹飞,吓得在场的学子面色煞白。祝英台有些吃惊,本想上前,但被梁山伯拦住了。梁山伯刚准备上前阻止。突然人群中又杀出一个人,这个人一身英气,比打人的王和廷更加凶神恶煞。他怒气冲冲走过去,当即给了王和廷一拳,将王和廷打倒,一脚踩在王和廷的胸口。王和廷顿时喘不过气来,那人又拔出利刃架在王和廷的脖子上,喝道:"你算什么狗东西,我马文才才是书院的老大,以后谁敢在我面前放肆,我就剁了他! 谏议大夫算个屁,我爹是太守,我爹兵权在握,你爹算个屁!"

梁山伯本想上前,见这气势,祝英台拉住了他。

吵闹声终于惊动了书院的先生,先生赶过来,马文才这才松开王和廷,说道:"没事了,大家排队打饭。"

马文才倒是一个守规矩的人,他自觉地回到自己的位置。

梁山伯道:"英台,书院比江湖还要精彩,我算是见识了!"

祝英台道:"我从小就长在大户人家,这阵势我哪里见过! 行了,打饭吧,这种人还是少招惹最好!"

梁山伯摇了摇头,一副很无奈的样子。

次日,已经日上三竿,还没有见祝英台来上课,梁山伯心里很是着急,不明缘由。下课后,他和四九来到祝英台的房门外,大喊道:"英台,在家吗?"

这时候,银心端了一盘热水走到梁山伯的背后,道:"梁公子,我家公子病了!"梁山伯急道:"怎么会生病? 请过大夫了吗?"银心道:"请过了,大夫说春回大地,人最容易生病! 加上公子刚从上虞来到尼山,有些水土不服,不适应环境,所以病了!"

四九问道:"银心,你端热水干什么?"银心道:"给公子擦擦手敷敷脸什么的!"梁山伯从银心手里接过热水,说道:"银心,还是我来吧!""不用,梁公子,还是我来吧。我是祝家的下人,我照顾公子是应该的。"银心道。

　　梁山伯笑了笑:"银心,现在你家公子是我的结义兄弟,我就是他的亲哥哥,我照顾他也是应该的。"

　　银心将手松开,梁山伯端着热水便走了进去。四九和银心也跟了上去。祝英台迷迷糊糊的,嘴里不断地说着梦话,一旁的银心提心吊胆的,生怕祝英台说出自己女儿家的身份。

　　银心喊道:"公子,梁公子来看你了!"祝英台这才迷迷糊糊睁开双眼,面色苍白,有气无力地说道:"梁公子,你怎么来了?"梁山伯道:"英台,你生病了,怎么不让银心告诉我,我们现在是结义兄弟啊,我们结拜之时怎么说的,有福同享,有难同当!"祝英台道:"梁兄,英台生病要是告诉梁兄,不是给梁兄找麻烦吗?岂是义弟所为!"

　　梁山伯责怪道:"好了,好了,你就是我的亲弟弟,你生病了,当大哥的能安心吗?一会儿大哥给你去熬药,等你的病好了,我们再一起去上课。""有兄如此,夫复何求啊!"祝英台感到心里一阵温暖。

　　梁山伯喊道:"四九,银心,你们帮我照看祝公子,我去厨房给祝公子熬药,别人熬药我不放心。"说罢,梁山伯便走出屋子。

　　梁山伯熬完药便端到祝英台的面前,银心急道:"梁公子,我家公子额头有点发烫。"梁山伯道:"没事了,你和四九先下去吧,我在这里照顾英台就好了。"

　　此刻,祝英台还在昏睡当中,梁山伯叫醒了祝英台。梁山伯用小汤匙盛了一勺药汤喂进祝英台嘴里。祝英台唇红齿白，嘴唇带着几分性感，脸上带着几分女子的妩媚。尽管如此，梁山伯并未发觉什么。

梁山伯一勺一勺喂汤药给祝英台吃下，祝英台都看在眼里；梁山伯只是看到了祝英台的感激，哪里知道，作为情窦初开的祝英台，心里已经有些喜欢这个书呆子了。

祝英台道："梁兄，你昨晚肯定没有睡好吧，你的眼睛都出现黑眼圈了。今天没上课，又照顾我一天，你也累了，赶紧去房里休息吧，让银心照顾我就行了。"梁山伯道："银心照顾你我当然放心，但是我这当大哥的一定要亲自喂你吃完药，我才放心走。"祝英台对梁山伯的体贴深感温馨，梁山伯很快将一碗药给祝英台全部喂完。

梁山伯服侍祝英台躺好，然后再为她拉了拉被子，说道："英台，今天晚你就好好睡一觉，明天早上一定会好起来的！"祝英台微笑着点了点头。

梁山伯冲银心喊道："银心，你好好照顾你家公子，我先回房间休息了。如果你家公子再有什么，一定要到我房里叫我，知道吗？""知道了，梁公子。"银心来到祝英台的床前。梁山伯和四九离开了祝英台的屋子。

次日清晨，梁山伯早早来到祝英台的房间外面，一脚刚踏进去，喊道："银心，你家公子好了吗？"还没有等银心回话，梁山伯刚一抬头，只见祝英台已经穿好了衣服，银心正在为她整理形象。

祝英台精神抖擞地说道："梁兄，英台已经完全康复了，多谢梁兄对英台的照顾。"梁山伯傻笑道："英台贤弟，大哥看到你好了，我就高兴。走,咱们一起去吃早饭,早课马上要开始了,今天不能缺席。"

祝英台笑着同梁山伯一起走出了房门。

在同学中,蛮横无理的王和廷最看不惯梁山伯和祝英台这两个人。因为这两个人随时都同进同去,一副很要好的样子;再加上梁山伯与祝英台这两个人从来不肯臣服于他,王和廷就更加憎恨这两人。梁祝二人的情谊是王和廷这个没有朋友的人无法体会到的。于是,他处处为难梁山伯和祝英台。

早上晨跑之时,王和廷跑在梁祝二人的后面,梁祝二人并肩齐跑,一路上还乐得不行。王和廷很看不惯,便走上前去,撞倒了祝英台。梁山伯刚要开骂,这王和廷连忙道歉:"对不起啊,梁兄,祝兄,我不是故意的。"梁山伯和祝英台就算有气也咽了回去。这时,马文才又追了上来,安慰道:"两位兄台,这王和廷就是这么蛮横霸道,你们不用理他,让我去教训教训他。"马文才追了上去,从王和廷的身后,飞踹一脚,踢中王和廷的下体,王和廷疼得当即在地上打滚。周围的同学们吓得目瞪口呆,有的同学说:"王和廷这下完了,估计成不了亲了!"

马文才威胁道:"王和廷,我告诉你,在书院里我才是老大。以后没有我点头,你再对哪个窗友动手,我一定弄死你!"马文才朝王和廷身上吐了一口痰,便继续向前跑。

祝英台打了一个寒战:"梁兄,这马文才出手真够毒辣!完全没有一点人性啊!"梁山伯道:"这些士族子弟就是这样骄横跋扈,没有半点良心。"

书院的学子都不敢得罪马文才,所以,王和廷疼得直在地上打滚,也没有人敢去扶。

梁山伯和祝英台走了过去,梁山伯扶起王和廷,道:"王兄,你没事吧?"

"不用你管,快滚!"王和廷不领情道。祝英台扯了扯梁山伯的衣襟,道:"梁兄,这王兄都叫我们滚了,我们还是走吧,少管闲事!"祝英台说这话就是为了气气王和廷。哪知梁山伯二话没说,就把王和廷扶起来背着就走,一边说道:"王兄,我们都是窗友,我不能见死不救,我这就背你去找大夫。"

祝英台跟了上去,对梁山伯的善良她是又爱又无奈。

梁山伯与祝英台将王和廷送到山下医馆,大夫为王和廷诊断后,一筹莫展地说道:"两位,病人恐怕以后再无生育能力了!哎,我开些药只能缓解伤势和瘀血。"王和廷就在一旁,大夫的话他都听到了。王和廷不甘道:"马文才,我跟你势不两立。"

大夫前去开药,而王和廷一副郁郁寡欢的样子。梁山伯和祝英台走到王和廷的床前,梁山伯安慰道:"王兄,你一定会好起来的,大夫的话那也只是他一家之言,每个人的医术不同,我们可以带你去其他地方就医。"王和廷冷笑道:"梁山伯、祝英台,我知道你们在看我的笑话,我现在都成这样了,没事,你们看吧!"祝英台呵斥道:"王和廷,你以为你是谁呀,我们看你的笑话,我们跟你无冤无仇,犯得着看你的笑话吗?既然如此,梁兄,我们走,他的死活跟我们没关系,我们还是上学要紧。"祝英台拉着梁山伯就要走,梁山伯挣脱道:"英台,人非

148

圣贤孰能无过,王兄他只是养尊处优,迷了路,他的本性并不坏。"

听到梁山伯这样说,王和廷对于刚才的话还是有些内疚,说道:"梁兄,祝兄,对不起啊!是我胡说八道,患难见真情啊,我王和廷在尼山书院一个朋友都没有,他们都是因为怕我,才一天到晚跟着我。我被马文才踢伤,连扶我的人都没有,反倒是你们两个帮我。我经常在书院里欺负你们,对不起啊!我以后再也不欺负你们了。"

祝英台道:"这还像句人话!"梁山伯对英台使了一个眼色。

躺在床上的王和廷一脸惭愧。

王和廷康复以后,回到尼山书院,他经此一劫好像变了一个人,本分多了;而马文才还在书院里当着他的老大。马文才见一向跟梁山伯和祝英台为敌的王和廷都得到了梁祝二人的友谊,相互关心,马文才的心里很不是滋味。马文才不知道自己哪里不好,书院所有人都在围着他转,唯独梁祝二人对他不屑一顾。马文才看不惯梁祝二人这样自诩清高之辈,他想过很多种折磨人的办法。

尼山书院的院规很严格,轻则被打板子,重则被赶出书院。马文才想到了一个整治梁祝二人的主意。有一天,马文才和自己的书童偷偷到厨房里的水缸里下了药,后来整个书院的师生都因为吃了书院的饭菜后,上吐下泻,四肢乏力,纷纷倒成一片。只有山长周士章先生和少数的几位夫子没有吃饭,所以没有出现中毒的症状。中毒师生经过诊断后发现,这些人都是中了牵机毒。周士章立马让大夫解毒,众人被解毒后。山长周士章立刻下令封山,对书院里所有人的房间进行搜查，众人在祝英台的房间里找到了牵机药。山长震怒，让几个学子押着祝英台到了书院的坝子上。

山长周士章道："祝英台，你房间里的毒药是怎么回事？这次幸亏药性不大，否则这人命关天的大事，你纵然是上虞祝家也担当不起啊！"

面对突如其来的大事，祝英台自己还纳闷，深感冤屈，说道："山长，我是冤枉的，此刻我是百口莫辩啊。山长，我跟大家无冤无仇，我干吗要毒害他们啊，这其中肯定有人想要陷害我。请山长明察。"

人群中的马文才走出来，说道："山长，这次险些要了我们的命，你不能便宜了凶手，这次你一定要严惩！"

山长本来就生气，此次马文才的一番话更加是火上浇油，山长咬了咬牙："来人呀，将祝英台给我重打三十大板，然后送交官府处置！"

梁山伯连忙跪在了周士章的面前，恳求道："山长，这里面一定有冤情，你是了解我和英台的，他怎么可能下如此毒手。你这三十大板打下去英台有命吗？而且你送交官府，英台只有死路一条啊，山长，在事情没有水落石出之前，不要冤枉好人啊！"任凭梁山伯怎么说，此时山长正在气头上，哪里来得及思考。周士章道："给我打！"

祝英台被按在了板凳上，厚大的板子重重地打在祝英台的屁股上。银心护主心切，连忙扑上去挡在了祝英台的身后。周士章下令道："给我拉开她，重重地打！"

几个学子将银心拉了开去。重重地打了下去，祝英台虽然是女子，但几个板子下去，她连一滴眼泪也没有流下来，脸不红，气不喘，一句话也没有说。

梁山伯看见了，流下了眼泪，扑上去挡在了祝英台的身后，说道："周先生，事情没有查明，你今天执意要执行院规，只会让亲者痛仇者快，只会让真正的凶手逍遥法外。也罢，山长，你打我吧，这三十大板我替英台领受！"周士章无奈，说道："好，给我打，狠狠地打！"梁山伯用身躯护住了祝英台，执法者便将板子打在了梁山伯的屁股上。祝英台此刻已经皮开肉绽，奄奄一息。她想推开梁山伯，却没有力气，连骂他的力气都没有，祝英台流下了感动的泪水。

祝英台道："梁兄，你快走，不关你的事，你不能倒下，你要替我查明真相！"梁山伯道："英台，我们结拜之时，向上天发誓，有福同享有难同当，我既然是你的大哥，就应该替你领受罪责。"梁山伯强忍着疼痛，咬了咬牙，挺了过去。

三十大板，先是祝英台挨了几大板，剩下的全都由梁山伯一人受过，梁山伯已经被打得皮开肉绽，奄奄一息。待三十板打完，银心和四九扑了上去，分别扶起了梁山伯和祝英台。银心和四九二人看到主人受罪，他们的心里很痛。

周士章道："梁山伯、祝英台，我告诉你们，人命关天的事情不是小事，我限你们十天之内查出谁是投毒的凶手，以证清白；否则我只有把你们送交官府！"四九不服，道："山长，如果查出来不是祝公子所为，又当如何？""是呀！"银心也跟着抱不平。周士章道："如果查出来不是祝英台所为，另有其人，本山长一定还你们一个公道！"银心和四九分别扶着他们受了重伤的主子离开。

人群中的马文才心想："梁山伯，你不是很关心你这个贤弟嘛，我看你怎么查,这个官司你们吃定了! 就等着怎么死吧!"

梁山伯和祝英台分别被四九和银心扶回了他们各自的房间,四九负责照顾梁山伯,银心负责照顾祝英台。梁山伯被打得更惨,屁股的血都浸透了臀部的裤子,梁山伯趴在椅子上,四九取出涂抹的膏药,脱下梁山伯的裤子,开始给他抹药,梁山伯痛得咬牙切齿。四九道:"公子,你对谁这样过啊,为了祝公子你宁愿牺牲自己。"

梁山伯道:"四九,我和英台结拜时发过誓,有福同享有难同当。英台体弱,身子娇小,怎么能忍受三十大板呢? 三十大板下去,估计他会没命的。""公子,你相信是祝公子下的毒吗?"四九问。梁山伯道:"四九,你胡说些什么,祝公子跟大家无冤无仇,怎么会下毒呢? 祝公子你还不了解吗,他最看不惯那种暗中作怪的卑鄙小人。我梁山伯不会相信他就是那下毒的人,肯定是书院里的哪个人栽赃陷害他。"

四九忧心忡忡地说道:"可是公子,十天后我们要怎么找出凶手,要是找不到凶手的话,可是会惹上官司的!"梁山伯道:"车到山前必有路,我们还是先养好伤再说吧!"四九继续给梁山伯涂抹膏药。

祝英台的房间,银心也在为躺在床上的祝英台涂抹祝家庄的特制膏药,好在祝英台伤得不算重。祝英台回头看了看银心说道:"银心,梁公子为了替我受罚,伤势很重。这是我们祝家庄的特制膏药,你不能都用在我的身上。梁公子是我的结义大哥,你赶紧给他送一点过去,替我谢谢他!"银心犹豫:"公子,你也需要吧,只有这么一点,我还是先给你用吧?"祝英台道:"不用,银心,你赶紧去,梁公子比我重要。"祝英台将身子侧到另一边。

银心便从英台床前起身,手里握着药膏,走出了房门,来到了梁山伯的房间门口,敲响了山伯的房门,喊道:"梁公子在吗?"梁山伯和四九听到,山伯忙道:"四九快去,好像是银心的声音,问问他祝公子怎么样了?"四九放下药膏,便来到门口,笑着问道:"原来是银心啊,你家公子好些了吗?"

银心将药膏伸到四九面前,说道:"四九,这是我家公子让我转交给梁公子的。这是祝家庄的特制膏药,灵丹妙药,效果好着呢,抹抹估计明天早上就好了!"四九接过药膏,道:"谢谢,我代我家公子谢谢祝公子。"

"没事,要是没什么事的话,我就先走了!"银心转身便朝祝英台的房间走去。四九回到梁山伯的身边,将药膏伸到梁山伯的面前,说道:"公子,这是祝公子让银心送过来的膏药,说效果好着呢,我给你抹抹。"

四九正要给梁山伯涂抹,梁山伯回头连忙抓住四九的手,说道:"四九,这药膏祝公子还有吗? 要是我涂了,他没有怎么办?!"四九笑道:"祝公子哪有那么傻呀,他自己肯定留的有呢。这既然是祝家庄的东西,不可能仅此一瓶吧,肯定还有的,公子就不要担心了。你的伤势比祝公子更重,你不赶快好起来,怎么还祝公子清白啊!"梁山伯这才放心让四九给他涂抹。

果然,第二天早上,梁山伯屁股上的伤基本都愈合了,梁山伯自己也没有想到,这简直是灵丹妙药。梁山伯可以起床活动了,他一大早就和四九敲响了祝英台的房间。

梁山伯喊道:"英台,你起床了吗?""是梁公子啊,等一下啊。"银心回道。梁山伯、四九二人站在门口,少时,银心开了门,说道:"梁公子,你的伤都好了?"梁山伯微笑着点了点头,便推开银心,走进房里,喊道:"英台,英台,你起床了吗?""我家公子的伤还没有好呢。"银心道。梁山伯很纳闷:"银心,我是用了你送过来的药,我的伤才好的,英台难道没有用吗,我的伤比他还要重!"

银心道:"这药是祝家庄带来的,仅此一瓶,我家公子让我给你送过去,他自己没擦!"梁山伯瞪了瞪四九,说道:"四九,我让你给祝公子送过来,你不是说他们有吗! 你呀你呀!"面对梁山伯的责怪,四九红着脸,挠了挠头皮,无言以对。

梁山伯走到英台的床前,坐下来,祝英台已经醒来,说道:"梁兄,是我让银心送过来的,你就不要再责怪四九了! 放心吧,我不用咱祝家庄的药也能好起来! 你不信,我现在就下床给你看看!"祝英台准备从床上起身,但是被梁山伯给按了下去。

梁山伯道:"英台,你要赶快好起来,我们要尽快找出下毒的人;不然,你脱不了干系,我也会难过。"祝英台点了点头。

梁山伯朝四九喊道:"四九,你去买点肉,熬点肉粥,我今天不上课,留下来照顾英台。"四九便往外走,银心道:"梁公子,我和四九一起去吧。"银心也跟着四九一起走了出去。

在梁山伯的细心照顾之下,祝英台在两天后,身体就已经康复得差不多了。梁山伯扶着祝英台下了床,走在林荫小道上,四九和银心跟在两人的后面。祝英台虽然能下床,但还得靠梁山伯扶着才能走。

祝英台一筹莫展地道:"梁兄,你十天期限眼看着就要到了,你觉得下毒的人会是谁?"梁山伯也忧心忡忡地说道:"我也去厨房里打听过了,下毒的前几天厨房的人并未发现什么可疑的人出现。如果没有证人看见,这事确实棘手啊!"银心道:"两位公子,你们不妨想想,平日里谁跟两位公子有仇,那人必是陷害我家公子的人!"四九快言道:"哦,看我们不顺眼的就是那王和廷。"

祝英台道:"不对,我们救了王和廷,他不应该再恩将仇报!倒是那个马文才,我总觉得他心里过于阴暗,他所作所为并非是他心里想的!"梁山伯道:"英台,你是怀疑马文才,不会吧,上次王和廷撞了你,他还为你打抱不平!"祝英台道:"我总觉得马文才这个人有目的,他帮我,我感受不到他的真诚!"梁山伯道:"好吧,英台,就算我们大家都怀疑马文才,但是我们没有证据啊!"

银心灵机一动,说道:"两位公子,既然书院查不到线索,我们可以从外面查!两位公子大概忘记了,砒霜、马钱子这样的毒药,一般药铺是不敢私自出售给买主的,还要留下姓名和身份信息才能买。这下毒之人必是在山下城里的药铺买的毒药,我们只要去山下挨家挨户打听,就一定有线索。我们可以把书院里每一个值得怀疑的人的画像都画下来,还有书院里每一个人的名字都写下来,带到城里跟药铺一一比对,不就都查出来了吗?"

祝英台一脸吃惊,说道:"银心,你什么时候变得这么心思缜密,你都快赶上衙门里专司查案的了!"

银心红着脸,一副不好意思的样子。

梁山伯吃惊道:"英台,银心这个法子很好,想不到银心的心思比我们俩还要细,我们就按照银心的方法去找凶手!"四九推了推银心,笑道："银心,你太厉害了!"银心突然被大家夸奖,有些受宠若惊了。

梁山伯、祝英台、四九、银心四个人兵分四路在尼山书院山下的药铺打听,他们各自拿着书院里所有人的画像名单。他们见药铺就问,进进出出,总是徒劳无功,个个垂头丧气。四人相约黄昏时在城南的关帝庙碰头。黄昏时,四人齐聚关帝庙。

梁山伯看了看垂头丧气的祝英台,问道："英台,你那边有线索了吗?"祝英台道："我问了很多药铺,都没有打听到有用的信息!"梁山伯又问："银心,你呢?""我也没有,我腿都快走断了!"银心道。梁山伯又看了看四九,说道："看四九的样子,不用问了,估计也没有打听出来!"祝英台看着梁山伯,说道："梁兄,你呢? 你有收获吗?"梁山伯也摇了摇头,叹道："哎,还有三天的期限,要是再找不到下毒之人。贤弟,我就陪你一同上衙门,要死咱们一起死!"

祝英台安慰道："梁兄,还有三天,我们还有希望,不要悲观嘛!我有一计,你知道凶手现在在想什么吗,他现在一定怕我们查出来,一定想方设法阻止我们! 而且,他的心里一定很紧张,只要我们略施小计,他一定会主动露出马脚。"梁山伯道："贤弟说来听听。"

"我们要装成一副成竹在胸的样子。我们回到尼山书院以后,我们放出风,就说下毒之人已经有线索了。这样那个真正的凶手一定会按捺不住,只要他露出马脚,我们就能抓他出来!"祝英台胸有成竹的样子道。梁山伯赞道："妙,此计甚妙!"

梁山伯、祝英台等四人回到尼山书院,此时已经是傍晚时分,天色已经很暗。

梁山伯和祝英台走在书院里,故意装出一副轻松自在的样子,大摇大摆地走着,祝英台对梁山伯道:"梁兄,这连续几天查找,这下毒之人终于快浮出水面了,明天我们再去找那药铺的老板,他一定会说出真正的凶手!"梁山伯笑道:"只要抓出凶手,我们就不用再惹上官司了,这两天累的,我们还是回屋休息吧。"

此刻,祝英台和梁山伯二人正偷偷地瞄着附近,看有无可疑的人,果然,一个黑色的影子从竹林中闪过。

祝英台冲着梁山伯挤了挤眼。

次日,一大早,梁山伯和祝英台很早就往山下赶去,四九和银心因为累了几天,还在书院的房间里休息。梁山伯和祝英台走在山间的小道上,此处山势陡峭,多悬崖峭壁。走着走着,梁祝二人便停了下来,他们感觉到有人跟踪他们。

梁山伯回头,看着林中闪过的影子,喊道:"马文才出来吧,我知道是你。"马文才从树后走了出来,说道:"你们怎么知道是我?"祝英台笑道:"我和梁兄只是随口诈你,没想到真的是你。""是我又怎么样,莫非你们怀疑我就是那下毒之人。"马文才冷笑道。

祝英台道:"下毒之人本来就是你,我们已经在药铺里打听清楚了,是你买的马钱子!"马文才大惊,说道:"那你们还说没有问出来!"祝英台笑道:"马文才,我们昨晚在书院里看到一个人影。我们还是故意诈你的!想不到你不打自招了!"

马文才气急败坏道:"你们,你们有种!不过,祝英台、梁山伯,你们既然知道了秘密,今天就不要想着离开!我可是习武之人,你们两个如何是我的对手。"马文才朝祝英台走去,一副凶神恶煞、杀气腾腾的样子,梁山伯挡在祝英台的前面,说道:"马文才,你想干什么,杀人偿命,你真敢对我们动手?"马文才大笑道:"我爹是太守,你们两条命算什么,谁敢找我爹麻烦!"

马文才走过去,一把掐住了祝英台的脖子,祝英台眼看着就要断气,梁山伯捡起一根木棍重重打在了马文才的背上,马文才气急,一脚将梁山伯踹飞。梁山伯迅速站起来,扑向马文才,三个人纠缠在一起。

打斗中,祝英台掉下了山崖,梁山伯迅速抓住了他的手。祝英台道:"梁兄,你放开我,否则,我们两个都会没命!"梁山伯道:"贤弟,我们的誓言,有福同享,有难同当,今日就算我俩命都该绝,我也要陪你一起!"马文才嫉妒道:"谁不愿意跟我马文才做朋友就只有死!既然你们两个好兄弟相死在一起,我就成全你们,去死吧!"

马文才用脚踩住梁祝二人的手,梁祝二人不堪疼痛,纷纷掉下山崖。马文才大笑道:"活该!"马文才甩袖而去,没有丝毫的内疚。

尼山书院里传出琅琅读书声,学子们正坐在教室里专心致志听夫子张士德授课。张士德一只手举着《诗经》,另一只手背在身后,念道:"关关雎鸠,在河之洲。"学子们跟着念:"关关雎鸠,在河之洲。"

夫子张士德背着手,一边走着,接着念道:"窈窕淑女,君子好逑。"学子们接着念道:"窈窕淑女,君子好逑。"

"梁山伯,你给我分析下这几句话的意思?"张士德走到梁祝二人的位置前,此时他是闭着眼睛的。"梁山伯和祝英台都不在!"学子们异口同声道。张士德道："怎么梁山伯和祝英台他们都不在,去哪里了?""不知道,他们俩已经几天没有上课了!估计去查书院投毒的案子去了吧!"其中一个学子道。张士德道："山长给他们十天期限,快到了吧,管他们的,我们接着念!他们俩回来,通知我一声。"

梁山伯迷迷糊糊中,恍惚看到了一个美人,美人向他眨眼,不断地呼喊他："公子,你醒醒!"梁山伯缓缓睁开眼睛,看到自己正躺在床上,他看了看天花板,又看了看房间,整个屋子都是那种农家陈设。梁山伯微笑着问美人："姑娘,这是在什么地方?""这是我家,我和我娘正在湖边洗衣服,突然看到你躺在湖边,我们才把你救了回来!"美人道。

这时,美人的娘端着煮好的粥走了过来,说道："公子,你醒了,这是我刚熬好的粥,喝一点吧,我看你的身体很虚!"老人家将粥放在了桌子上。

美人困惑道："公子,你叫什么名字?你是何方人士?怎么会倒在湖边!"梁山伯道："我叫梁山伯,会稽人,尼山书院的学子,我记得我和我的结义兄弟一起掉下了山崖,你们见过他吗?""没有见过,我们就见过你一个人。"美人道。

梁山伯激动道："不行,我要去找他!"梁山伯起身就要下床。美人道："公子,你的身体虚弱,找人还是先吃点东西吧。"老人也劝道："是呀,公子,如果你的结义兄弟还活着也不在这一时啊!"

美人将粥碗递给梁山伯,梁山伯坐在床上,这才肯吃。

梁山伯在这户好人家调养一日,身体便好多了,急忙向这家人告辞。美人正在院子里浇灌花草，老人背了一捆柴回来，梁山伯走到美人面前，说道："姑娘，多谢你救了我，你的恩情他日山伯定当报答，山伯还要去寻找贤弟，告辞了！"

老人见了，连忙放下柴，说道："公子，你这就要走吗？何不多住几日。这山里，平日就我和女儿相依为命，他爹死得早，公子可愿留下与我女儿结为连理！?"

美人脸红了，埋着头。梁山伯也有些难为情，说道："老人家，姑娘人不错，对山伯有救命之恩，只是山伯学业未竟，英台贤弟此时生死未卜，我不能答应老人家！"

"我知道我家姑娘乃山野之人，配不上公子，但是我家姑娘模样生得好，公子学业有成，可否归来？"老人期望道。梁山伯犹豫道："老人家，缘分的事情勉强不来！"老人家遗憾道："我懂了！"

那美人见梁山伯回绝了自己，感到很难过。她其实对梁山伯是有意的，她捂着脸，跑进了屋子，关上门，哭了起来。

梁山伯内疚道："老人家，等我找到了英台贤弟，我再回来报答你们！"梁山伯朝屋里的美人喊道："姑娘，山伯告辞！山伯一定会报答你的！"梁山伯朝栅栏外跑去。

梁山伯走在湖边，一副心急如焚的样子，喊道："英台，英台，你在哪儿？"

梁山伯每路过一户人家都会进去打听祝英台的消息，可是这些人家都没有见过祝英台。梁山伯心里很纳闷，自己和祝英台是从同一个地方一起掉下来的，怎么自己得救了，没有发现英台。他担心英台已经不在人世,想想他的心里就一阵后怕。梁山伯走累了,嗓子也喊哑了,就一屁股坐了下来,也不管坐在什么地方。

梁山伯坐在湖边,朝着湖的四周围再次拼命地呼喊祝英台的名字,没有任何的回应,喃喃自语道:"英台,你在哪儿?你要是死了,我也不活了!"

梁山伯心如死灰,除了祝英台他已经无心再去想任何事情。

"山伯!山伯!"梁山伯的背后传来一个熟悉而温柔的声音。

梁山伯猛一回头,见是祝英台,惊喜不已道:"英台,是你吗?我还以为再也见不到你了!"

祝英台来到梁山伯的面前,笑道:"山伯,这次是我们福大命大,没有被马文才害死!庆幸的是,我们两个都掉进了湖里,被人所救,不然,真的见不到了!你路过庄园打听我,我是故意告诉救我的恩人,不要告诉你我在那儿,我就是想看看你找不到我,会怎么办?现在我知道了。"

梁山伯站了起来,刮了刮祝英台的鼻梁,说道:"你还笑得出来,你差点吓死我,要是你真的死了,我也没有脸再回到尼山。"祝英台道:"梁兄,你也太没有骨气了吧,就算我死了,你也要回到尼山书院去找马文才报仇啊;否则,我不白死了!"

梁山伯道:"这个马文才确实可恨!他虽然自己也承认了他是那下毒的人,可是我们没有证据啊,英台,你说怎么办?明天就是最后的期限,我们必须回到尼山书院指证马文才,以还贤弟清白!"

祝英台想了想,说道:"这个不难,既然马文才以为我们已经死了,不如我们将计就计!我们回到书院后,找到山长,我们再扮鬼索命,这样马文才做了亏心事,一定会全都招出来的!"

梁山伯赞道:"此计甚妙,我们这就回尼山,争取在天黑前赶到尼山书院,找到山长!"

说完,梁山伯就搭着祝英台的肩膀,兴高采烈地离开。刚走出没几步,梁山伯突然问道:"英台,你身上有钱吗?""梁兄,你要钱做什么?"祝英台纳闷道。

梁山伯道:"滴水之恩,涌泉相报,是一对母女救了我。老人还要将她的闺女嫁给我,此番恩德,山伯怎么能不报。我是个穷书生,英台你身上有钱就先借给我吧,我想作为谢资报答她们。"

祝英台有些吃醋,问道:"那梁兄答应了这门婚事?"梁山伯道:"我学业未竟,况且你下落不明,我当时就拒绝了!"祝英台笑道:"这还差不多,走吧,我跟你一起去她们家,之后我们再回书院。"

"好吧。"

梁山伯和祝英台变了方向,继续往前走。

在夜黑风高的晚上,尼山书院的外面常常有野兽在深夜啼叫,那声音像婴儿在哭泣,对于马文才这样做了亏心事的人来说更像是恶鬼在哭诉。马文才在床上辗转反侧,像是睡着,又像是醒着,房间外面的山风飕飕地刮着,在马文才看来像是妖风。突然,马文才房间的窗户被大风吹开了,房间里的蜡烛被吹灭了,漆黑一片。马文才自从将梁祝二人推下山崖以后,每夜睡不着觉。所以,到了晚上都会点着烛火睡觉。马文才在漆黑的房间里摸索着走到桌子上,将蜡烛点亮,准备去关窗户,怎料刚关上窗户,蜡烛再一次被吹灭。

"马文才,马文才,我们无冤无仇,你为何要在书院下毒害我? 东窗事发,你还灭我和梁兄之口。你好狠哪! 还我命来!"一个像鬼一样的声音传出来。

马文才听得出来,这是祝英台的声音,连忙一下子跳到了床上,用铺盖裹得严严实实,怯懦的声音道:"祝英台,你死都死了,何必再来找我。对,我们是无冤无仇,我就是看不惯你和梁山伯那副目中无人、自命清高的样子。其他人都怕我,敬我,就你们两个处处跟我作对,你们不愿意跟我做朋友,我就要弄死你们!"

"马文才,你承认是你在书院里下毒害我们了? 下毒本来就罪无可恕,你还将我和英台贤弟害死,这就罪加一等。你走,跟我们到地狱和阎王爷说清楚吧!"梁山伯道。

马文才听到了梁山伯的声音,他通过黑暗里零星的亮光,看到窗外有一个黑影闪过,那身影一看就是梁山伯的身形,马文才再次胆怯起来。

梁山伯道:"马文才,你害怕了? 你杀人都不怕,会害怕见阎王爷,你不是不相信报应吗?"

马文才嗖的一下从床上跳了下来,穿着睡衣,说道:"我怕,我怕什么,梁山伯、祝英台,我不管你们是人是鬼,我马文才今天遇神杀神遇鬼杀鬼,我才不怕你们呢!"

这时,门外进来几个人,纷纷点上蜡烛,马文才感到这亮光很刺眼,揉了揉眼睛,看到眼前的几个人让他大吃一惊。山长周士章、夫子张士德、梁山伯、祝英台、银心、四九、马文才的书童、山长夫人何氏、山长女儿、书院护院人等都在场。

马文才大惊道:"你们……"

山长周士章走在前面,来到马文才的面前,说道:"马文才,我就知道梁山伯、祝英台生性良善,怎么能做出这样的事情?原来下毒的人真的是你!山伯和英台到我家来跟我说,我还不相信,我才配合他们来演这出戏!"

桀骜的马文才趾高气扬地来到人前,说道:"是我又怎么样?我就是看不惯他们!"周士章气打一处来,说道:"好,你承认就好!现在我宣布马文才先是投毒,后害人性命,罪大恶极。我代表书院开除马文才,明日一早,将马文才逐出书院,移交官府治罪!""是。"护院异口同声道。

周士章道:"其他人都去睡觉,留下护院在这里看住马文才就行!"马文才的书童走到马文才的面前,说道:"公子,我本想进来告诉你的,他们把我挡在外面!"马文才气急败坏地说,道:"给我滚!"

一行人面对马文才的险恶,都无奈地摇了摇头,便各自散去。

祝英台走到马文才的面前说道:"马文才,你好自为之!"梁山伯道:"马文才,希望你这次能真的回头是岸!"梁祝二人一起离开了马文才的房间。人都走了,护院将马文才的房间紧紧锁住。

马文才在屋子里顿时丧失了理智,猛摔东西,怒道:"谁让我难受,我就让他不好过!"

次日,一大早,马文才就被尼山书院的护院押往山下,准备送交衙门。马文才的书童挑着行李担走在马文才的后面,却不见有人来相送,马文才自认为书院的学子都是自己的人,但最终他落难的时候一个人也没有来。

马文才道:"几位,请容我去跟窗友和山长道别,你们先到山门口等我,我道完别后,即刻赶到!""你赶快啊!"其中一个护院道。

马文才的书童和护院一起往山门口走去。

马文才来到祝英台的房间外面,此时银心正在英台的房间外面看守,英台的房间热气腾腾,英台正在房间里沐浴,每次沐浴,银心都会守在外面。

马文才隔着老远,就喊:"英台,英台!"银心见马文才朝这边来,连忙跑进了屋子,关上门,急忙朝浴盆里的英台喊道:"小姐,快点,马文才来了!"祝英台脸色煞白,迅速从浴盆里跳了出来,连身上的水都没来得及擦干,迅速穿上男装,祝英台的头发也没有干,来不及扎。此时,马文才已经来到了门口,一边敲门,一边喊道:"英台,我是马文才,我就要下山了,我来跟你道别,请你原谅我,我们以往的恩怨一笔勾销吧!"

祝英台回话道:"马文才,你不需要跟我道歉,你毒害的是整个尼山书院的师生。你走吧,希望你好自为之!"马文才不肯走,说道:"英台,你听我解释啊!"祝英台忙道:"银心,门闩插上了吗?""我忘了。"银心急道。

祝英台大吃一惊,门外的马文才道:"英台,你在里面干什么,我进来了啊?"马文才顾不得那么多,推开了门,走了进来。眼前的祝英台让马文才目瞪口呆,祝英台披头散发,身上的衣服湿漉漉的。祝英台娇滴滴的脸呈现在马文才的面前,她身上的水已经浸透了衣服,女子的身体已经清晰可见。银心连忙跑到祝英台的面前,用被单裹住了祝英台。

银心呵斥道:"马文才,你看什么?"马文才很是惊讶:"英台,原来你是女儿身,想不到你这么美!"祝英台道:"所以,你想威胁我吗?"马文才道:"英台,你是女儿身,太好了,我这就回去让我爹到祝家庄提亲。我爹是太守,祝家又是士族,我们在一起再合适不过了。英台,你等我!"说罢,马文才一脸邪笑,便离开了。

"怎么办,小姐?"银心急道。祝英台道:"马文才是癞蛤蟆想吃天鹅肉,我爹是不会同意的。"

梁祝同窗整三年,就要从尼山书院毕业了,但祝家庄来信,说是祝英台的母亲病了,让祝英台赶紧回家。此时,祝英台的心里既感到忧心又有些不舍。

祝英台垂头丧气地来到梁山伯的房间外面,朝里屋喊道:"梁兄,你在家吗?""英台啊,进来吧,我在呢。"梁山伯回话道。

祝英台走了进去,梁山伯正在屋子里看书,梁山伯见祝英台垂头丧气的样子,忙从椅子上站起来,来到祝英台的面前:"贤弟,为何垂头丧气?"祝英台依依不舍道:"梁兄,我母亲病了,让我回去!"梁山伯深感意外:"怎么这么突然? 你娘有病,你这当儿子的应该回家照顾!"祝英台道:"梁兄,你我同窗三载,转眼间就要分别了,我实在有些不舍啊!"

梁山伯为了不让英台难过,故意做出一副无所谓的样子,说道:"英台,上虞到会稽很近啊,只要你还认我这个大哥,不嫌弃我家穷,大哥随时欢迎你来!"祝英台道:"梁兄,英台有一小妹和英台长得很像,比梁兄还要小两岁,尚未婚配,如若梁兄能迎娶小妹,势必亲上加亲!"

梁山伯大喜道:"真的,贤弟一表人才,想必小妹也一定貌若天仙,只怕祝家门墙太高,山伯高攀不起啊!"祝英台道:"梁兄,小妹一直都想找个像梁兄这样的人,只要梁兄肯来祝家提亲,小弟一定说服父母将小妹许配给梁兄!"梁山伯满心欢喜道:"好,为兄一定到祝家庄提亲!"祝英台道:"梁兄,英台就向你辞行了,我们祝家庄再见!"

祝英台说罢就往外走。

梁山伯道:"英台,我送送你吧!""不用,我还要向山长、夫子和师娘辞行。"祝英台道。

祝英台来到山长夫人何氏的房门外,敲响了何氏的房门,喊道:"师娘,你在吗?"何氏开了门:"英台啊,你怎么来了,有事吗?""师娘,我娘病重,家里来信让我尽快赶回去,我有三年没有回祝家庄了,我是来跟你辞行的! 顺便跟你说点我的事情!"祝英台道。

何氏道:"什么事?"祝英台道:"师娘,我们还是到屋子里说吧。"何氏让祝英台进了屋,然后关上门,问道:"英台,什么事情,这么神秘?"

祝英台站在何氏的面前,揭了自己的帽子,一头长发瞬间滑了下来,祝英台的美貌瞬间体现出来。何氏大吃一惊道:"英台,你是女子?"祝英台道:"师娘,英台知道朝廷有规定,女子不能到书院读书,所以才女扮男装,请师娘恕罪!"

何氏道:"英台,你来到书院整整三年,想不到你女扮男装能做到如此天衣无缝，不容易啊！"

祝英台道："师娘，你我都是女人，应该最能够体会女儿家的心思。三年来，我与义兄梁山伯志同道合，朝夕相处，几乎已经到了形影不离的地步。我们经历过生死，英台已经对山伯产生了爱慕之意。只是英台骗他，说英台有一个妹妹尚未婚配，让他到祝家庄迎娶。只是这呆子到现在还不知道我是女儿身！马文才已经发现了我的女儿身，他说他回去就向我爹提亲。这件事情不能拖下去了，请师娘务必帮我。"

何氏诧异道："马文才戴罪之身，他不是要被送到官府治罪吗？"

祝英台冷笑道："治罪！朝廷这点事情师娘难道不清楚吗，谁能治得了士族子弟的罪？马文才这点事上下打点，马太守再从中作梗，这事儿就算过去了！"

何氏道："哎，英台，你想我怎么帮你？"

祝英台从身上取下一对玉蝴蝶，留下了雄的，将雌的玉蝴蝶递给何氏，说道："师娘，这是我们祝家庄的定情信物玉蝴蝶，分为雌雄一对。我留下雄的，这雌的玉蝴蝶你替我交给山伯，就说是英台送的。并且告诉他我女儿家的身份，如果他愿意请他到祝家庄提亲！"

何氏道："英台，你放心吧，师娘一定转告山伯。"

"那师娘，英台告辞了，我还要去跟山长和夫子告别！"祝英台道，便往外走。

祝英台一一和大家告别以后，就要离开。山门外，早早就备好了两匹快马，银心和祝英台各自肩上挎着一个包袱。银心率先上了马，祝英台却迟迟不上马,她不断地回头朝书院里望,眼神里充满了期待,一副依依不舍的样子。

银心催促道:"小姐,快上马吧,天快黑了,今天晚上我们一定要找到住的地方。"祝英台还是在原地徘徊。银心道:"小姐,走吧,我知道你在等梁公子。他不会来了,要来早就来了。"

祝英台彻底失望了,刚准备上马,梁山伯和四九跑过来,梁山伯手里拿着一个风筝,喊道:"英台,英台,等等我!"祝英台见到飞奔而来的梁山伯,心情是那样美妙,说道:"梁兄,我还以为你不来了!"

梁山伯笑道:"英台,就算你不让我来送你,我也要来呀。我是你的大哥,今日一别,不知何时才能相见。我赶了一只风筝,我紧赶慢赶,到底还是赶上了,再晚一步,你就走了。来,风筝送给你,你带着它,回到祝家庄以后,你看着它就想起我。"祝英台接过风筝,感激涕零地说道:"梁兄,记得来祝家庄看我哦,九妹等你来提亲。"

梁山伯傻傻地笑了笑,看着祝英台上了马,一路狂奔,直到消失在梁山伯的视线里。梁山伯直到祝英台走远了,他还迟迟不肯离去,四九劝道:"公子,回去吧,祝公子走远了。"

梁山伯回到书院以后,感觉像缺少点什么似的。祝英台走了,就连一直以来跟他作对的马文才也走了,这书院顿时感觉冷清了许多。梁山伯来到祝英台住的房间外面,推开门进去,里面什么都没有,搬得空空的。他站在祝英台的房间里,回忆以往跟祝英台在一起的点点滴滴,回忆是那样的美好,又是那样的伤感。祝家庄是士族,他乃穷人出身,只怕日后再也见不到祝英台。梁山伯越想越难过,英台走后的几天里,梁山伯都茶不思饭不想,说是兄弟感情,但是梁山伯也不知道是不是兄弟感情,更像是情侣间的离别。

一天下午,师母何氏派人来请梁山伯,梁山伯感到莫名其妙,就直接到上房来见何氏。何氏笑着从座椅上起身,说道:"山伯,请坐,我有话与你说!"梁山伯就在何氏对面的椅子上坐了下来,说道:"不知师母叫山伯有何吩咐?"何氏笑道:"山伯,你用功读书我很欣慰,但是太过于迂腐,就是个榆木脑袋!"梁山伯更加摸不着头绪,问道:"师母,你这话何意啊?"

何氏道:"山伯,师母告诉你,与你同窗三载的祝英台是女子,不光是她,她的书童银心也是女子!这些你都没有看出来吗?"梁山伯大吃一惊道:"师母,你说什么?英台和银心是女子?!你如何得知?"何氏道:"是英台临走之前,来向我辞行,告诉我的,让我务必告诉你。"

梁山伯恍然大悟道:"哦,怪不得,她还说她有个九妹呢,让我去提亲。"何氏笑道:"傻孩子,九妹就是英台。英台让我把这个东西给你。"何氏从腰带里取出一块白玉蝴蝶,递给了梁山伯。梁山伯仔细地端详。

何氏道:"山伯,这是英台给我的,让我转交给你,说她愿意以身相许,请你到祝家庄提亲。这白玉蝴蝶原本是一对,英台带走的是雄的,这雌蝴蝶就交给你了,让你带着这只白玉蝴蝶到祝家庄去找她。"

梁山伯深感意外,回忆过往的点点滴滴,祝英台身上确实带着女儿家的几分媚气,感慨道:"想不到啊,真想不到英台是女儿身!她就是九妹,太好了!"

何氏道:"山伯,现在知道还不迟,现在马文才已经知道英台的身份了,你最好快点去提亲,要是被马家抢先一步,英台将不知如何应答。"

梁山伯道:"师母放心,山伯这就回家告知娘亲,再赶往祝家庄。"

突然,书院看门的人来报:"启禀山长夫人,朝廷来人了,说要见梁山伯,说有圣旨宣读!"梁山伯纳闷道:"圣旨,朝廷找我干什么?"何氏道:"山伯,圣旨来了,你就去吧。"

梁山伯与看门的人一起去了书院的门口,此时,书院门口聚集了书院的很多学子和夫子。梁山伯走到宦官面前,说道:"大人,梁山伯到。"

宦官一副歧视的眼光看了看梁山伯,说道:"你就是梁山伯?""学生正是梁山伯。"梁山伯应道。宦官道:"梁山伯接旨!"

梁山伯跪了下来。

宦官宣旨:"陛下有旨,尼山书院梁山伯踏实肯学,为人忠厚,经尼山书院山长推荐,朝廷考核合格,任命梁山伯为鄞县县令,钦此。"梁山伯欣喜不已:"梁山伯接旨。"

众学子是羡慕嫉妒恨,尚未毕业,梁山伯就破例为官,这让很多人都深感羡慕,众人是议论纷纷。

祝家庄收到了祝英台的来信,算准了祝英台归来的日子。所以,祝家上下都守候在府门外等候祝英台和银心的归来。

祝英台和银心的马一路狂奔来到了祝府门外,众人忙上前为英台和银心取下包袱。祝英台看着母亲滕氏,红光满面,疑惑道:"娘,不是说你生病了吗？我现在看你不是好好的嘛！"滕氏笑道："娘看到你回来，娘的病都好了。"祝英台埋怨道："你知道吗，我听说你病了，我和银心就急急忙忙赶回来，原来你是骗我的。"见祝英台生气，滕氏连忙安慰道："女儿啊，娘不是想你了吗？再说你马上就要从尼山书院完成学业了，早一点回来有什么关系呢！"

祝英台还是很生气，其实，她更气的是，为了回来照顾所谓的生病的母亲，跟梁山伯匆匆别离。

祝公远隔着老远，喊道："英台，回来了！"祝英台走到祝公远的面前道："爹。"英台的八哥道："英台，过来，让八哥看看你瘦了没？"祝英台走到八哥面前，一副调皮的样子，在八哥面前晃荡，让八哥一个劲儿地检查。

英台已经三年没有见到祝家的这些兄长了，眼前的父母双亲也多了几根白发，她的心里还是有一些难过。

滕氏与英台久别重逢，滕氏说道："英台，走吧，进屋，娘安排了厨房给你做了很多你爱吃的。"

祝英台挽着母亲的手，进了府。

梁山伯和四九回到了位于会稽山阴县老家。梁山伯的母亲是一个五十多岁的妇人，看起来明显老一些。她步履蹒跚，满脸皱纹，衣服也破旧，头发又脏又乱。梁山伯位于山阴县的房子又旧又破，房子在山脚下，这个村子平时也没有什么人住，只老婆子一人。

四九担着行李走在后面，梁山伯正在前面，快到家了，山伯的母亲此时正在自家园子的菜圃里除草。

梁山伯喊道:"娘,山伯回来了!"梁母大喜,连忙站起来:"山伯,回来了!"

梁山伯见到母亲,连忙扑到老人面前,仔细端详老人,热泪盈眶:"娘,山伯三年没有在你身边,伺候你老人家了!孩儿不孝,孩儿让母亲受苦了!"

梁母本想去摸山伯的脸,但是手上满是泥土,便道:"我去洗洗。"

梁山伯抓住母亲的手,道:"娘,孩儿不嫌你脏。"

梁山伯将母亲的那双长满老茧的手按在自己的脸上。

母子俩正互诉衷肠的时候,四九放下行李,笑着走到梁母面前,道:"老夫人,公子他当官了。"梁母吃惊道:"当官?""对呀,老夫人,公子被朝廷任命为鄞县县令了!"四九道。梁母大喜:"好,山伯,你总算为咱们梁家争光了!"

四九在旁边一阵傻笑,梁母看了看四九,说道:"四九啊,这三年多亏了你照顾山伯,我谢谢你!"四九道:"老夫人,我爹跟了老爷一辈子,我爹临死前吩咐四九,让四九照顾好公子,所以,这是应该的。"梁母欣慰道:"走,进屋,赶了这么远的路。"梁山伯、四九随梁母一起走进了屋子。

梁山伯、四九赶了这么远的路,早已汗流浃背,他们坐了下来,梁母为山伯和四九倒茶。梁山伯走上前去,夺过母亲手中的茶壶,说道:"娘,你休息吧,我和四九自己来就行了。儿子三年没有在你的身边,现在儿子给你倒茶。"

梁母欣慰地坐下来,接过梁山伯亲手为她泡的茶。

梁母笑道:"我儿长大了,三年没见,娘是望穿秋水啊!"梁山伯道："孩儿也在无时无刻思念娘。娘，儿子喜欢上一个姑娘，她是上虞县祝家庄祝老爷的女儿，只是怪孩儿蠢笨，直到离开书院的前一天才知道她是女儿身。英台在我身边三年，我们情同手足，更是形影不离，想不到她竟然是女儿身！英台将玉蝴蝶作为定情信物，让孩儿到祝家庄去提亲，这就是那玉蝴蝶。"

梁山伯将玉蝴蝶从身上拿出来，伸给母亲看，梁母仔细查验，说道："这姑娘真够细心的！只是山伯，上虞祝家庄那可是大户人家，士族子弟，更是家财万贯，良田万亩，那墙高着呢，这门不当户不对的姻缘娘实在是不奢望啊！娘怕你去了受委屈。"四九道："是呀，公子，虽说祝小姐喜欢你，但是祝老爷和老夫人那关不好过啊！"

梁山伯道："山伯现在当上县令了，也不算草民，只要英台心里有我，我一定会求得祝家二老接受我的。"梁母道："婚姻大事，讲究父母之命媒妁之言，你不用媒人直接去提亲呀？"

"嗯，娘，我直接去，我们家里穷，简单准备点聘礼就行。我明天一早就和四九去上虞。现在马太守的儿子马文才也在打英台的主意，我必须赶在他们之前到达祝家庄。"梁山伯道。梁母道："如果你果真能娶到祝小姐那也是我们梁家祖先保佑了，如果不成，儿子你也不要过于执着。"

梁山伯为了赶在马文才之前到祝家庄提亲，他决定明日就去，否则迟则生变。想到明天就要去祝家庄，梁山伯做梦都要笑醒，他睡不着，在床上辗转反侧，一闭眼脑海里全都是祝英台的样子。三年里，梁山伯看惯了英台的男装打扮，还真不知道英台的女装扮相是什么样子,但是梁山伯可以想象,他想想都觉得美。

次日,一大早,天还没有完全放亮,鸡鸣刚过,梁山伯拜别了母亲,和四九带上聘礼前往上虞县祝家庄。梁山伯和四九是在正午时分赶到达祝家庄。盛夏,酷暑难耐,梁山伯走在前面,一只手不停地摇着折扇,另一只手的袖子不断地擦着汗水。四九手里拎着聘礼,走走停停。梁山伯与四九顺着人行大道前行,梁山伯远远望见一片竹林,拥了一座八字门楼,那里就是祝家庄了。祝家庄门口有两个威风八面的石狮子,府门口左右两边有两个看门的年轻人。

梁山伯走上前去,微笑着递交拜帖,说道:"会稽梁山伯求见祝家九小姐,请小哥前往通报。"那看门人轻视道:"你乃何人? 我家九小姐也是你这种人能见的?!"四九道:"我家公子乃鄞县县……"没等四九说完,就被梁山伯打断了。

梁山伯再次微笑着道:"还请小哥通报。"

看门的年轻人道:"你等着啊,我这就去通报。"看门人刚进院子,就碰到管家,管家问看门人,道:"什么事?"

"有一个落魄书生想要见九小姐,我这就去通报,估计啊又是一个攀权附贵的!"看门人道。

管家道:"你把拜帖给我吧,我看看!"

管家接过拜帖,看了看,道:"你先下去吧,我进去通报九小姐。"

看门人往回走,管家朝着祝家的深院走去。

看门人来到府门口,道:"梁公子,管家已经通报去了,你们不便在此久留,请到侧门等候。"

"好,四九我们走。"梁山伯道。

四九拎着聘礼,道:"公子,这两人根本就是狗眼看人低。"

梁山伯道:"走吧,四九,人家这样看我们也是正常的,人家是大户人家。我们是什么身份,走吧,只要能见到英台,怎么样都行。"

梁山伯和四九朝着侧门而去。

祝英台正在自己住的阁楼上弹琴,一身女装打扮,管家带着梁山伯的拜帖找到了祝英台,说道:"小姐,门外有位叫梁山伯的相公要见你!""山伯来了,他在哪儿?"祝英台欣喜若狂地站起来。管家道:"他就在门外。"祝英台迫不及待:"王叔,快替我去请他,我在这里等。""是。"管家道,便要走。

管家刚走出没多远,祝英台喊道:"王叔,梁公子的事情不要告诉老爷和老夫人。"管家道:"知道了,小姐。"管家继续往外走。

祝英台听到梁山伯的到来,恨不得马上飞出去见他,她的心扑通扑通跳个不停,在阁楼上坐立不安。

梁山伯和四九等候在祝家庄的侧门,四九显得有些不耐烦,东张西望,说道:"公子,这到底是富可敌国的祝家庄啊,估计那皇宫也不过如此啊!一眼望不到头,怪不得那管家进去这么久都没有出来。"

管家朝梁山伯走来,笑着道:"梁公子,对不住了,让二位久等了,九小姐在里面等你呢!"

梁山伯和四九跟着管家走进了祝家庄,一路上,四九都在东张西望,都在感慨这祝家庄的大气、豪华。走了大概有半炷香的时间,梁山伯二人终于被管家带到了祝英台所在的阁楼下。阁楼下林木茂盛,花香四溢,四季花遍地都是,还有小桥流水,这不愧是大户人家小姐住的地方。

祝英台背对着管家,管家道:"小姐,梁公子到了!""王叔,你先下去吧。"祝英台道,便转过身来。祝英台的风采令梁山伯目瞪口呆,梁山伯注视了好一会儿,说道:"九妹!"祝英台笑了笑:"书呆子,我是英台啊!"

梁山伯惊道:"你是英台?我们同窗三年,我竟不知道你是女子,而且这么美丽!就跟那天上的仙女一样。"祝英台道:"傻哥哥,我怎么能跟那天上的仙女相比,山伯,你快坐吧!"

四九突然觉得站在梁祝二人面前有个尴尬,连忙问道:"祝小姐,银心在哪儿,我去找她?"祝英台道:"银心在下面等你呢,你赶紧去吧。"

四九迫不及待地跑下了楼。

阁楼上只剩下梁山伯和祝英台两个人了,祝英台面对梁山伯,含情脉脉道:"山伯,你知道我的心意了?"梁山伯激动道:"英台,师母已经将真相都告诉我了。我告诉你一个好消息,我当上鄞县县令了,我今天就是来向你父母提亲的!"

祝英台一副愁眉苦脸的样子,说道:"山伯,你来晚了,马太守带着他的儿子马文才已经来我们家提亲了。"梁山伯问:"你爹娘答应了?"祝英台道:"我娘没有答应,拒绝了马太守;我爹碍于马太守的势力,算是默许了。"

梁山伯不甘心道:"英台,马文才此人心胸狭隘,一身邪气。你要是嫁给他,是不会幸福的,不行,我这就去向你爹娘提亲。"祝英台拉住了梁山伯："傻哥哥,你准备如何对我爹娘说?"

梁山伯道："英台,我以鄞县县令的身份向你的爹娘提亲,不管他们同意与否,我梁山伯这辈子都非祝英台不娶。"

说罢,梁山伯急急忙忙下了阁楼。

祝公远、滕氏、祝家几位公子都在庄园的亭子里乘凉,心情都很郁闷,为了马文才向英台提亲的事情。

管家来报："老爷,夫人,鄞县县令求见,这是拜帖。"

祝公远打开拜帖看了看,一脸困惑："梁山伯,我不认识他呀,他来找我干什么,准是找我募捐的,请他进来吧!"

稍后,梁山伯走了过来,众人见客人到来,纷纷起身迎接。

梁山伯见中间年老的想必是祝老家,作揖道："晚辈鄞县县令梁山伯见过祝老爷!"

祝公远道："梁大人,请坐,看茶,不知梁大人今日造访有何贵干啊?"

还没等梁山伯开口,祝英台也跟了过来。

滕氏见英台过来,说道："英台,你一个未出阁的姑娘,你跑来干什么?"祝英台道："爹,娘,诸位兄长,山伯今日是为我而来。"

众人不解。

梁山伯面对祝公远和滕氏："祝老爷,夫人,我跟英台是同窗三载的窗友,我与她一同经历过生死。只是近日我才知道英台是女儿身,今天我来到贵府就是向祝老爷和祝夫人提亲的,希望二人能将令爱许配给在下,在下一定终生善待英台。"

滕氏大惊："你和英台是同窗?你现在当上了县令,年轻有为。

既然你跟英台情投意合，我这当娘的能有什么意见。"

就在祝英台沾沾自喜的时候，祝公远道："不行，英台是要嫁给马家的。再说我们已经收了马太守的聘礼，出尔反尔，我们是惹不起的！"

英台八哥道："爹，英台和梁兄既是同窗，这姻缘乃天作之合呀。门当户对的婚姻也未必幸福，本朝的王谢两家最为门当户对，但是王凝之和谢道韫也不幸福啊！请爹成全英台和梁兄吧！"

祝英台的其他几位兄长也纷纷赞同。

祝公远忧心忡忡道："不是爹铁石心肠，这马太守的人品我是知道的，他不达目的不罢休啊。如果英台不嫁给他的儿子，只怕马太守会把我们祝家搅得鸡犬不宁啊，倾家荡产也是有可能的，这马太守心黑着呢！你们说，是牺牲我们整个祝家庄，还是牺牲英台一人？过几日，马家就要来迎亲了！"

梁山伯道："如果马太守真的敢那么做，我一定禀报朝廷！"祝公远道："梁公子，你一个小小的县令怎么和太守斗，算了吧，你劝你还是回去吧！"

祝英台深感幸福无望，伤心欲绝地跑了。

梁山伯心如死灰："在下告辞，在这里我要说一句，我梁山伯今生今世非祝英台不娶！"

祝家上下对梁山伯的痴情感到同情，同时对祝英台的难过而感到痛心。

祝英台一路护送梁山伯和四九出了府门，梁山伯一副垂头丧气的样子，走走停停，整个人都被击垮了。

祝英台朝梁山伯喊道:"山伯,英台今生与你无缘,来世再与你结为连理,你回去后可另寻良配。"

四九扶着梁山伯:"公子,祝小姐的爹娘都跟你说了些什么!?"

梁山伯急火攻心,一路上吐了几次血,回到山阴县老家,没几天就死了。留下老娘一个人,临死前梁山伯给老娘留下遗言,将自己埋葬在九龙墟。

马文才的迎亲队伍敲敲打打来到祝家庄迎亲,祝英台被打扮得漂漂亮亮的,在银心的护送下来到花轿前,祝英台对马文才道:"马公子,我祝英台既然已经答应嫁给你,请马公子答应我一个要求。"马文才道:"什么要求,你说?""我希望马公子能够绕道九龙墟,我想去祭拜山伯,祭拜后,我再跟马公子走,从此不再有二心。"祝英台道。马文才毫不犹豫地道:"这个要求没问题,我答应你。"

祝英台这才在银心的搀扶下上了花轿。

由于祝家庄到马太守家走的是水路,祝英台不识,感觉距离九龙墟越来越远,只是坐在船舱里的祝英台听到船夫说,快到太守府了。祝英台一个劲儿唤银心,却不见人。祝英台连忙从船舱里走出来,来到马文才的面前,生气地说道:"马文才,你不是答应过我嘛,让我祭拜山伯。"马文才道:"英台,死人有什么可拜的,反正你已经嫁给我了。"祝英台愤怒道:"马文才,你出尔反尔。人都死了,我祭拜的权利都没有吗!你会下地狱的!苍天无眼啊!"

就在祝英台生气的时候,天上乌云密布,电闪雷鸣,刮起了阵阵大风。尘土在风中弥漫,完全没有了视线,这艘迎亲船在水中急速行走,不知是朝那个方向在运行。待大风过后,一切恢复了平静,视线也正常了,突然在岸边出现了"九龙墟"三个字的石碑。

祝英台欣喜万分,道:"山伯,我来了。"

祝英台匆匆上了岸,船夫来到马文才的面前,脸色煞白道:"马公子,这真邪乎啊,怎么就突然到了九龙墟了。我们走的地方距离九龙墟相差甚远啊! 莫非真是触怒了天神!"

马文才不甘心,再次上岸追寻祝英台,一边追,一边喊:"英台,英台。"眼看着马文才就要追上祝英台了,突然一道闪电击在了马文才的脚下,马文才惊魂未定,这才停止了追逐。

祝英台来到了梁山伯的坟墓前,墓碑上书写着:梁山伯之墓。

祝英台身穿新娘的衣服,扑在了梁山伯的墓碑前,抱着墓碑,哭诉道:"山伯,你怎么就死了,你等等我,我是不会嫁给马文才的! 我要是不为了祝家一家人平安着想,我就是死,也不会嫁给马文才,山伯,英台这就来陪你!"

祝英台咬破了自己的手指,在梁山伯的墓碑上写下:祝英台之墓。

祝英台泪流满面:"山伯,我们生不能同榻,死也要同穴。山伯,你快开门啊!"

祝英台拼命地击打梁山伯的墓碑。天上再一次刮起了大风,电闪雷鸣。突然,一道闪电将梁山伯的坟墓劈开,坟墓裂开了一道缝,出现一道金光。梁山伯的灵魂升了起来,冲着祝英台笑,祝英台扑了上去,喊道:"山伯。"祝英台钻进了梁山伯的坟墓。

这时四九和银心也跑了过来,四九见到被雷击中重伤在地的马文才,问道:"马文才,祝小姐呢?"

马文才指着梁山伯的坟墓,银心见到祝英台的喜服尚有一个带子露在坟墓外面,银心扑上去,拼命地往外扯,哭喊道:"小姐!"银心被一道金光弹开,那露在外面的带子突然变成了青藤,青藤开了花,上面化出两只彩蝶。银心大叫道:"四九,快看,两只蝴蝶,这应该是小姐和姑爷。"四九望着两只蝴蝶飞上了天,感叹道:"此生再也没有人将他们分开! 银心,我们以后就在这里一生一世守护他们吧!"

"嗯。"银心道。

见到有情人终成眷属,银心和四九露出了祝福的笑容。

梁山伯与祝英台的爱情故事,至今流传了一千多年。他们的故事发生在东晋末年,但又有人说是始于汉代。历史上的梁山伯与祝英台是否真的存在有争议,但是化蝶一事肯定是后人同情梁祝遭遇虚构的情节,就是为了一个好结局。

一千多年来,历朝历代都有人在研究梁祝文化,更多地人是在研究他们存在的真实性。无论梁祝是否是历史人物,可以肯定的是,他们是小人物,正史不会记载,更多是野史传说。近年来,对梁祝文化的研究愈演愈烈,据著名梁祝文化专家樊存常先生考证,梁山伯与祝英台包括马文才,历史上确有其人,他们之间的故事为历史真实事件,而且他们的籍地都在孔孟之乡。故事发生在晋代也是说得过去的,晋代政治黑暗,门阀森严,士族与平民不能通婚,那个年代把门第看得很重。没有科举制度,像马文才这种专横跋扈的官二代也是说得过去的。

唐玄宗与杨贵妃

唐天宝年间。都城长安骊山下的华清宫规模宏大而奢华。宫殿倚骊山山势而建,亭台楼阁,遍布骊山上下,壮观且宏伟。华清宫内有温泉池,宫内各处开满了多类品种的花,以牡丹最多,阳光洒在华清宫内,更显富丽堂皇。这是唐玄宗李隆基多年来的心血结晶,都是用民脂民膏修建的,华清宫成为玄宗皇帝最大的离宫,这里是李隆基最大的娱乐场所,这一切都因为一个女人。

　　华清宫内,芙蓉园里,站满了几百宫女,宫女的数量一眼望不到头,她们从华清宫的宫门口一直排到杨贵妃的寝宫,这场面绝对算得上壮观。芙蓉园里,有朝廷专门的女乐师为贵妃演奏,有弹古筝的,有弹琵琶的,有弹箜篌的,还有敲打编钟的,贵妃跟着音乐的旋律翩翩起舞。贵妃一头乌黑秀丽的长发一直延伸到她的腰间,她的头发上插着凤钗,戴着用金丝线做成的牡丹发簪,玉制的耳环。她的皮肤白皙,五官精美,脸微胖,婀娜多姿,带着几分媚气与英气。贵妃身穿黄色的绫罗,衣服上用金丝线绣着百鸟朝凤,匀称且白净的双肩裸露在外,她的身姿随着音乐扭动,舞姿优美如仙鹤。

　　"皇上驾到。"高力士喊道。

芙蓉园的宫女们见到唐玄宗到此,纷纷下跪迎接,齐呼道:"陛下万岁万岁万万岁。"

杨贵妃回头见玄宗来此,也停止了跳舞,乐师们也停止了伴奏。

杨贵妃面对玄宗施礼道:"臣妾见过陛下。"

"爱妃免礼。"玄宗笑道。

乐师们走到玄宗面前,行跪拜礼:"臣等拜见陛下。"

"免礼。"玄宗道。

"谢陛下。"乐师们退到一边。

唐玄宗站在贵妃的面前,一只手搂着贵妃的腰,一只手摸着贵妃白嫩的脸蛋:"爱妃,你又瘦了! 负责照顾娘娘的宫女何在?"

众宫女皆畏惧圣怒,不敢言,皆一副战战兢兢的样子。

领头的宫女站出来,面对玄宗:"启奏陛下,娘娘的起居是奴婢在照顾。"

玄宗道:"娘娘怎么最近瘦了,是没有吃好,还是没有睡好? 最近都吃了什么,你从实说来!"

领头的宫女道:"启禀陛下,娘娘一日三餐都是按时吃的。娘娘每日以素食为主,娘娘说怕胖,只是吃一些鱼和青菜。奴婢们一再相劝,娘娘始终不肯听奴婢之言,娘娘最近睡眠也差,请陛下降罪!"

玄宗震怒:"来人,将这几个宫女都给朕拉出去砍了!"

高力士喊来几个太监正要将几名宫女拉出去,宫女们吓得连忙跪在了杨贵妃的面前,乞求道:"娘娘饶命,陛下饶命!"

杨贵妃道:"陛下,这不关她们的事儿,你就放过她们吧?"

玄宗瞪了瞪几名宫女:"听着,娘娘替你们说情,朕就放过你们,以后娘娘的起居不能怠慢！否则，朕一定砍了你们！"

"是，多谢陛下不杀之恩。"宫女们连连叩头谢恩，便退到一边。

玄宗面对贵妃，便没有帝王派头，就是一个围着女人转的普通男人。他搂着贵妃的腰，扶贵妃坐下，一副恩爱交融的样子。玄宗从自己的袖子里拿出一块黄色的布卷，上面字迹斑斑。

玄宗将布卷递给了贵妃："爱妃，朕知道你酷爱音律，这是朕亲自谱写的《霓裳羽衣曲》，你可与乐工一起弹奏出来，朕好一饱耳福！"

贵妃捧着曲谱，仔细地看了一遍："陛下，想不到陛下竟有如此高的音律天赋，臣妾这就与乐工们和鸣！"

高力士将龙椅搬进了芙蓉园，玄宗正在龙椅上，静静地等待演奏。稍后，太监取来琵琶交给了贵妃，贵妃坐下来，手握琵琶，她看了看玄宗，玄宗冲她笑着点了点头："爱妃，开始吧？"贵妃起身施礼："臣妾遵命。"

贵妃坐下来便按照曲谱上的音符弹奏起来，乐工们也都按照高力士分发的曲谱伴奏起来，曲调婉转动人，琴声清脆悦耳。玄宗在龙椅上听得是如痴如醉，他闭着眼仿佛看到了杨贵妃在跳舞，他沉浸在幻想之中。

杨贵妃弹完了，玄宗还意犹未尽："好，爱妃对音律的认识非同一般呐！来人，赐贵妃金钗钿盒。"

很快，高力士将准备好的金钗钿盒送到了玄宗的面前，玄宗从盒子里取出金钗，弯着腰，亲自为贵妃插在了鬓发上："爱妃，这后宫佳丽三千只有爱妃配戴这金钗，也只有爱妃配朕这样待你！"

杨贵妃从坐前起身："多谢陛下，陛下这话可不能乱说，要是后宫的姐妹们听到,还以为我在迷惑陛下,臣妾可吃罪不起!"

玄宗大笑:"爱妃,有朕在,谁敢为难你。走,我们到院子里走走。"

玄宗和杨贵妃一起朝华清宫里的西瓜园、看花台走去。

玄宗和贵妃走在前面,高力士和一干宫女太监走在后面,玄宗对贵妃道:"爱妃,朕近日公务繁忙,没来看望爱妃,爱妃没有生气吧?"

贵妃道:"臣妾哪敢生陛下的气啊,再说陛下是大唐的陛下,陛下应该以国事为重。陛下闲的时候可以去后宫看看其他姐妹,要是陛下独宠臣妾一人,臣妾可不敢面对众姐妹啊!"

玄宗欣慰道:"还是爱妃通情达理啊,朕就喜欢这样的你,永远也不恃宠而骄,爱妃的才情在朕的后宫恐怕也找不到第二个人。"

玄宗情不自禁,将胡子拉碴的嘴凑到贵妃的脸上深深地亲了一口。

玄宗和贵妃来到了看花台,站在看花台上,玄宗道:"今年的牡丹比往年开得更艳!"

杨贵妃指着花丛中那两只比翼双飞的蝴蝶:"陛下,快看,两只蝴蝶,他们在花丛中自由地飞翔,多美啊! 只要陛下不冷落臣妾,臣妾希望像那蝴蝶一样一辈子守候在陛下的身边。"

玄宗刮了刮贵妃的鼻子,挑逗道:"朕怎么会冷落你呢! 你是朕的心肝儿,朕疼你还来不及呢!"

贵妃道:"陛下,臣妾有一个兄长叫杨钊,此人有经国之才,可惜没有出人头地的机会。现在在扶风县当县尉,每日自暴自弃,陛下可否给我这兄长安排个职位呢?"玄宗大惊:"真有此事? 贵妃的兄长怎么能只是个县尉,若真有才,朕会在朝堂之上为他安排职位!"贵妃道:"谢陛下。"

玄宗回头对高力士道:"高力士,你速传朕的旨意到扶风县,召县尉杨钊入朝觐见!贵妃的亲人都召进宫,朕要见见他们,不能让他们受苦。他们受苦,贵妃也会心痛!"

"奴才遵旨。"高力士便带着两个小太监离开了。

唐朝的大明宫建筑群辉煌阔气,玄宗皇帝李隆基早早将自己听政的宫殿定在了兴庆宫。文武大臣站在兴庆宫的两边,等待玄宗上朝。

玄宗和杨贵妃携手并肩走在前面,高力士喊道:"皇上驾到,贵妃娘娘驾到。"众臣一起跪迎:"吾皇万岁万岁万万岁,贵妃娘娘千岁千岁千千岁。"玄宗和杨贵妃在高力士的搀扶下登上了宝座,玄宗坐于龙椅的右侧,贵妃坐于龙椅的左侧。玄宗道:"众爱卿平身!""谢陛下。"众臣起身,一起面对玄宗皇帝站着。

站在玄宗身边的高力士喊道:"宣贵妃娘娘亲属觐见!"

稍后,杨钊以及贵妃的三个姐姐尽数到了兴庆宫,来到玄宗和贵妃面前,跪拜道:"拜见皇上,拜见贵妃娘娘。"玄宗笑着抬手示意,道:"请起。""谢皇上。"众人异口同声。

玄宗握着贵妃娘娘的手,面对贵妃亲属:"朕的国丈,贵妃娘娘的父亲,前兵部尚书杨玄琰于开元十七年(729年)去世,朕悲痛至今,朕有负爱妃,有负尚书大人的家眷,朕今日要对贵妃亲属一一封赏,不知诸位爱卿意下如何?"

丞相李林甫懂得迎合玄宗的心意,他站了出来,启奏道:"陛下,贵妃娘娘乃万金之躯,她的亲属自然也不能流落草莽,食不果腹,陛下封赏是应该的。"

玄宗摸了摸胡须,笑道:"嗯,还是李爱卿说得好。"

御史中丞韦坚出列,启奏道:"陛下,如果陛下只是赏赐贵妃亲属,臣没有异议;但如果陛下是要授予他们重任,那臣不得不说,自古以来,用人唯贤,不是用人唯亲。太宗皇帝当年任用魏征、房玄龄、杜如晦、长孙无忌、尉迟恭、褚遂良、程咬金等人才有了贞观盛世啊!"

玄宗脸色铁青:"那你的意思是说朕用的人就不是贤臣了? 你是在说朕不能明辨忠奸,是这个意思吗?!"

李林甫见玄宗有些生气,便对着韦坚斥责道:"大胆韦坚,你竟敢质疑陛下的决断!"韦坚连忙跪下:"陛下,臣也是一番肺腑之言,绝不敢质疑陛下的决断!"玄宗道:"韦爱卿,你起来吧,你说得有道理;但朕就是小小的封赏,你不至于把太宗皇帝都搬出来吧! 你退下吧。"

韦坚起身退到一边。

在李林甫心里,这个韦坚一直不听话,不肯依附他,恨不得除之而后快,这次,对韦坚更加懊恼。

玄宗道:"听旨,封贵妃之族兄杨钊为监察御史,封贵妃大姐为韩国夫人,三姐为虢国夫人,八姐为秦国夫人,三位夫人对贵妃有照料之恩,特赐每月十万脂粉钱!"

"谢陛下,谢贵妃娘娘,祝陛下和娘娘洪福齐天!"杨氏亲属叩谢道。

顿时,朝堂之上交头接耳,哗然一片,对玄宗的旨意是议论纷纷。

玄宗道:"诸位爱卿,朕知道你们在议论什么。但是贵妃之族兄杨钊的能力朕是经过调查的,他之前一直担任扶风县的县尉,扶风县的治安在他的治理下有了很大的起色。这样的人才担任八品县尉屈才啊,让他当这个监察御史,替朕监督贪官,朕可以让他先干干。如果干得不好,朕一定亲自免除他的官职。"

杨钊再次谢恩:"臣谢陛下信赖提携之恩,如若臣不能在监察御史的职位上干出成绩,陛下可随时免臣的职,以免诸位大人误以为陛下徇私。"玄宗笑道:"好,有你这句话,朕就放心了。"

贵妃在一旁显出一副内疚的表情:"陛下,是臣妾的家人给你添麻烦了。"玄宗笑了笑:"爱妃哪里话,刚才不是说了嘛,要是这杨钊不能胜任监察御史的职位,朕还得免他! 所以,朕是铁面无私的,爱妃无须谢朕!"

贵妃尴尬地笑了笑:"陛下说的是。"

"退朝。"高力士喊道。

众臣跪拜:"恭送皇上,恭送贵妃娘娘,吾皇万岁万岁万万岁,娘娘千岁千岁千千岁。"

玄宗扶着杨贵妃站了起来,从宝座上离开,朝后宫的方向而去。

杨贵妃爱好广泛,喜欢养鸟,尤其对鹦鹉情有独钟。下臣为了变相讨好天子得到升官发财的机会,于是岭南的官员进贡一只白鹦鹉,会说人话。唐玄宗在处理完朝政后,便亲自将装着白鹦鹉的鸟笼提到了华清宫。当日为阴天,凉爽,贵妃坐在华清宫里的莲池边赏花,她光着脚,在水里戏水,宫女们都站在贵妃的背后,寸步不离。突然,玄宗和高力士等一干太监来到贵妃的背后,宫女见到玄宗,连忙下跪施礼。玄宗忙将手指放在嘴边,做了一个禁止宫女们出声的动作。宫女们见此情形,便自动退到一边。高力士等太监留在原地,唐玄宗提着鹦鹉,轻轻地走到贵妃的身后。

"娘娘千岁！娘娘千岁！"鹦鹉叫道。

杨贵妃猛一回头,见玄宗提着鹦鹉,忙从莲池岸边起身,朝玄宗弯腰施礼道:"臣妾拜见陛下,臣妾不知陛下驾临,请陛下恕罪！"玄宗笑道:"爱妃,是朕不让她们通报的,朕就是为了给你一个惊喜。来,这只鹦鹉送给你,朕知道你一向喜欢鹦鹉。"杨贵妃欣喜不已:"陛下,刚才就是这只小家伙在叫娘娘千岁?""是呀。"玄宗道。贵妃道:"陛下,这会说话的白鹦鹉可是极品啊！哪来的?"杨贵妃一边问,一边逗着这只鹦鹉。玄宗道:"是岭南进贡的,仅此一只,朕特意拿来送给你。"

杨贵妃从玄宗手里接过笼子,一副爱不释手的样子,对鹦鹉喊道:"鹦鹉,叫陛下万岁！""陛下万岁,陛下万万岁！"鹦鹉叫道。杨贵妃惊喜道:"陛下,这鹦鹉太有灵性了,陛下是教过它吧?"玄宗道:"朕没有,朕每天公务缠身,哪有时间教这小东西,但是进贡的臣子有没有教过那就不知道了。"

贵妃一只手提着鸟笼,一只手伸进鸟笼去挑逗鹦鹉,乐道:"陛下,这小家伙还没有名字,陛下可否取个名字?"玄宗沉吟片刻:"这小东西一身雪白,不如就叫它雪花吧?"贵妃道:"这鹦鹉以后留在臣妾的宫里,就像是臣妾的女儿,不如就叫雪花女不是更好！"玄宗道:"只要爱妃喜欢,叫什么都行。走吧,爱妃,我们去下棋,朕好久没有与你对弈了,正好今日有空。"贵妃笑道:"走吧,陛下,臣妾正好也有此意。"

杨贵妃一直端着鸟笼不肯放手,宫女欲接手,都被贵妃拒绝,玄宗看在眼里,笑道:"朕就知道爱妃就爱这玩意儿,你拿着吧,以后它就是你的,带上它,我们一起去下棋。"

玄宗很合贵妃的心意,贵妃对这个天下至尊的男人更加依赖。

玄宗搂着贵妃来到了位于华清宫内的弘文馆,在玄宗和贵妃到来之前,他们就早早摆好了棋盘,等待着玄宗。杨贵妃的棋艺要比玄宗高明得多,每次贵妃都占据上风;但是玄宗毕竟是皇帝,贵妃要给玄宗留面子,高力士要给玄宗保面子。所以贵妃每次都手下留情,但是让棋要让的不留痕迹,不要让玄宗觉察出来,贵妃往往很谨慎,这次对弈结局会怎样?

玄宗和贵妃面对面地坐下来,看了看棋盘,鹦鹉笼子始终被贵妃抱在怀里,高力士上前拿走,贵妃不让。

玄宗笑道:"爱妃,这鹦鹉都是被臣子调教好了的,不用关在笼子里,放出来吧,它也不会乱飞。交给高公公吧,没事。"

高力士伸手去接,贵妃一副不舍的样子,久久不肯松手,说道:"高公公,可要照顾好我的雪花女呀!""放心吧,娘娘,奴才一定替你好好看着!"高力士拿走鹦鹉,在一旁站着。

玄宗看着棋盘:"爱妃,你是白子,你先下吧?"贵妃道:"臣妾就不客气了。"贵妃将第一个棋子放在了棋盘上。玄宗紧跟,几轮过后,玄宗占下风。贵妃笑道:"陛下,你已经是四面楚歌了,你的地盘都被臣妾占据了,你还能走吗?"

高力士在旁边故意咳嗽了一声,对贵妃使了一个眼色。

玄宗回头瞪了瞪高力士:"高力士,你咳嗽什么?朕知道你的把戏,爱妃,朕告诉你呀,你可不能让着朕。对朕要下杀招,不然这棋下的有什么意思啊!"杨贵妃笑道:"陛下,并非臣妾让着你,臣妾每次都抢占上风,但是每次陛下都能化险为夷,这次陛下想必也能出奇制胜。"

玄宗虽然听着贵妃的话心里美滋滋的,但是他通观棋局,似乎看不出哪里有突破口,玄宗一筹莫展。高力士见此情形,偷偷打开鸟笼,这只白鹦鹉扑向了棋盘,它的两只翅膀在棋盘上扫了几扫,顿时将棋局打乱。

玄宗站起身来,生气道:"高力士,你这是干什么?!"高力士连忙下跪:"陛下,娘娘,是奴才没有看好笼子,雪花女冲破了鸟笼,自己飞了出来。请陛下恕罪!""罢了,罢了,朕是乘兴而来败兴而归。爱妃,朕改日再来陪你下。"玄宗道。贵妃施礼道:"臣妾恭送陛下。"

唐玄宗气冲冲地走了,高力士紧跟其后。

贵妃于宫中沐浴,两个侍女正在为贵妃宽衣解带,两名宫女正在为贵妃准备沐浴用水。贵妃沐浴的水不是普通的水,全是烧热的牛奶抑或是羊奶灌满一缸,一个宫女正往浴缸里倒奶,另一个宫女正在往浴缸里撒玫瑰花瓣。准备好了沐浴用的热奶和花瓣以后,宫女又往奶里兑西域进贡的特制香水,贵妃每次沐浴完后,肌肤白嫩,且身上透着香气。

一切准备妥当之后,四名宫女伺候贵妃入缸沐浴,贵妃的一头长发被浸泡在奶里,贵妃躺在浴缸里,享受着。四名宫女,有的为贵妃搓背,有的为贵妃洗头发,有的为贵妃洗腿,有的为贵妃洗臂膀。

洗头的宫女道:"娘娘的头发经过牛奶泡过,越发乌黑亮丽了。"另一个宫女为了拍贵妃的马屁,责道:"你会不会说话呀!贵妃天生丽质,就算不用牛奶一样光鲜美丽。""对对对,是奴婢失言了。"洗头的宫女连忙赔罪道。杨贵妃道:"你们快别斗嘴了,赶紧洗吧!""是。"四位宫女异口同声道,便接着为贵妃搓洗,谁也不敢再多言。

贵妃洗罢,众人伺候贵妃更衣。

突然进来一名宫女,端着一盘子暗红色的,果卵圆形,且表面长满疙瘩的东西来到贵妃面前:"启禀贵妃娘娘,这是陛下派人送来的,说是岭南进贡的荔枝。"杨贵妃欣喜不已:"荔枝呀!太好了,我的最爱,你先放着吧,我等一下就吃。"

宫女将果品放在了桌子上,便退了出去。

贵妃在众人的伺候下换好了衣服,便坐了下来。她从果盘里摘了一颗荔枝,剥开壳,里面的果肉又白又嫩,透着清香。贵妃吃了一颗,细细地品味,说道:"真不错!蜀地的荔枝我倒是吃了不少,这岭南的荔枝我是第一次吃。早就听说岭南的荔枝口感不错,一直没有机会品尝,没想到真的不错。"

听贵妃这么一说,一旁的宫女是直流口水。

贵妃道:"你们四个过来,一人尝一个吧,这岭南的荔枝不是经常能吃到的哦!""这是陛下赐给娘娘的,奴婢不敢吃。"其中一个宫女道。杨贵妃笑了笑:"这是本宫让你们吃的,又不是你们偷吃,怕什么,来吧!"

四名宫女怀揣着忐忑的心走到桌子前，一人摘了一颗，便小心翼翼地吃了下去，四人异口同声道："娘娘，真甜！"贵妃道："你们呀，真是俗物，除了甜，想必你们也吃不出他味道！""莫非娘娘还吃出了其他味道？"其中一个宫女道。贵妃感叹道："哎，这荔枝好是好，只是岭南到长安相隔千里，这送过来的荔枝呀也不新鲜了！"

"皇上驾到。"高力士喊道。

玄宗朝贵妃的宫里走来，来到贵妃的面前，贵妃面对玄宗，施礼道："臣妾参见皇上。""爱妃请起。"玄宗亲自上前搀扶。众宫女一起跪拜道："奴婢拜见皇上。""你们都起来吧。"玄宗朝宫女挥了挥手。

玄宗走到桌子前，看了看桌子上吃了一半的荔枝果盘，桌子上还留有荔枝的壳，玄宗笑道："爱妃，怎么样？朕知道你喜欢荔枝，经常在朕的面前念叨，这次岭南进贡了很多荔枝，朕特意挑选了叫人送过来的，你吃了还满意吗？"贵妃道："陛下，这岭南的荔枝甚是有名，只是岭南距长安相隔千里，这荔枝都不新鲜了，吃起来味道怪怪的。"玄宗道："是嘛，朕还没有尝过呢，朕尝尝看看。"

玄宗从果盘里摘了一颗，剥了壳，放进了嘴里，细细品味一番，道："爱妃呀，朕吃起来挺好啊，没有什么怪怪的味道啊！"贵妃笑了笑："那是因为陛下是做大事的人，这吃食不太在意。不过呀，臣妾可是经验丰富哦，这荔枝呀，确实是不新鲜了。"

玄宗生气道："爱妃，他们竟敢拿不新鲜的荔枝来进贡，这立刻下旨重办他们。"贵妃道："陛下，臣子也不是有意的，也许他们摘的时候是新鲜的，在路上耽搁了。只是这岭南到长安，就是快马也要小一个月吧！"

玄宗回头对高力士道："高力士,你传旨下去,命沿途官员从岭南到长安重新开辟一条贡道。从明年开始,只要荔枝到了采摘季节让他们把最新鲜的荔枝送到长安来。"高力士犹豫道："陛下,这岭南到长安几千里呀,如果开辟贡道,那是会劳民伤财的。仅仅只是让娘娘尝到新鲜荔枝,弄的民怨四起不好吧,请陛下三思呀?!"玄宗道："朕为了爱妃,江山都可以不要,开辟条贡道算什么! 谁再就议论此事半句,朕一定杀无赦!"

"陛下,臣妾只是随口说说,陛下千万不要为了臣妾而劳民伤财呀!"贵妃道。

转眼间,又过了一年,再次到了荔枝丰收的季节,岭南的使臣派了一辆大马车,装了一大车的鲜荔枝,并且有专人护送。车队到了长安城,马车急速奔驰,横冲直撞,完全不顾街上百姓的死活。人被撞飞,摊位被撞倒,街上卷起的尘土漫天飞扬。百姓们怨声载道,一个妇女抱着孩子被撞倒在地,孩子哇哇地哭了起来,孩子的母亲诅道:"孩子别哭! 这该死的狗官,根本不管我们的死活!"

一个书生模样的人走了过去,将妇女扶了起来:"嫂子,你没事吧?""没事,谢谢你呀,大兄弟!"妇女微笑着示意便离开了。

书生见匆匆奔袭的车队,很是憎恨,问一个同样年龄的路人:"公子,这官府的人什么时候变得这么无法无天了,难道没人敢管吗?""管,这满城的百姓谁不知道啊,这准又是哪个狗官为了讨好皇上,给贵妃娘娘送的什么礼吧。听说呀,贵妃喜欢吃荔枝,现在又是荔枝的采摘季,肯定又是送的荔枝!"那人道。

书生大吃一惊："荔枝，贵妃娘娘为了吃上一口荔枝，如此劳师动众，这不是在添乱嘛！"那人道："谁说不是呢，如今的天下早就乱了。"那人叹了一口气，便急着走了，不敢多说。

进贡荔枝的使臣有人接应，他们刚到了宫门口，荔枝就匆匆搬下了马车，由御林军亲自搬到了贵妃的宫殿。

此时，贵妃正在寝宫里和玄宗下棋，突然有太监来报："启奏陛下，娘娘，岭南的荔枝送来了，现在正放在宫门口！"贵妃惊喜道："快，快抬进来！"玄宗起身，笑道："爱妃，朕没有失信吧，朕说过一定让你尝到最新鲜的荔枝。"贵妃高兴得手舞足蹈："谢皇上。"

几大筐荔枝被一队御林军抬了进来，宫女从筐里取出一些荔枝，经清水洗净过后，装到盘子里端到了贵妃和玄宗的面前。贵妃看着新鲜的荔枝，迫不及待道："陛下，尝尝吧！"玄宗摇了摇头，笑道："朕不吃，你吃吧，朕不太喜欢吃甜的东西！"贵妃道："陛下，荔枝是好东西，女人经常吃荔枝，皮肤会变得更加红润白嫩。你看臣妾的皮肤都比以前好多了！"玄宗笑道："爱妃，只要你喜欢，你就是想要天上的星星，朕都给你摘下来。"贵妃深感受宠若惊："陛下，臣妾这辈子跟了陛下，算是没有白活，臣妾算是荣宠至极了。"

玄宗大笑，他就坐在贵妃的身边，看着贵妃一个个剥着荔枝，贵妃吃着甜，他也高兴。

杨钊自从有了贵妃娘娘这个靠山，便伺机拍玄宗皇帝的马屁，很快就升到了太府卿，备受玄宗的荣宠。杨钊拍马屁可算拍到了极致，有一天玄宗和贵妃娘娘正在华清宫里赏花，两人沉浸在爱情的甜蜜当中,如胶似漆。

高力士来报:"陛下,太府卿杨钊求见。""我这兄长又来干什么?"贵妃纳闷。玄宗道:"快宣。"高力士把杨钊带到了玄宗和贵妃的面前,杨钊跪拜道:"臣拜见陛下,拜见贵妃娘娘。"玄宗笑道:"杨钊,你找朕有什么事吗?"

杨钊道:"启禀陛下,时下朝中常有小人污蔑臣,说臣依仗陛下和娘娘才爬到现在的位置。臣不服呀,臣这么多年来对陛下对大唐是鞠躬尽瘁啊,只是这些大臣们不明白,臣的名字中带有金刀二字,臣为了表示忠诚,请陛下赐名!"玄宗道:"你呀,总是这么让人出乎意料,好,朕就赐你国忠,以后你就叫杨国忠,朕倒要看看谁还敢说你!""杨国忠谢陛下,谢娘娘!"杨国忠已经感受到了前所未有的荣宠。

玄宗之所以如此信任杨国忠,除了取悦于杨贵妃之外,主要是借以牵制李林甫专权。同时为取代已经衰老的李林甫做准备。终于在天宝十一年(752年)十一月,李林甫死后,玄宗命杨国忠担任右相,兼文部尚书,判使照旧。杨国忠以待御史升到正宰相,身兼四十余职。

杨氏一门权倾朝野,玄宗为了避嫌,便减少与贵妃同寝。一次,高力士来到贵妃处传达了玄宗要在百花亭设宴,同往饮酒赏花。杨贵妃梳洗打扮好了以后,率先来到了百花亭。备齐御筵候驾,孰意迟待移时,唐玄宗车驾竟不至。

贵妃独自一人正在百花亭,等了好几个时辰,玄宗始终未来,贵妃对身边的宫女吩咐道:"小玉,你去问问高公公,问陛下什么时候过来?"

宫女刚准备走,高力士突然来到,说:"贵妃娘娘,陛下说了,今晚上就不过来了,今晚由江妃侍寝,娘娘还是早些回宫去吧!奴才告退!"

高力士走后,杨贵妃懊恼欲死。杨贵妃性本褊狭善妒,尤媚浪,且妇女于怨望之余,本最易生反应力。

贵妃拿起银壶,倒了慢慢一杯酒,随即一饮而尽,接着再满一杯,一连喝了几杯酒,宫女小玉上前劝道:"娘娘,你别喝了,凤体要紧。"贵妃不听,再次举杯饮酒,小玉夺下了贵妃手中的酒杯。此时贵妃已经有了几分醉意,说道:"陛下一向是宠我的,怎么最近这般冷落于我,难道陛下不爱我了?!"贵妃越想越想不通,于是更加痛苦,便将酒壶举起来,对着壶嘴,便是一通猛灌。

几名宫女一起围了过去,将贵妃的酒壶夺下,异口同声道:"娘娘,别喝了,还是回宫吧!"见贵妃已有醉态,众宫女扶着贵妃离开了百花亭。

以后玄宗每每来到华清宫,贵妃都托故不见,就是为了百花亭失约的事情与玄宗斗气。玄宗只好来到宫里给贵妃道歉,贵妃这时候就像是小孩子撒气一般,总是背对着玄宗,嘟着嘴,一副不乐意的样子。玄宗围着贵妃,逗着她:"爱妃,并非是朕冷落你,也非朕不爱你,只是目前杨家一门势大,朝中多有微词。朕有三宫六院,皇亲国戚众多,朕不能不考虑其他后妃的感受呀,自然不能每日都找你侍寝。那日,江妃确实生病了,朕也有好些日子没有过去,所以才没到百花亭赴你的约,爱妃莫生气啊!"

贵妃这才转过身来,怨道:"好好好,陛下说什么都是对的。臣妾以后不敢再麻烦陛下。"玄宗道:"爱妃不要生气了啊,朕今天让御膳房给你做了好吃的。"

玄宗用手托起贵妃的下巴。

"陛下,范阳、河东、平卢三镇节度使安禄山求见陛下,说是有事请奏!"高力士来到玄宗身边道。玄宗困惑道:"安禄山,他来干什么?也罢,传旨在芙蓉园设宴,正好爱妃你也可以见见这个安禄山,这个人不一般呐!"

芙蓉园摆好了宴席,玄宗和贵妃两个人坐在一张圆桌前,宫女、太监以及朝中大臣皆站在一边。

稍后,一个高大魁梧,长相痴肥,胡人模样的将军来到了玄宗面前。"臣安禄山叩见陛下,陛下万岁万岁万万岁!"安禄山行君臣跪拜礼。玄宗笑道:"安爱卿平身。"

安禄山站了起来,眼光无意间扫到了杨贵妃的身上,安禄山惊呆了,生在胡地的安禄山从来没有想到汉家还有如此美艳动人的女人。他垂涎欲滴,眼神里透露着几分邪想。杨贵妃能够感觉到这个安禄山好色的眼神。

安禄山看贵妃的眼神让玄宗很不舒服,说道:"安爱卿,你不在封地好好待着,来见朕何事啊?"安禄山道:"陛下,契丹人在北方蠢蠢欲动,臣担心他们会有动作。臣的那点人马恐无胜算,臣来长安就是恳求陛下让臣募兵十万以御契丹。"玄宗看了看杨国忠问道:"杨爱卿,你是宰相,你意下如何?"

杨国忠瞅了瞅安禄山:"陛下,万万不可啊!军政大事自然有兵部运筹,安大人乃胡人,已然身兼三镇节度使,要是再手握重兵不好吧,请陛下三思!"玄宗犹豫了一下:"安爱卿,杨大人说得对,你手握重兵让朕如何放心得下。这样吧,朕答应允许你募兵两万,不可多募!"安禄山道:"也罢,臣领旨便是。"

玄宗笑道:"今日安爱卿风尘仆仆赶来长安,朕今日设宴请安爱卿,杨爱卿。你们几位爱卿都过来一起坐下吃吧,今日君臣同乐,不必恪守礼节。"安禄山、杨国忠等几位大人纷纷入席,与玄宗和贵妃同桌。

安禄山面对贵妃,赞道:"贵妃娘娘雍容华贵,气质不俗,今日一见果然名不虚传啊!"杨贵妃道:"安将军过誉了!"

众人在玄宗和贵妃的主持下,便吃了起来,几杯下肚,安禄山已经有了几分醉意。

杨贵妃见一桌子的男人,满身酒气,便向玄宗辞行离去。贵妃在几位宫女的陪同下,走在前往寝宫的路上。

安禄山见贵妃离去,借口问:"陛下,茅厕在哪儿? 臣想如厕!"玄宗对一名太监道:"带安将军如厕。"

太监带着醉酒的安禄山朝着茅房的方向走去,走着走着,正好看到了远处的杨贵妃。她婀娜多姿的身材,她的背影让安禄山魂牵梦绕。他对着小太监喊道:"小公公,你不用带我了,我自己知道,你先回去吧!""可是,安将军你找得到吗?"小公公扭扭捏捏道。安禄山打着酒嗝:"我知道,你走吧!"

太监走远后,安禄山借着酒劲挡在了贵妃的路,贵妃惊出一身冷汗："安将军,你想干什么?"安禄山一把抱住了贵妃:"贵妃娘娘,你真美!要是我安禄山能娶到你就好了!"杨贵妃惊慌失措,拼命挣扎,终于摆脱了安禄山的束缚,说道:"你们几个快给我拉住他。"几名宫女上前拦住了安禄山。

杨贵妃惶恐道:"安将军,你喝酒了。我们走。"

杨贵妃走远了,安禄山还在后面喊:"美人,我安禄山一定要得到你!"杨贵妃越听越害怕,急速行走,对几名宫女道:"今日之事,你们一定要守口如瓶,不许向任何人提起,否则,你们一定会死得很难看!""奴婢遵命。"几名宫女异口同声道。

天宝十四年(755年)十一月初九,身兼范阳、平卢、河东三镇节度使的安禄山,趁唐朝内部空虚腐败,联合同罗、奚、契丹、室韦、突厥等民族组成十五万大军,号称二十万,在范阳起兵,以"忧国之危"、奉密诏讨伐杨国忠为借口。

天宝十五年(756年),叛军占领长安,防守潼关的唐将哥舒翰,虽拥有近二十万军队,但因是临时凑集,缺乏战斗力。玄宗和杨国忠对哥舒翰不放心,接连派宦官逼其出兵。结果,哥舒翰在灵宝被安、史叛军打败,全军覆没,哥舒翰也做了俘虏。同年六月,叛军长驱直入,攻陷唐都长安。

玄宗拉着杨贵妃仓皇逃离,杨国忠、高力士等人紧跟其后,众将士拼命抵挡。贵妃身体娇弱,不堪长途跋涉,在奔跑中几次摔倒在地。

玄宗自责道："都怪朕没有听杨国忠的劝诫,没能提早提防这个安禄山,导致现在长安陷落,都是朕的错,现在爱妃也跟着受苦。"

杨贵妃身体像是虚脱了一样,没有了精气神,她疲惫不堪地对玄宗道："陛下,其实有件事情臣妾一直没有对你说,就是上次安禄山到长安请求募兵的时候,曾经借酒调戏过臣妾,但是臣妾幸而脱险。"玄宗震怒："这个安禄山胆大包天,朕早就看出来他好色,没想到他竟敢将主意打到了朕的爱妃身上。朕逮住他,定将他碎尸万段。"

高力士催促道："陛下,现在不是动怒的时候,还是赶紧逃吧,眼看着这安禄山的人就要追上我们了。"

众将士护送玄宗和贵妃等人逃到了马嵬坡,随行将士已经丢盔弃甲,疲惫不堪,并发动兵变,杀死了杨国忠。

唐玄宗和杨贵妃在马嵬坡的营帐里,狼狈地拥抱在一起,一副生离死别的样子,贵妃一脸憔悴,光彩黯然。营帐外面喊声震天,将士们将营帐围得严严实实,异口同声喊着同一句话："陛下,恳请陛下处死贵妃娘娘,以安军民之心!"贵妃听到将士们的叫喊声,很害怕,身体微微颤抖。玄宗紧紧地抱着贵妃："朕不能杀贵妃。朕不能。朕是皇帝,谁敢让朕杀贵妃。"

玄宗推开了贵妃,急匆匆走出了营帐,面对众将士道："谁敢妄言杀贵妃?!"禁军龙武大将军陈玄礼走到玄宗面前："陛下,臣恳请陛下处死贵妃娘娘以安民心,这是宰相杨国忠大人的头颅。"陈玄礼将头颅扔在了玄宗的脚下,玄宗见头颅,大惊失色："你们,你们好大的胆子,竟敢杀害丞相!"

陈玄礼道："陛下,安禄山借着清君侧的名义造反,我们只要将杨国忠的人头砍下来送给他,处死了贵妃娘娘,那安禄山就出师无名,其师必败啊!安禄山的目标是杨国忠和贵妃娘娘呀,请陛下三思!"

"请陛下三思!"众将士跪下来,异口同声道。玄宗震怒:"太子李亨呢?"

李亨和高力士从人群中走了过来,来到玄宗的面前:"父皇,儿臣在!"玄宗道:"朕就知道是你出的主意。"高力士劝道:"陛下,民心不可违,军心不可失啊,陛下好好想想是贵妃娘娘的性命重要,还是大唐的江山社稷重要?"

玄宗束手无策,他不再是皇帝,更像是一个没有能力保护自己妻子的丈夫,他哭了:"你们能不能不要这样逼朕!朕也是人,你们现在要逼朕下令杀死自己的女人,朕情何以堪啊!"众臣再次跪下,恳请道:"请陛下下旨处死贵妃娘娘!"玄宗无可奈何,只有点点头。

高力士带着几个小太监冲进了营帐,贵妃面对高力士的人眼睛里流露着恐惧。高力士道:"把贵妃娘娘带出去。"几个小太监把贵妃娘娘捆绑起来,带出了营帐,贵妃娘娘见到玄宗,乞求道:"陛下,救命啊,陛下,臣妾不想死。"

玄宗热泪盈眶,挥了挥手,贵妃被带到了马嵬坡的一棵树下,高力士亲自动手用白绫吊死了贵妃娘娘。临死前,贵妃朝玄宗所在的方向喊道:"陛下,臣妾不怨你,臣妾在天上等着你,来世再做陛下的女人!"玄宗闻声,号啕大哭起来。

众将士一起跪在了玄宗的面前,喊道:"陛下万岁万岁万万岁!"

玄宗最后逃到成都。太子李亨逃到朔方,在灵武即帝位,即唐肃宗。肃宗从河西、安西征调了万余名精兵,又调回了河北前线的朔方节度使郭子仪和河北节度使李光弼所部五万军队,灵武一时军威强盛。接着又任命了朝官与将帅,建立了一套新的军事系统,对抗击叛军也做了全面部署。应肃宗之请,回纥也派来精锐骑兵助战。这时又适遇叛军内讧,安禄山为其子安庆绪所杀,部下不服,战斗力也随之削弱,形势急转直下。至德二年(757年),随着安禄山被杀,李隆基由成都返回长安,居兴庆宫(南内),称太上皇。

玄宗不再过问政事。他居住在兴庆宫,偶尔也去大明宫。侍候他的仍是龙武大将军陈玄礼与内侍监高力士。另有玄宗的亲妹玉真公主与旧时宫女、梨园弟子为他娱乐。玄宗对杨贵妃之死一直是耿耿于怀。他从成都回来后,即派人去祭悼她;后来又想改葬,遭宦官李辅国反对而停止,却密令宦官将贵妃遗体移葬他所。宦官献上了贵妃的香囊,玄宗把它珍藏在衣袖里。又让画工画了贵妃的肖像,悬挂于别殿,以解相思之苦,年迈的玄宗望着贵妃的画像,老泪纵横,叹道:"世事无常,人生多变,转眼间你与朕阴阳相隔。爱妃,朕想你呀!"。

上元元年(760年)七月,李辅国乘肃宗患病之机,矫诏强行把玄宗迁居西内。在途经夹城时,李辅国又率射生将五百骑,剑拔弩张,气势汹汹地拦住去路。玄宗胆战心惊,几乎坠下马来,幸亏高力士挺身而出,玄宗才安全地迁居甘露殿。事后,肃宗没责怪李辅国,反倒安慰他。不久,玄宗的几个亲信也遭到打击,高力士以"潜通逆党"的罪名,被流放于巫州;陈玄礼被勒令致仕;玉真公主也出居玉真观。剩玄宗只身一人,茕茕独处,形影相吊,好不凄惨。

玄宗常常想起杨贵妃,想起与贵妃在华清宫里所发生的一切,叹道:"爱妃,朕为了你后半生都在做昏君,为了你能吃到荔枝,征徭役,天下百姓都在骂朕。朕知道,但是朕不后悔,朕只想让你高兴。"

　　晚年李隆基忧郁成疾,宝应元年(762年)四月五日,李隆基驾崩,终年七十八岁。传说,玄宗死后,他的灵魂在天上与杨贵妃相见,两人伉俪情深,互诉情怀。

　　唐玄宗前半生也有澄清天下、中兴大唐的雄心壮志,任用张说、张九龄等人为相,开创了"开元盛世"。他的前半生都在提倡节俭,提倡改革,肃清吏治,政治目标很明确。然而,他的后半生,由于认识杨玉环以后,逐渐沉迷于美色和享乐之中,李隆基节俭的习性也慢慢被磨灭了,在杨玉环、杨国忠兄妹的鼓吹、迷惑之下,朝廷上下渐生奢靡之风。

　　"安史之乱"的发生除了跟"藩镇"这一政治制度有关,更大的原因是因为中央和地方的矛盾。杨贵妃乃至整个杨氏一门导演了唐朝中期的国运,玄宗以后,唐朝国运由盛到衰。

　　有一成语叫"环肥燕瘦",意思是说赵飞燕瘦,杨玉环肥,但是肥在唐代被视为一种美。杨贵妃出身官宦世家,自小受到了良好的教育,白居易在他的《长恨歌》中有一句:"杨家有女初长成,养在深闺无人知。"贵妃通音律,善对弈,好歌舞,诗词才华也十分娴熟。贵妃不仅是中国古代四大美人之一,也是才女,但是她的出生地一直颇受争议,后人很多认为她是蜀中人。后人皆疑惑,玄宗那么爱贵妃,贵妃为何没能成为皇后,其实皇后很早就被玄宗废了,皇后之位一直空着,贵妃虽然没有当皇后,但是贵妃的地位相当于皇后。没有封贵妃为后,大概是受政治影响。

陆游与唐婉

公元1147年春,江南一片生机勃勃,春意盎然,百鸟齐飞。南宋都城临安街头人山人海,多了许多外出踏青的人,西湖断桥上,亭子里,雷峰塔,到处是成双入对的情侣在打情骂俏、卿卿我我。每逢春暖花开,少男少女也春心荡漾起来。临安府衙门后衙,有一处花园,花园里种植着各种各样的植物,此时百花齐放,绿树成荫,偶尔飘过几片粉色的花瓣。有两个年轻人,一男一女在花园里卿卿我我,男的叫陆游,二十二岁,女的叫唐婉,刚满二十岁。

突然一片粉色的花瓣掉在了唐婉的衣袖上,唐婉将花瓣取下放在陆游的手里,说道:"官人,你以这片花瓣为题作一首诗吧?"

陆游看着手里的花瓣,吹了一口气,将花瓣吹落在地,顺手采摘桃树上的花瓣,随口吟道:"一片两片三四片,五片六片七八片,九片十片十一片,飞入花丛都不见。"念完便将花瓣撒落在花丛中,也分不清哪些才是陆游采摘的花瓣。唐婉笑道:"官人这也太简单了吧,分明就是别人吟过的,我好像在哪里听过。"

陆游道:"娘子,这作诗也需要灵感的,这咏物诗我可不在行,人只有在内心起波折的时候才能脱口而出。你现在让我作诗我真的作不出来，娘子，不如你作一首吧？"唐婉道："好吧。桃花开南国，野外无人寻。愿君多采集，此物最走运。"陆游笑道："娘子，你吟的这首诗是仿诗佛王维的《相思》吧？"唐婉道："官人真是学识渊博啊，前人的诗句都在你的脑子里，我改得好吧？"陆游笑道："嗯，还不错，我们都成亲了，哪里还有什么桃花运啊！我倒是想，只怕娘子会对我不满。"唐婉道："你敢！"

陆游跑开了，唐婉追着他跑，一对打情骂俏的小情侣，真是羡煞旁人，但是不远处有人不满了。

不远处的陆游母亲唐氏看到后非常不满，对陆游父亲陆宰道："官人，你看这两个孩子，自从唐婉嫁过来，游儿这孩子就没有安心读过书，他将功名都抛之脑后了。"临安知府陆宰道："夫人，孩子都已经成家立室了，他们的事情我们还是不要管了。"唐氏道："成亲两年了，没有孩子不说，游儿天天也不读书用功了，不行，我要管。"

唐氏朝着陆游和唐婉喊道："游儿，婉儿，你们过来，娘有话跟你们说。"陆游和唐婉手牵手跑过来，一副天真无邪的样子，陆游道："爹，娘，你们找我们有什么事？"唐氏看了看唐婉，无奈道："婉儿，我是你的姑姑，现在你和游儿结婚了，我们是亲上加亲，这本是件好事；但是你作为妻子，不能一天到晚让自己的夫君陪着你玩吧，你不希望他考取功名，出仕为官吗？再说了，你现在是陆家的儿媳妇，是不是应该给咱们陆家生下一男半女呢?！"

唐婉深感委屈道："姑姑，我们俩也不知道是什么原因，始终没有身孕。姑姑再给我们一点时间吧！"唐氏道："婉儿，我们唐家也是官宦人家，你爹唐仲俊更是光州通判，你从小养尊处优、娇生惯养，这些我都不管。但是你既然嫁到了我们陆家,就要恪守陆家家规,婉儿,女子三从四德可曾记得?"唐婉道:"侄女记得,所谓三从,就是在家从父、出嫁从夫、夫死从子,四德有妇德、妇容、妇言、妇功!"

唐氏道:"难得你还记得圣人之道,作为陆家的儿媳应该相夫教子,你现在要做的就是帮助你的丈夫考上功名,然后再生下一儿半女,这是为人妻应尽的责任。"唐婉道:"婉儿知道了。"唐婉一直都很贤惠,一直遵守三从四德,现在被姑母这样一说,她深感委屈。

陆游道:"娘,考功名这些都是孩儿的事情。照你这么说,要是孩儿考不上功名,那都是唐婉的责任喽!"唐氏恼羞成怒:"你这孩子,你敢顶撞娘了?!"陆宰见矛盾激烈化,道:"夫人,走吧,我们进屋吧,让孩子们自己玩。"陆宰将唐氏拉进了屋里。

唐婉很委屈,被唐氏训了一顿后,郁郁寡欢。

陆游拉着唐婉的手,安慰道:"婉妹,我娘就是这脾气,你是知道的,别跟她一般见识。走吧,我们回屋里读书去。"

陆游拉着唐婉的手朝相反的方向而去。

陆游在书房里读书,唐婉坐在他的身边陪读,两人时不时地打情骂俏,唐婉用毛笔沾上墨汁在陆游的脸上画乌龟,陆游在唐婉的脸上画鬼脸,两个人就是读书也分心,到底是年轻的小夫妻啊。鱼水欢谐,情爱弥深,陆游没有了与唐婉结合前专心功名的激情。

躲在窗外的陆游母亲唐氏戳破窗户纸都看得真真的,她叹道:"哎,真是个扫把星!我的儿子就毁在这个女人的手里了。"唐氏摇了摇头,走了进去,喝道:"你们俩在干什么?"

陆游和唐婉闻声，立刻站了起来，面对唐氏，气都不敢喘一下。

唐氏生气道："你们两个这脸上都画的什么?！我说婉儿，你让姑母说你什么好，女子无才便是德，你跟着读什么书，起什么哄。游儿读书，你只管伺候好他，端茶送水就行了，没有必要跟着一起胡闹。""知道了，姑母。"唐婉很惧怕唐氏。陆游不满道："娘，每天除了读书还是读书，头都读大了，人总要放松一下吧，中庸之道才符合自然规律啊！学问就是要活学活用，不去外面走动，不去外面见识新奇的事物，哪里学得进去。"

唐氏道："游儿，你还有理了。要是你考不上科举，当不了官，你丢陆家祖宗的脸不说，以后你靠什么维持生计啊！士农工商，当官才是上上计！"陆游道："娘，命里有时终须有，命里无时莫强求！官场险恶，又有什么好。"唐氏气急败坏，看了看唐婉："婉儿，你给姑母看好你夫君，要是他不好好读书，再敢跑出去，我打断他的腿。"唐婉道："唐婉一定好好看着官人，督促他读书。"

唐氏生气地离开了。

陆游道："婉妹，你怎么也跟我娘一个鼻孔出气了?！"唐婉道："官人，这姑母的脾气你还不了解吗？你要是不好好考试，当官，我们俩恐怕没有好结果。"陆游道："婉妹，我就是死也不让你离开我。"

陆游一把抱住了唐婉，两个人情意绵绵。

其实，唐氏已经对这个侄女唐婉没有了好感，她甚至觉得当初跟唐家联姻是个错误。她为了给自己拆散唐婉和陆游找一个理由，减少自己的负罪感，于是带着唐婉和陆游的生辰八字偷偷来到了临安城外的无量庵。

无量庵的尼姑妙因师父正在院子里打扫清洁，唐氏走了过去，从妙因背后喊道："妙因师父。"妙因转过身来，笑道："原来是唐居士。"妙因做了一个拱手礼。

唐氏回敬，朝妙因师父行了一个作揖礼，说道："妙因师父，这是我儿子、儿媳的生辰八字，烦劳你给算算。我总觉得他们两个八字不合。"妙因道："唐居士，你儿子、儿媳妇成亲前没有合过八字?!"唐氏愁眉苦脸道："当时两家定过亲，两个孩子又情投意合，所以就匆匆成了亲，按理说没有合过八字就成亲不合规矩，但是当时也没考虑那么多，烦劳你给看看。"妙因道："唐居士，你跟我进来吧!"

妙因拿着写有陆游和唐婉生辰八字的纸条，来到了三清神像前，妙因为神像点上一炷香，然后再行了拜礼，将香插进了香炉。妙因在放着签筒的桌案前坐下来，缓缓打开纸条，掐指一算，眉头紧锁道："唐居士，不妙呀，唐婉和令公子的八字不合，先是予以误导，终毕性命难保。"唐氏大吃一惊，脸色煞白道："什么! 这还了得! 我就这么一个儿子，我不能让她克死我的儿子，看来我必须得让我儿子休了她才行。"唐氏说着正要往外走，妙因道："居士真要这么做?!"唐氏毅然决然道："我不能眼睁睁看着我的儿子送命啊!"妙因叹道："哎，只是这样一来可就不好了!"

唐氏道："妙因师父，我宁愿自己折寿，也不能让我的儿子去死啊! 他是陆家的独苗，他还要考科举，步入仕途，为陆家争光啊! 再说现在他们连个孩子也没有，都成亲两年了。"

唐氏越想越气，气冲冲地离开，刚跨出大门，便恍然大悟，来到妙因面前,将一些碎银子放在桌子上,说道:"妙因师父,这是我们陆家供奉的香油钱。"

唐氏放下钱便走了。

唐氏回到府衙,找到了正在后衙批阅公文的陆宰,唐氏一筹莫展地道:"官人,我今天去无量庵了,妙因师父给看了陆游和唐婉的八字,说他们两个的八字不合,我想让游儿休了唐婉,你怎么看?"

陆宰,放下手里的朱笔,从椅子上起身,来回徘徊,也一脸难色道:"夫人,这术士的话怎可信得? 老夫我向来不太相信这不着边的事情。"

唐氏面带忧色道:"官人,俗话说得好,宁可信其有,不可信其无啊! 妙因师傅说了,游儿与唐婉八字不合,游儿会有性命之忧啊! 咱们俩就这一个儿子。"

陆宰无可奈何道:"也罢! 这件事情我就不管了,夫人你自己看着办吧! 只是如果真的休了唐婉,这陆、唐两家的关系从此也就没有回旋的余地了。再说你还是婉儿的姑母,唐仲俊的姐姐。"唐氏咬了咬牙道:"官人,这恶人就让我去做吧!"

唐氏走出了房间。唐氏来到了陆游的房间外面,此时唐婉正在为陆游研墨,陆游正在桌案上写字。

唐氏朝屋内喊道:"游儿,你出来一下,娘有话跟你说。"

陆游放下笔,走了出去,唐婉看着神神秘秘的姑母,有些不明缘由。

陆游来到唐氏的面前,说道:"娘,有什么事情吗?"唐氏一副为难的神情,说道:"游儿,娘今日去了无量庵,找妙因师父算了你们俩的八字,说唐婉有克夫命。我刚才跟你爹商量过了,我们都希望你能休了唐婉,唐家那边,我自会去书信解释。"

陆游面对这突如其来的要求,他实在难以接受,恐惧道:"娘,从小到大,孩儿的事情都是你和爹做主,我都听你们的,就连我和婉妹的婚事也是由你们定下来的。现在你让我休了婉妹,你让孩儿怎么面对唐婉表妹,又怎么面对唐家舅父和舅母,你们这不是陷孩儿于不义嘛!孩儿不能答应你们。"唐氏无奈道:"游儿,这唐婉会克死你的。"陆游道:"娘,孩儿从来就不相信这些术士之言。这世上哪来的神仙,就算这术士说的是真的,孩儿被婉妹克死,那也是孩儿的命。孩儿被自己心爱的人克死,也算不枉此生。"

唐氏气急败坏,打了陆游一记耳光,流着泪道:"游儿,你怎么就这么固执呢?你长这么大都没有这样反驳过娘,难道你真的翅膀硬了?你可以不顾及自己的生命,但是陆家呢,我和你爹呢?你可是陆家的独苗呀!"

陆游捂着脸跑进了屋子,唐氏和陆游争吵的声音很大,屋内的唐婉已经全都听见了,当陆游跑进屋子里的时候,唐婉也是泪流满面。

唐婉流着泪,问道:"表哥,姑母是让你休了我吗?"陆游道:"婉妹,你放心,我不会这么做的。"唐婉伤心欲绝道:"官人,这姑母此话一出,伤了我们所有人的心,伤了唐家,也伤了我。看来,我们的婚姻就要结束了。"陆游道:"婉妹,我这辈子只爱你一人,谁也不娶!"

这时候,唐氏走了进来,面对唐婉道:"婉儿,我刚才和游儿的话你都听到了吧,别怪姑母。我是你的姑母,更是陆游的母亲,你和陆游成亲两年多了,没有孩子,而且陆游的功课也越来越差,将来怎么办,陆家不能绝后吧,陆游不能不当官吧!所以,婉儿,你回去跟你爹娘都说说,希望陆、唐两家能和和气气地解除这段婚姻,如果真的闹僵了也不好。"

唐婉深感委屈,欲哭无泪:"姑母,当初是你们陆家以家传凤钗作为定亲信物,向我们唐家求得亲,现在也是姑母你自己反悔了。姑母,你当唐婉是什么!你当唐家算什么!姑母你也姓唐,你是我的亲姑母,你这样,算是彻底毁了我们陆唐两家的关系。"

唐婉说罢,伤心欲绝地跑了出去。

陆游欲追,唐氏拉住了他:"游儿,当断不断,反受其乱。这唐婉你必须休!"陆游摆脱了唐氏,无奈道:"娘,我现在不跟你争论,要是婉妹想不开寻短见,你可真的成为罪人了。"陆游也跑了出去,一边追,一边喊:"婉妹,婉妹。"

陆游一路追了出去,在临安街头的一个小巷子里追上了唐婉,陆游一把抱住了唐婉,哭诉道:"婉妹,对不起,是我们陆家让你受委屈了。时下,你回不得唐家,又暂时回不了陆家。婉妹,我在为你另找一处别苑,你先住下,等我再劝劝你的姑父、姑母。"

唐婉走投无路,只好答应。在临安府衙不远处的一处风景优美、还算安静的地方,陆游找了一个院子作为唐婉暂时安身之处。陆游用自己身上的私房钱为唐婉置办了生活用品,为她铺好了床铺,面对唐婉,一脸内疚道:"婉妹,对不起,只能暂时委屈你了。这院子虽然比不上府衙,但是这环境还算可以,婉妹就将就一下吧!"唐婉打开窗户,面对窗外,西湖美景尽收眼底:"官人,我要在这里住到什么时候?我是你的娘子。""很快，我一定尽快说服爹娘。"陆游没有底气地说道，其实陆游自己心里也没有底。

陆游为唐婉安排好了一切，便回到家里，唐氏和陆宰坐在大厅里等着陆游。见唐婉没有回来，陆游又是一副垂头丧气的样子，唐氏忙问："游儿，你把唐婉送回去了？""嗯，我亲自护送她上的马车。"陆游道。

陆宰道："孩子，人不能不仗义，你哪天有空上唐家去，亲自为你的舅父、舅母道歉，跟他们解释一下。哪怕是被他们打一顿、骂一顿也行，就让他们消消气。""你这出的什么坏主意，我的儿子怎么能随便让别人打骂。"唐氏袒护道。

陆宰生气道："行了！有你这么当姑母的吗？那唐婉可是你的亲侄女，唐婉的爹是你的亲弟弟。你的儿子是儿子，人家的女儿就不是女儿了，仲俊就这一个女儿。婉儿人长得好，又是远近闻名的才女，多少王公贵族上门求亲，人家都没有答应，嫁给你的儿子，你现在还休了人家。要是外人也就算了，何况你还是人家的姑母，你缺德不缺德！"

唐氏不满道："当时可是你让我决定的，你是男人，你才是一家之主，现在我倒成了坏人。为了咱们儿子的终身幸福，我就当一回坏人，怎么了！"

陆宰无言以对，唐氏进了屋子。

"爹，我也回屋了，我想一个人静一静。"陆游面对陆宰道。

陆宰明白陆游对唐婉的心，料想此时的陆游应该是痛彻心扉。

光州，唐宅，唐仲俊手里捏着一封信，怒气冲冲地走了进来，来到厅堂里，将信重重地丢在了桌案上，握紧拳头重重地砸在了桌子上，道："真是岂有此理!"这时候唐婉的母亲走了进来，给唐仲俊端来了煲好的鸡汤，问道："官人，什么事情，发这么大的火?!"唐仲俊气打一处来，将桌子上的信伸给唐婉母亲，说道："你自己打开看吧!"

唐婉母亲将鸡汤放在了唐仲俊的面前，说道："这是我专门为你煲的鸡汤，赶紧喝吧，这些日子你忙于政务也挺累的。"唐婉母亲接过唐仲俊手里的信，将书信从信封里取了出来，打开一看，脸色煞白，大吃一惊道："什么? 陆家要退婚!"

唐仲俊道："陆家不是过河拆桥嘛! 我的女儿才貌俱佳，哪里配不上陆游了。我那姐姐来信说婉儿跟陆游结婚两年了没有孩子，她让陆游休了咱婉儿，现在婉儿已经在回来的路上。"唐婉母亲道："她怎么说也是婉儿的姑母，婉儿是她的亲侄女，而且当初是他们陆家用家传的凤钗求的婚，现在悔婚的也是他们，官人，你那姐姐怎么能那样做。"

唐仲俊不甘道："夫人，我明天就去一趟临安，我要找陆宰和我姐姐好好地说道说道，陆宰作为临安知府知法犯法，这件事情他们一定要给我一个交代! 婉儿真的被陆家休了，我和你的老脸往哪里放，而且婉儿就是二婚，怎么找夫家?"唐婉母亲道："官人，我明天和你一起去临安吧。""不用，你留在家里，我一个人去就行了，家里不能没有人。"唐仲俊道。

唐仲俊的眼神里流露着愤怒，唐婉母亲的眼神里流露出一个母亲的担忧。

陆游、陆宰、唐氏三人正围坐在桌子上吃饭，陆游好像没什么胃口,夹了几样菜,吃了一小碗米饭,盛了一碗鸡汤喝了。

起身面对父母道:"爹娘你们慢慢吃,我吃好了!"

说罢,陆游便走出了屋子,朝厨房的方向走去。

唐氏道:"官人,我怀疑游儿这孩子不对劲儿,他送走了唐婉没哭没闹,还吃得下饭,这不像他的个性,不行,我得看看去!"陆宰道:"夫人,吃饭吧,孩子大了,他也要独当一面,你不要什么事情都操心嘛!""我就是不放心,我必须要去看看!"唐氏起身朝外面走去。

陆宰摇了摇头,一个人坐在桌子上吃饭。

果然不出唐氏所料,陆游来到了厨房,她也一路跟了过去,没有被陆游发现。陆游走到厨房,对厨房里的师傅刘大娘道:"大娘,我让你烧的鱼烧好了吗?""烧好了,早就烧好了,就等你了。"刘大娘笑道。

陆游走到灶台前,敲开了锅,闻了闻,香气扑鼻。陆游道:"烦大娘用盘子帮我装起来,封好,我要带走。"刘大娘纳闷道:"公子,你每天为什么都要单独做一锅啊?难道你没有吃饱吗?"陆游道:"大娘,我有一个朋友现在落难了,到了临安,知道我爹是临安知府,不肯接受我的邀请到府里做客。现在住在城外的一家客栈里,每天过的也清贫,我见他可怜。所以,每日便做一些他喜欢吃的送过去。这事你千万不要告诉我爹和我娘啊。他们知道了,肯定会骂死我的。""放心吧,公子,我不会的。"刘大娘道。刘大娘将包装好的饮食交到了陆游的手里,陆游接过鱼,笑道:"大娘,谢谢你呀,我先走了。"

陆游带着烧好的饭菜来到了唐婉所住的别苑,唐婉寂寞难耐,每日就对着窗户看西湖景色发呆。他看到陆游从楼上经过,她的心瞬间也活跃起来,待陆游走进敲响了门,进来,唐婉一把抱住了陆游:"你可算来了。"陆游道:"婉妹,现在我娘看我看得死死的,片刻也脱不开身,我只要离开府门一步,就会有人告诉她!我只有利用吃饭的时辰将饭菜给你送来!"

陆游匆匆将饭菜放在桌子上,打开包装好的饭盒,说道:"婉妹,看我今天给你做了什么,都是你最爱吃的菜,还有你喜欢吃的红烧鱼。"陆游放下饭菜后,说道:"婉妹,你先吃吧,我就回去了,不然又要被我娘发现了。"唐婉流着泪,委屈道:"表哥,我们是夫妻,现在弄得我们好像偷情一样,偷偷摸摸,不见天日。这什么时候才是头呀?"陆游内疚道:"婉妹,对不起,你先委屈一下,我会说服我爹娘的。"

这时,唐氏推开门进来道:"好呀,你们两个,游儿你明明告诉我,你已经将唐婉送回光州了,怎么现在还留在这里?"

陆游和唐婉目瞪口呆。

陆游道:"娘,不关婉妹的事情,我让他留下的。娘,让婉妹回陆家吧?我求求你了。"唐氏斩钉截铁道:"游儿,你想都不要想,你在唐婉和我之间选一个吧,如果你不答应娘休了唐婉,我就死在你的面前。游儿,你知道不知道,不孝有三无后为大!你没有后人,没有功名,你就不配做我们陆家的男人!"陆游跪在了唐氏的面前,流着泪喊道:"娘,你就不要逼孩儿了!"

唐氏从头发上取下发钗,比在自己的脖子上,威胁道:"游儿,你答不答应?你要是不答应,你马上就会见到娘的尸体。"

陆游犹豫,唐氏一狠用发钗刺伤了自己的脖子,鲜血从脖子上流了下来。

陆游连忙答应道:"娘,我答应你,我这就写休书给婉妹。"

陆游夺下唐氏手里的发钗。

唐婉流泪了,陆游站了起来,面对唐婉道:"婉妹,对不起,看来我们俩是今世无缘。我一定会到唐氏向舅父、舅母负荆请罪。"

"我已经跟你舅父写过信了,我估计他这会儿已经在赶来临安的路上了。"唐氏道。

陆游和唐婉很痛心。

"启禀大人,光州通判唐大人求见。"府衙的衙役禀报道。

正在书房里看书的陆宰放下书,起身道:"请唐大人到后衙大厅拜茶。"

"是。"衙役应道便走了出去。

唐仲俊被衙役带到了后衙,陆宰正站在后衙的大门口迎接。唐仲俊怒气冲冲地走过来,而陆宰则是面带笑容。唐仲俊对陆宰道:"好你个陆宰啊!你可是婉儿的姑父,我的姐夫,你怎么能做出这种事情!让陆游休妻!我的婉儿呢?我的姐姐呢,快让她们出来!"

陆宰赔笑道:"仲俊呀,你别生气,快进屋,我们坐下来好好谈谈。"

唐仲俊自从一进到府衙都没有好脸色,他气冲冲地坐下来,陆宰就坐在他的旁边。

陆宰内疚道:"仲俊,是我们陆家辜负了婉儿,对不起!仲俊,你看是不是让婉儿回到唐家另寻夫家?"

唐仲俊拍案而起,愤怒道:"陆宰,你什么意思?要是你们陆家真的休了婉儿,我和婉儿的娘脸往哪放?再说这二婚会被人耻笑的!我们婉儿哪里不好了,有才学,有相貌,又是黄花大闺女嫁到你们家!你

223

是临安知府没错，我也是光州通判，我们唐陆两家都是官宦世家，门当户对，哪里不好了？"

"婉儿哪都好，但是我们陆家不能绝后吧！"唐氏带着陆游和唐婉回来了。

唐氏真是翻脸不认人。

唐仲俊道："姐姐，你！"唐氏将唐婉拉到唐仲俊的面前，说道："仲俊啊，你还是把婉儿带回去吧！事到如今，游儿只能休妻了！常言道，女子无才便是德，这些都没什么，但是这生不出孩子，这事可不能算了！"

唐仲俊看了看黯然神伤的唐婉，又看了看窝囊的陆游，再看了看不可一世的唐氏，唐仲俊心里逼着一股火，道："姐姐，陆宰，看来你们真的要把这件事情做绝啊！"陆宰道："仲俊，希望你能理解！"唐仲俊看着陆游："游儿，你是什么意思？"陆游埋着头："舅父，对不起！是我辜负了婉妹！"

唐仲俊冷笑道："好啊，你们平时都是这样欺负我的婉儿的。当年可是你们陆家拿着祖传的凤钗向我唐家求的亲，还说什么亲上加亲，现在悔婚的也是你们。陆宰，我告诉你，这件事情我跟你们没完。这凤钗我现在还给你们！"

唐仲俊从衣袖里取出凤钗重重地摔在了地上。

唐仲俊拽着唐婉就往外走："婉儿，我们走，这辈子都不要再进陆家的门！你是当今才女，又是我唐仲俊的女儿，我不相信找不到比陆家更好的婆家。"陆宰连连致歉："仲俊，对不住了！"陆游流着泪，朝唐婉喊道："婉妹！"

唐婉回头看了看陆游,唐婉已是泪流满面。

唐氏却显得铁石心肠,看来她已经决定跟唐家断交了。

唐婉和唐仲俊回到光州唐家,婉儿母亲在府门口等她。当婉儿见到母亲的那一刻,她失声痛哭,扑向了母亲,一把抱住了母亲:"娘!"婉儿母亲也哭了:"婉儿,你在陆家受委屈了!来,让娘看看你瘦了没有?"婉儿母亲将婉儿从身上推开,看了看唐婉,心痛道:"我的婉儿,在陆家受苦了,都快成皮包骨了!"婉儿母亲拉着唐婉进了屋子:"婉儿,娘亲自为你做的乌鸡汤,娘要为你好好补补。"

唐仲俊跟在后面一起进去。

唐婉坐在桌子前,婉儿母亲端了一大碗的乌鸡汤放在唐婉的面前:"婉儿,喝点吧!"唐婉摇了摇头,郁郁寡欢道:"娘,婉儿没胃口,不喝!"

婉儿母亲道:"婉儿,娘知道你在想陆游,那小子要娘不要你,你何苦为了他作践自己呢!娘和爹回头再给你找好人家!"唐婉道:"娘,你就不要管我了!我想回房去休息,先不要打扰我!"

说罢,唐婉便朝内屋走去。

自从唐婉回到家里,连续半个月都没有怎么吃东西,应验了那句话,"衣带渐宽终不悔,为伊消得人憔悴"。

没过多久,陆游在父母的安排下又迎娶了王氏女。痴情的唐婉,一直没有再嫁,就是在等陆游。有一天,父亲唐仲俊来到了唐婉的房里,对唐婉说:"婉儿,陆游已经另娶,你就不要再等这个负心汉了!"

在书房里写字的唐婉,受到了晴天霹雳的打击,她的毛笔掉到了地上,晕了过去,唐仲俊连忙跑过去扶着她。心如死灰的唐婉道:"爹,你说的都是真的吗? 陆游表哥真的另娶了?"唐仲俊一本正经道:"孩子,爹怎么会骗你呢! 爹劝你呀,还是尽早忘了他吧!"唐婉站起来:"爹,你先出去吧,我想一个人静静!"唐仲俊一副不放心的样子:"婉儿,你一个人没事吧!""放心吧,爹,我不会寻短见的,我就是想一个人静静。"唐婉道。唐仲俊道:"有什么事情叫我们啊,门外有下人在。"

唐仲俊痛心地走出了唐婉的房间。

唐仲俊和妻子见唐婉整日失魂落魄,哀莫大于心死,他们很担心女儿的健康。就在他们都束手无策的时候,仪王赵仲湜父子上门提亲来了。

唐仲俊正躺在卧房榻上睡午觉,下人来报:"启禀大人,仪王驾到!"唐仲俊瞬间睁开眼睛,问道:"什么? 仪王? 仪王来我这干什么?"下人道:"大人,看那架势,好像是来提亲的!"

唐仲俊吩咐道:"你赶快去招呼仪王到客厅拜茶,我穿好了衣服,这就过来。""是。"下人便离去。

唐仲俊快速穿戴好了官服和官帽,便急急忙忙来到客厅。此时,仪王一行已经在客厅等候。

唐仲俊疾走过去,跪拜道:"下官光州通判拜见仪王殿下。"

仪王赵仲湜笑着走到唐仲俊跟前,俯下身子,将唐仲俊扶起来,说道:"唐大人,本王今日来到贵府不为公务,你不必拘礼。我是带儿子赵士程向大人提亲的。来人呀,给我搬上来。"

稍后,仪王的几大箱聘礼就放在了唐仲俊的面前,就在这时,唐婉的母亲也赶了过来,忙上前跪拜道:"臣妇见过殿下。"仪王看了看妇人,问唐仲俊道:"唐大人,这位是?""哦,这位是下官贱内!"唐仲俊道。仪王笑道:"哦,原来是唐大人的夫人,夫人快请起。"

唐婉的母亲站起来。

唐仲俊面对这几大箱的聘礼,不解道:"仪王殿下,你这是?"仪王笑道:"唐大人,我家士程久仰令爱的大名,故前来提亲。"唐仲俊犹豫道:"殿下,我家婉儿的过往不知王爷是否清楚?"仪王道:"都清楚,是陆家老夫人错过了令爱这个好儿媳啊!""唐大人,不管唐婉过去如何,我赵士程娶了她,对她始终如一!"赵士程在一旁道。仪王笑道:"唐大人,看到没有,士程已经许诺了,只待你点头了。"

唐仲俊看了看唐婉母亲,唐婉母亲笑道:"王爷,你能来唐家提亲,是我们唐家几世修来的福气。只是这婚姻大事,我们还要听听婉儿的意思,如她没有问题,我们自然没有问题。"

仪王道:"好吧,那我们就等唐大人和夫人的回话了,士程我们走。"

仪王一行朝厅外走去。

唐仲俊夫妇一直护送仪王到府门外,唐仲俊见仪王父子上了车马,"恭送王爷"。

唐仲俊夫妇送走了仪王,便来到唐婉的闺房外面,使劲儿敲着唐婉的房门,始终没有人应答,唐仲俊朝屋内喊道:"婉儿,开门呀,爹娘有话跟你说。"

一个下人走过来,说道:"大人,小姐不在房中,她在院子里给花修剪枝叶呢。"

唐仲俊夫妇这又来到花园里,唐婉的气色好了很多,人也精神多了,她正拿着剪子给花修剪枝叶。

　　唐仲俊夫妇走了过去,婉儿母亲喊道:"婉儿!你今天怎么这么有兴致?"唐婉回头笑道:"爹娘,婉儿想通了,表哥娶妻就娶妻吧,没什么大不了的,婉儿也要活下去不是。"唐仲俊面对婉儿母亲,笑了笑:"难得啊!咱们的婉儿终于想通了!"

　　婉儿母亲又说:"婉儿,刚才仪王父子来了,向我们提亲,他的儿子赵士程你可听说?"唐婉放下手里的剪子,面对父母:"赵士程啊,我知道他,他也颇具诗名!"唐仲俊道:"婉儿,你可愿意嫁给赵士程啊?"

　　"嫁,怎么不嫁,赵士程乃皇家宗室,又是当今才子,这么好的条件我怎么不嫁!"唐婉爽快地应道。

　　唐仲俊大吃一惊:"婉儿,我和你娘原本以为你会为了这件事情跟我大吵大闹,想不到你真的想通了。好好好,我即可回信给仪王。"

　　唐仲俊乐开了花,忙着前去写信。

　　婉儿母亲走到婉儿的面前,亲切地握着婉儿的手,欣慰道:"孩子,你能想开,爹和娘都高兴,人这一辈子就几十年时间,就是要为自己活,不能为了一个陆游伤害自己的身体!"

　　数年后,陆游参加科举考试,名列第一,名次位于奸相秦桧孙子秦埙之上。秦桧大怒,遂降罪主考官,陆游受到牵连。秦桧因为嫉恨陆游的才华,雪藏他,导致陆游仕途不顺。陆游科场失利,受到打击,此时他最思念的人就是唐婉。他知道,功名利禄本是假,情义才是真。而这时的唐婉已经成为赵士程的王妃。某日,赵士程带着王妃唐婉一起来到沈园赏春,随行的有王府的侍卫,赵士程一向与民亲近,所以他到沈园也没有下令封园。唐婉或许已经逐渐淡忘了表哥陆游,这么多年过去了,唐婉已经和丈夫赵士程夫唱妇随,两人琴瑟和鸣。

唐婉指着沈园里湖水中的鸳鸯,对赵士程道:"王爷,你看,真羡慕它们。"赵士程一只手搂着唐婉,笑道:"我们现在跟他们不是一样的吗?"唐婉深感幸福:"王爷,谢谢你,当年我被陆家退婚,要不是你,我真过不去那道坎。""你现在是我的王妃,本王会生生世世对你好。"赵士程体贴道。

唐婉笑了。

唐婉和赵士程继续往前走,刚一抬头,唐婉的面前就出现一个人,那人失魂落魄,神情沮丧,狼狈不堪的样子。

唐婉越看他面熟,她开始追忆过往,眼睛里泛着泪花,红红的,问道:"表哥,是你吗?"

陆游见是唐婉,不想让唐婉看到他狼狈不堪的样子,遮遮掩掩,准备掉头要走。

唐婉看了看赵士程,待赵士程点头,唐婉走过去,抓住陆游:"你就是表哥陆游。表哥,我是唐婉啊。"陆游连忙下跪道:"拜见王妃,拜见王爷。"赵士程道:"不必多礼,请起。"

陆游起身,无颜面对唐婉。

赵士程道:"务观先生,你怎么在这里?"陆游道:"我娘让我参加科举,我得了第一名,奸相秦桧见我名次在他孙子秦埙前面。他降罪主考官,并将我雪藏!我无颜回家面对爹娘,故一人来此游走。"赵士程握紧拳头,憎恨道:"又是秦桧!此人不除,祸国殃民啊!"

唐婉也十分同情陆游的遭遇："表哥,仕途险恶,我知你有报国热忱,眼下奸臣当道,表哥还年轻,不如先休养生息,来日方长。"陆游道:"王妃说的是!"唐婉道:"表哥,嫂子与你相处如何?"陆游感慨道:"无非是凑合罢了!"

赵士程知道唐婉和陆游的过去,不忍看到唐婉触景生情,好不容易才忘了陆游,便道:"王妃,我们还要赶庙会,就先走吧!"

陆游再次跪送道:"恭送王爷、王妃!"

唐婉时不时回头看看陆游,一副依依不舍的样子。

待唐婉和赵士程走远,陆游泪流满面,痛心欲绝,自语道:"婉妹本是我陆游之妻,现在却成了别人的妻子,老天呀,你让陆游情何以堪啊!"

陆游的侧面是一道墙壁,随手从地上捡起一块石子,在墙上题道:

红酥手,黄滕酒,

满城春色宫墙柳。

东风恶,欢情薄,

一怀愁绪,几年离索。

错!错!错!

春如旧,人空瘦,

泪痕红浥鲛绡透。

桃花落,闲池阁,

山盟虽在,锦书难托。

莫!莫!莫!

不久,秦桧病逝。朝廷起用陆游,出任宁德县主簿,离开了家乡。次年春,唐婉一个人再次来到沈园游春。徘徊在沈园的曲径回廊之间,无意中见到了陆游的题词,潸然泪下。随即在陆游词作的旁边,写下和《钗头凤》:

世情薄,人情恶,
雨送黄昏花易落。
晓风干,泪痕残。
欲笺心事,独语斜阑。
难! 难! 难!

人成各,今非昨,
病魂常似秋千索。
角声寒,夜阑珊。
怕人寻问,咽泪装欢。
瞒! 瞒! 瞒!

唐婉回到王府后,思念陆游成疾,在无尽悲痛中,遗憾离世。

近亲联姻,一荣俱荣一损俱损。陆家悔婚,导致陆唐两家老死不相往来。婆媳关系,自古难处。陆游与唐婉的爱情悲剧貌似陆游母亲唐氏是罪魁祸首,其实不然,唐氏只是古代千万婆婆中的一人,作为封建传统士族家庭,他们是绝对不允许儿媳妇没有孩子。

古代对妇女的禁锢,除了三从四德,还有"七去"之旧规,即不顺父母去、无子去、淫乱去、嫉妒去、恶疾去、多言去、盗窃去。"七去"旧俗最早记载于汉代《大戴礼记》,但真正盛行于唐代以后,这些都是导致陆游与唐婉爱情悲剧的关键。所以,唐氏只是陈规旧俗的卫士。

唐婉去世后,陆游活了八十多岁,以后的几十年里,陆游陆陆续续来到沈园,写下了很多思念她的佳作,他对唐婉的思念之情都化作一首首脍炙人口的诗篇,成为千古绝唱。

沈佺与张玉娘

故事发生在南宋时期,有一对情侣很显眼,他们同年同月同日生,男的叫沈佺,女的叫张玉娘。沈佺只比玉娘大几个时辰,他们是中国历史上真实的人物,他们的爱情被称为"梁祝第二",传唱了近千年。沈佺和玉娘都出身名门,沈佺是宋徽宗时期状元沈晦七代孙;而玉娘的曾祖父是淳熙八年(1781年)的进士,玉娘的父亲是朝廷的提举官,两人都是士族子弟,又是中表之亲。两人从小青梅竹马,被两家父母定下娃娃亲,然而,他们的爱情再次成为悲剧。

　　江南松阳县,张府,位于县城郊外,山水环绕,绿树成荫,张府宅院被茂密的绿荫遮挡其中,张府院墙高耸,墙壁很厚,里面的人说话,外面什么也听不到。张府是位于城郊的一处奢华、宏伟且壮观的私家园林。庄园里有亭台楼阁、小桥流水,园中有各类品种的名贵花草。一到春天,便花香四溢,成群结队的蜜蜂、蝴蝶在花丛中飞舞,庄园被点缀的像童话世界一般,这里是提举官张懋的家,女主人公张玉娘就生长在这里。

十五岁的沈佺与同龄的表妹张玉娘订了婚。

十六岁的沈佺兴高采烈地来到张府,张府看门的下人见是沈佺来到,笑着喊道:"表公子!""玉娘在家吗?"沈佺问道。下人回道:"小姐在家,没见小姐出府。"

沈佺出入张府就像是自己家一样,没有受到任何阻碍。

沈佺进入到张府,张府很大,跟迷宫似的,好在沈佺常来,沈佺顺着府上的林荫小道一直走,刚走到小桥上,就碰到了玉娘的父亲张懋和母亲沈氏。

沈佺笑着作揖道:"小侄拜见姑父、姑母。"沈氏笑道:"原来是佺儿呀! 是来找玉娘的吗?"沈佺道:"正是,姑母,玉娘在吗?"沈氏笑道:"玉娘正在假山后的翠亭里作画呢,你去吧!"沈佺道:"多谢姑母!"

沈佺正要往里面走,张懋道:"佺儿呀,最近书读得怎么样了,科考准备好了吗?""姑父,你知道的,侄儿无心仕途,科考之事还是顺其自然吧!"沈佺回头道,便继续往前走。

张懋摇了摇头:"佺儿这孩子虽然满腹才学,一表人才,只是没有什么大志向啊!"沈氏笑道:"官人,佺儿还小,说不定哪天他就想通了,沈家的家底,这辈子也吃用不尽。"张懋冷笑道:"坐吃山空总有吃尽的一天,男子汉大丈夫应该志在四方。这沈佺无心功名怎能带给我女儿幸福。"沈氏道:"走吧,这世上哪有那么多的完美!只要佺儿不是游手好闲的浪荡公子比什么都好。"

沈佺远远地就望见了假山后面翠亭里的张玉娘,玉娘正在全神贯注地作画。沈佺没有叫他,而是迈着轻盈的步伐悄悄地出现在玉娘的身后,沈佺没有出声,用双手蒙住了玉娘的眼睛。

张玉娘欣喜不已道:"表哥,我知道是你。"沈佺拿开双手,笑道:"表妹,你怎么知道是我?"张玉娘转过身去,面对沈佺,得意扬扬道:"除了你还会有谁呀!"

沈佺看了看一旁的丫鬟霜娥、紫娥,问道:"你怎么不猜是霜娥或紫娥?"张玉娘笑道:"表哥,你当我傻呀! 这男人和女人的手我难道感觉不出来吗。再说,也只有表哥你才愿意拿玉娘寻开心。"

沈佺大笑,来到玉娘的画案前,只见玉娘正画着自己的画像,沈佺有意玩笑道:"不知表妹画的这位翩翩郎君是谁呀?"玉娘笑道:"我画的是猪,行了吧!"沈佺接着调侃道:"天底下哪有这么美的猪?"玉娘用毛笔顽皮地在沈佺脸上画了几笔,猪的鼻子画出来了,道:"现在不就是猪吗? 霜娥、紫娥,你们看看表少爷像不像猪啊?!"

霜娥和紫娥看了看沈佺的样子,便忍俊不禁起来。沈佺随即从画案上拿起一支毛笔,沾上墨汁,就要往玉娘的脸上画,玉娘淘气地跑开了,沈佺喊道:"你别跑,看我不好好整治你。"

沈佺一边追着张玉娘,一边喊道,两人在园子里来回地跑,来回追逐、嬉戏。

霜娥对紫娥道:"好羡慕表少爷和小姐呀!"紫娥道:"是呀,他们真是天造地设的一对!"

沈佺和张玉娘均被画成大花脸回到了亭子里。

玉娘从腰间取出一个香囊递给沈佺,含情脉脉道:"表哥,这个香囊送给你,上面有我绣的诗!"沈佺接过香囊,看了看香囊上面的诗:"珍重天孙剪紫霞,沉香羞认旧繁华。纫兰独抱灵均操,不带春风儿女花。"沈佺道:"表妹,你的心意我都明白。表哥发誓,这辈子非表妹不娶。"

见一对小情侣在那里互诉衷肠,霜娥和紫娥站在这里有些尴尬,霜娥上前道:"表公子、小姐你们先聊,我和紫娥先离开,有什么吩咐再叫我们。"张玉娘道:"你们去吧!"

霜娥和紫娥随即离开。

沈佺笑道:"表妹,霜娥和紫娥对你挺忠心的,我要是有这样的仆人就好了。"

张玉娘感慨道:"霜娥和紫娥是亲姐妹,两人都命苦,很小的时候就被卖到我们家,一直跟着我。到现在还不知道自己的爹娘是谁! 我平日里待她俩也像亲姐妹一样,从来没有把她们当成丫鬟!"

沈佺道:"表妹,我就喜欢你的善良。表妹集美貌、智慧、才情、善良于一身,相信任何一个男子都没有办法不喜欢表妹。"张玉娘道:"可是,玉娘的心都在表哥身上,此生不渝。"

沈佺忧心忡忡道:"现在的大宋偏安一隅,皇帝无能,官吏腐败。我爹虽然身在官场,但是屡受重创,如今已经疾病缠身。我本无意仕途,但是我爹和你爹都希望我参加科考,科考并且我所愿啊!"张玉娘道:"表哥,没有永远的贵族,也没有永远的平民,正所谓风水轮流转嘛! 你看哪个高官贵族子孙能够永享富贵,我爹和舅父都希望你能够独当一面,尽早入世啊! 天下四民,士农工商,士才是第一位啊！表哥既然无心从政，那务农肯定是不行了，只有工商了，商人的地位是很低的，走到哪里都被人家瞧不起。你想好做什么了吗？"

沈佺摇了摇头，叹道："听表妹这么一说，真的感觉到百无一用是书生啊！"张玉娘道："表哥，千万不要这么丧气啊！我们的大宋，我们的陛下还是重视文人嘛！你饱读诗书，将来也肯定会出人头地的。不管表哥做什么，玉娘都支持你！""谢谢你，表妹。"沈佺将张玉娘的手紧紧握住。

"小姐，表少爷，夫人和老爷叫你们吃饭了。"紫娥前来通报道。

张玉娘拉着沈佺的手，说道："表哥，走吧，今天你来了，我娘肯定又做了很多好吃的。"

紫娥指着沈佺脸上的花脸，说道："你们脸上……"

张玉娘恍然大悟："哦，表哥，我们还是先洗脸吧！"

张玉娘和沈佺朝相反的方向走去。

张懋、沈氏已经坐在餐桌上，迟迟未肯动筷子，餐桌上摆满了十多道菜。少时，玉娘和沈佺手牵着手乐呵地来到餐桌前。张懋见到后非常生气："姑娘家家的不知廉耻，不知道男女授受不亲吗，拉拉扯扯干什么！"张玉娘道："爹，我和表哥已经是订过婚的人了，牵牵手怎么了？"张懋道："订婚，还没有成亲，也不行！"

张玉娘放开沈佺的手，嘟了嘟嘴，坐下来，说道："哼！这饭我不吃了。"沈氏劝道："玉娘，还是吃吧，你表哥还站着呢！"

张玉娘看了看沈佺，站起来，赌气道："表哥，走，我们不吃了！"

张玉娘拉着沈佺就往外走,沈佺却不能不顾张懋夫妇的情绪,他只好站在原地不动。

张懋拍案而起,怒道:"无法无天了,还不坐下吃饭!"

张玉娘的性格很拧,有着一股倔强。

一旁的紫娥、霜娥看到后,很是着急,霜娥劝道:"小姐,还是坐下吃吧,别惹老爷生气了,表少爷还在呢。"

张玉娘看到沈佺为难的样子,这才和沈佺一起坐了下来。

沈氏笑着面对沈佺道:"佺儿呀,今天你来,姑母吩咐厨房给你做了很多你爱吃的菜,先尝尝咸淡如何?"

沈佺提起筷子夹了一块红烧肉,笑道:"姑母,味道不错!"

沈佺吃了一口之后,便给张玉娘夹了一个鸡翅,放在玉娘的碗里,说道:"表妹,快吃吧,我知道你最爱吃鸡翅了。"张玉娘道:"我看到某人的不高兴我就吃不下,像是不欢迎表哥一样。"张懋恼羞成怒:"臭丫头,你说什么! 谁不欢迎你表哥来了? 你表哥来,我们张家高兴还来不及!"

沈佺轻轻推了推玉娘,低声道:"表妹,吃菜。""你就别惹你爹生气了,赶紧吃吧!"沈氏道。

张玉娘这才开始动筷子。

张懋瞅了瞅沈佺:"对了,佺儿,你将来有何打算?"沈佺一脸茫然:"姑父,佺儿还没有想好。我爹想我参加科考,但是佺儿确实没有此打算!"张懋道:"哦。赶紧吃菜!"

其实,张懋此时心里已经萌生出新的想法,他对这个侄子女婿有些不满。

沈家本来也相对平静。沈元官居处州知州,是一个不肯依附权贵、不肯与贪官污吏同流合污的人,滚爬了多年,沈元才混到了知州的位置上。因此,他得罪了很多人,上至权贵,下至黑恶势力。

一日,沈元刚从外面回来,在自己的房间里,正准备脱去自己的官袍,突然沈府的下人来报:"启禀大人,宫里有人宣旨来了。""快通知府上所有人到门口跪迎圣旨。"沈元急急忙忙地又穿上朝服。"是,大人!"下人朝外面跑去。

沈家以沈元和沈佺母亲徐氏及沈佺为首的沈家人跪了下来,上下有几十号下人。

太监阴阳怪气地道:"处州知州沈元接旨!"

"臣接旨。"

太监缓缓打开圣旨,念道:"奉天承运,皇帝诏曰:处州知州沈元自上任以来以权谋私、贪赃枉法,现革职抄家!钦此!"

沈元受到了晴天霹雳的打击,说道:"我沈元两袖清风,一心为民,怎落得一个以权谋私、贪赃枉法的下场!臣实在是想不通啊!"太监同情道:"沈大人,你还是接旨吧!自古以来,清者不能自清!皇上隆恩,只是对你革职抄家,没有杀你已是万幸了!"沈元满腹委屈道:"臣接旨。"

沈元接过圣旨便站到一边,一副失落的样子。沈家的下人也都站到一边去。沈元的夫人徐氏差点晕了过去,沈佺冲上去一把扶住了徐氏,徐氏这才没有颠倒。

太监对沈元道:"沈大人,对不住了。我也是在执行皇命。"

沈元痛心疾首地点了点头。

太监对身后的兵士道:"你们还不快进去给我搜!"

"是。"众兵士异口同声道,然后各自带着兵器一起涌入了沈家。

眼睁睁看着沈家的财物被官兵一箱箱搬走,沈元父子的心里很不是滋味,整个沈府经过官兵的洗劫之后,一片狼藉。太监带着官兵离开了。

沈家的下人们见到沈家败落,纷纷上前向沈元夫妇辞行,沈元感叹道:"哎,墙倒众人推,树倒猢狲散!也难怪你们啊!"

沈元朝屋里走去,急火攻心,刚走出没几步,就口吐鲜血,倒在了地上。

沈佺和徐氏连忙扑上去,沈佺年轻矫健,一把将父亲抱了起来,哭喊道:"爹,你怎么了?"沈元奄奄一息:"孩子,你爹清廉一生,没想到会落到这样的下场!现在爹明白了,一家人平平淡淡才是福啊!可是现在爹明白这些已经晚了!"沈佺哭道:"爹,你会没事的,快请城里最好的大夫来给我爹瞧病。"

沈佺对下人们嚷嚷,但是下人们都忙着收拾行囊逃跑,哪里还认沈佺这个少主子,沈佺见世态炎凉,显得很无奈。

沈元看着泪流满脸的徐氏,又看了看沈佺,握住沈佺和徐氏的手道:"佺儿、夫人,我的身体本来就不好,加上这次的打击,恐怕我回天乏术了。只是我走了,我最放心不下的就是佺儿和夫人你。"

徐氏哭道:"官人,你不许胡说。"

沈元紧紧地握住沈佺的手:"孩子,你听我说,爹无法再照顾你了。爹走了,你就去张家找你的姑父,你与玉娘有婚约,他不能见死不救。如果你实在不愿意参加科考就不参加,去做点小买卖也行。如今的大宋偏安一隅,朝廷上下乌烟瘴气,不当官也好。爹就是前车之鉴!你要好好照顾你的母亲……"

说罢,沈元气绝身亡。

沈佺紧紧地抱起沈元的尸体,哭喊道:"爹,你不能就这么走了!"

沈佺哭声震天,徐氏也痛苦不已,痛定思痛,也在当天去世。父母双亲在同一天去世,对沈佺的打击是前所未有的,他几乎到了绝望的地步。

张懋一家接到沈元夫妇去世的消息后,便很快赶到了沈府。此时的沈府一片萧条。沈元刚死,沈家的辉煌就不在了,之前与沈家密切往来的亲属、好友都不来了,人走茶凉,前来参加沈元夫妇丧礼的人寥寥无几。

张懋一家来到沈府的时候,沈元的几个儿子跪在了张元夫妇的灵柩前,沈元长子沈英、次子沈雄、三子沈佺、四子沈豪全都从外地赶回来。

张玉娘见到沈府一片败落,又看了看憔悴的沈佺,她很痛心,对父亲张懋和母亲沈氏说:"爹,怎么会这样?前段时间还好好的,才没过多久,怎么舅父和舅母双双去世。这老天也太残忍了。"

沈氏悲痛欲绝,紧紧抱住了棺椁,哭喊道:"大哥、大嫂,你们怎能忍心丢下佺儿,英儿、雄儿、豪儿,他们怎么办!"

沈英难过道:"姑母,别难过了!英儿是大哥,自会照顾弟弟们的。"

张懋为张元夫妇上了一炷香。

张玉娘走到沈佺身边跪了下来,面对棺椁伤心不已,又看了看消瘦的沈佺,就更加痛心,说道:"表哥,人死不能复生,你要节哀!舅父和舅母走了,以后玉娘会加倍对你好的。"

沈佺此时尚不满二十岁,哪经历过生离死别,何况这次是父母双亲去世,对他的打击可想而知。沈佺痛哭流涕倒在了玉娘的身上,抱头痛哭,道:"表妹,我的心里好痛!"张玉娘不停地用手拍着沈佺,安慰道:"表哥,一切都会过去的,有我呢!"

待沈佺的情绪稍微稳定一些后,张懋走了过来,问沈佺道:"佺儿,你爹临终前有没有留下什么遗言?"沈佺擦干了眼泪,说道:"姑父,我爹让我投靠你,他希望我跟玉娘成亲后做一点小买卖。""你不打算考科举了?"张懋问道。沈佺感慨道:"世态炎凉,官场黑暗,我爹你也看到了,他一生清廉,到头来还是这样的下场! 还不如做点小买卖,和玉娘吟诗作对来得愉快些!"张懋不乐道:"佺儿,你跟我到外面来,我有话跟你说!"

沈佺跟着张懋走了出去,张玉娘不放心,也偷偷跟了出去。

张懋和沈佺来到外面一处没有人的角落里,张懋道:"佺儿,你家里出了这种事情,我也很痛心。你想想你要做什么,姑父都愿意资助你,银子姑父有的是,只是你跟玉娘的亲事,你看你们家现在都这样了,你身无分文,怎么给玉娘幸福?"沈佺道:"姑父请放心,就算佺儿再辛苦,也不会让表妹跟着受苦,我一定会努力的。"张懋道:"佺儿,只要你答应跟玉娘解除婚约,你要多少钱姑父都给你。

只是这事最好由你们沈家提出来,否则人家就会说我们张家落井下石,就会说我们张家没有道义。你能明白姑父的心意吗?"

沈佺苦笑道:"现在我爹娘死了,姑父不好生安慰佺儿,现在却在这里逼迫佺儿和玉娘解除婚约,姑父,你于心何忍啊!沈佺和玉娘两情相悦,岂是金钱可以左右的!""对,表哥说得好!有表哥这句话玉娘死也值了!"张玉娘从墙角走了出来。

张懋吃惊道:"玉娘,你怎么也在?"张玉娘道:"爹,我太了解你的为人了!你现在不就是因为看到沈家破败了吗,就要落井下石和沈家退婚,这不是仗义之举!爹,王侯将相哪个能永享富贵,你难道没有想过咱们张家也会有这一天!如今奸臣当道,皇帝昏庸,爹那提举官难道真能平安当下去吗?"张懋无奈道:"玉娘,你怎么就听不进去啊!只要你和沈家退婚,沈佺要什么爹都给,好不好?"

张玉娘道:"爹,那是因为你不懂得什么是爱情,不然你也不会说出这么荒唐的话!这个世界上并非什么都可以用钱来解决!"张懋气道:"佺儿,你如果真的要迎娶玉娘,你必须要有所牺牲,你不参加科考怎么能成家啊!仕途经济才是正途,你好自为之吧!"

张懋一家参加完沈元夫妇的葬礼后,便带着张玉娘一起回到了张家。

沈佺一时间不知所措,没有了方向感。沈府的下人们都走光了,沈佺兄弟留守在府里,沈佺整日以泪洗面。一面是死了父母,一面是被迫退婚,他受到了前所未有的挫折。

张玉娘被张懋强行带回了张府,整日失魂落魄,没有了往日的神采,她对表哥沈佺是百般思念。张玉娘将自己锁在闺房里茶饭不思，已经一天一夜没有吃过东西了。

张懋、沈氏来到玉娘的闺房外面，张懋拼命地喊道："玉娘，快开门，吃点东西吧！"沈氏急道："孩子，开门呀，你不吃东西会饿死的！"

紫娥和霜娥在外面也急的直跺脚，异口同声道："小姐，开门呀！"

张懋问道："紫娥、霜娥，小姐在里面干什么。"

"不知道啊，老爷，夫人，小姐一天一夜没有出门，没有吃东西了，也不让我们进去！"霜娥急道。

沈氏一听，急得哭了起来，喊道："玉娘，开门呀！娘都快急死了！"

张懋咬了咬牙，喊道："来人，把门给我撞开！"少时，来了三五个下人，抬着一根粗木走了过来。张懋对着下人道："快给我撞开。""是。"几个下人便用粗木撞门，一脸撞了几下，门终于打开了。

沈氏心急如焚，立马冲了进去，张懋和霜娥、紫娥也走了进去。只见玉娘坐在床上发呆，头发凌乱，屋里一片狼藉，玉娘憔悴得不成样子。沈氏来到玉娘的面前，推了推玉娘，哭道："孩子，你怎么了？先吃饭，有什么话你说出来，不要憋在心里。"

霜娥和紫娥也走了过去，难过地看着张玉娘，霜娥道："小姐，你还是吃东西吧！你这样会饿死的！"

张玉娘依然无动于衷，像个木头一样坐在床边。

张懋突然看到了桌子上的一首诗，墨还没有干，写着《双燕离》："白杨花发春正美，黄鹄帘低垂。燕子双去复双来，将雏成旧

246

垒。秋风忽夜起,相呼渡江水。风高江浪危,拆散东西飞。红径紫陌芳情断,朱户琼窗侣梦违。憔悴卫佳人,年年愁独归。"

张懋见此,落了泪:"玉娘,爹可以答应你与沈佺成亲,但是爹有个条件,沈佺必须参加科考且中进士,否则,爹不会让你嫁给他。"张玉娘道:"爹,你明明知道沈郎不愿意科考,你还逼他。"张懋斩钉截铁道:"不是爹逼他,爹希望他成器,爹不想你跟着他吃苦。沈佺参加科考是爹最后的底线,你们能不能在一起,决定权在他的身上。"

沈氏道:"孩子,快吃饭吧!你爹既然答应你们在一起,就还是有希望的。"紫娥劝道:"是呀,小姐,老爷和夫人也是为了你好!你吃饭吧,只要劝表公子科考,就一切都迎刃而解了!"

张玉娘准备从床上站起来,但一天一夜没有吃东西,一点力气也没有,她刚站起来,却怎么也站不稳,在紫娥和霜娥的搀扶下,玉娘才离开闺房。

沈佺接到张懋和沈氏的来信:欲为佳婿,必待乘龙。沈佺思索再三,认为沈家败落至此,如果不参加科考,张家是不会允许他和玉娘在一起,于是,他决定发奋苦读,上京赶考。

那日,沈佺独身一人背着行囊来到松阳县城门口,准备出城入京。怎料,张玉娘和丫鬟紫娥、霜娥早早地守候在那里。沈佺信心满满地来到玉娘的面前,道:"表妹,我此去临安,不知何时能归,你在松阳要保重啊!我归来之日,必是衣锦还乡之时。"张玉娘道:"表哥,对不起。"沈佺纳闷道:"为什么跟我道歉?"张玉娘内疚道:"表哥,科考并非你所愿,如果不是因为我,不是因为我父母,你也不会去临安。"

沈佺淡然一笑:"表妹,也许此去临安会有不一样的光景!出去闯闯也好,不能一辈子龟缩在松阳这个小地方吧!"张玉娘道:"表哥能这样想,玉娘就放心了!表哥,我知道你手头困难,这是我的一点积蓄,你拿去用吧,此去京城开支很大啊!"张玉娘将一袋钱送给沈佺,沈佺不接,说道:"表妹,我怎么能用你的钱呢!你还是拿回去吧!"张玉娘硬塞给沈佺:"表哥,你就收下吧,一路保重啊!"

说罢,张玉娘和丫鬟二人便要离开。

张玉娘不肯回头,一直往前走,霜娥回头看了看沈佺,喊道:"表少爷,快走吧,天色已经不早了。"

玉娘没有回头,嘴里念道:"把酒上河梁,送君灞陵道。去去不复返,古道生秋草。迢递山河长,缥缈音书杳。愁结雨冥冥,情深天浩浩。人云松菊荒,不言桃李好。淡泊罗衣裳,容颜萎枯槁。不见镜中人,愁向镜中老。"

沈佺望着玉娘远去的背影,暗自发誓:我一定要高中。

沈佺来到临安后,找了一家客栈,开始勤学苦读。只有二十二岁的沈佺通过了经、论、策三场考试,顺利进入殿试。宋度宗坐于大殿之上,殿下站着礼部各官员,另外还有进入殿试的天子门生,沈佺也身处其中。礼部尚书对这些天子门生一一进行了考察,待到沈佺之时,礼部尚书问沈佺道:"你叫什么名字?何方人士?"

沈佺应道:"学生沈佺,字超凡,松阳人士。"礼部尚书道:"名字是好名字,地方也是好地方,不知才学怎么样。本官就以松阳地名为题,出个上联,'筏铺铺筏下横堰',你对下联。""水车车水上寮山。"沈佺道。礼部尚书吃惊道:"好,你都没有想,出口就来!不错!"

金殿上的天子也感到很欣慰。

礼部尚书又出了几题,沈佺都一一解答,在经过多轮的选拔之后,沈佺终于进士及第,位居第二名,榜眼,第一名是大臣之子。

钦点榜眼之后,朝廷八百里加急,将好消息通知了沈家,又来到张府。张懋正在书房看书,下人突然拿着朝廷的八百里加急文件,来到张懋的书房,说道:"老爷,这是京城送来的八百里加急,表少爷中了一甲第二名,被皇上钦点为榜眼。表少爷如今成了天子门生,以后就前途无量了。"

张懋拿着急报,看了看,一副欣喜若狂的样子,说道:"好,好,好!沈佺总算给沈家争光了!给我们张家争光了!这件事情告诉小姐没有?"下人道:"小姐这时候恐怕已经知道了。这么大的事情,现在整个松阳县都传遍了。县令大人都到沈家去慰问了。"

张懋的虚荣心得到了前所未有的满足。

张玉娘正在闺房里练习书法,紫娥激动不已地闯了进来,说道:"小姐,表少爷中了。"张玉娘放下笔:"紫娥,你先别激动,慢慢说!"紫娥欣喜不已道:"表少爷中了一甲第二名,被皇上封为榜眼!"

张玉娘显得尤为镇定,双手合掌,祈求道:"谢谢老天爷!"

这时候,霜娥带着信走了进来,惊喜道:"小姐,这是表少爷给你的信。"张玉娘接过信,迫不及待地将信封打开,一看,笑道:"是表哥,他要回来了!"

霜娥道:"这下太好了! 表少爷总算衣锦还乡了。这次看老爷还能说什么!"

就这样,张玉娘带着希望在家里等待了沈佺很多天,都盼他回来。

突然有一天,紫娥带着一封书信,黯然神伤地走进了张玉娘的房间,道:"小姐,这是表少爷的来信,他说他在路上感染了风寒,现在已经病入膏肓,这书信都是人家代写的!"

张玉娘一听,激动地打开了信封,一看,脸色煞白,哭道:"老天爷啊,你要折磨我们到什么时候?"

玉娘悲伤不已,随即复了一信,写道:"妾不偶于君,愿死以同穴也!"

玉娘将信装好后,递给紫娥道:"紫娥,快按照地址发出去!"

病榻之上的沈佺,看了玉娘的回信后,热泪盈眶:"玉娘,此生有你,夫复何求啊!"

沈佺强行从床上下来,来到书桌前,写了一首诗:

> 隔水度仙妃,清绝雪争飞。
>
> 娇花羞素质,秋月见寒辉。
>
> 高情春不染,心镜尘难依。
>
> 何当饮云液,共跨双鸾归。

沈佺写罢，信还没有寄出去，便猝然长逝。

张玉娘接到沈佺的死讯后，悲痛不已，号啕大哭："天呐，你为何这般无情啊？我与表哥两情相悦，你却活生生将我们拆散，你好狠啊！"随提笔写道：

> 中路怜长别，无因复见闻。
>
> 愿将今日意，化作阳台云。
>
> 仙郎久未归，一归笑春风。
>
> 中途成永绝，翠袖染啼红。
>
> 怅恨生死别，梦魂还再逢。
>
> 宝镜照秋水，照此一寸衷。
>
> 素情无所著，怨逐双飞鸿。

一旁的丫鬟紫娥、霜娥也流下了同情的眼泪。

此后，玉娘终日泪湿衫袖，父母心疼女儿，想为她另择佳婿，玉娘悲伤地说："爹娘，玉娘之所以还活着，是因为爹娘还在世，玉娘未尽孝道，否则，玉娘早随表哥去了。"

玉娘拒绝再婚，坚持要为沈佺守节，怏怏独守空楼，度过了五年悲痛的岁月。

又一年的元宵节，玉娘面对青灯，恍惚间见沈公子出现，隐约中沈佺对玉娘说："表妹，希望你不要背弃我们的约定！"

语毕，人不见。

玉娘悲痛欲绝，喃喃说道："沈郎为何离我而去？"

半月后，一代才女张玉娘受尽了相思的煎熬，终绝食而死。

玉娘的父母终于为女儿矢志忠贞的行为所感动，征得沈家兄弟同意，将玉娘与沈佺合葬于西郊枫林之地。玉娘死后没多久，与她朝夕相处的侍女霜娥因悲痛"忧死"，另一名侍女紫娥也不愿独活，"自颈而殒"，玉娘生前畜养的鹦鹉也"悲鸣而降"。

张家皆认为事情过于蹊跷，张家便把霜娥、紫娥和鹦鹉陪葬在沈佺与张玉娘的墓左右，这便是松阳有名的"鹦鹉冢"。

门当户对的婚姻传统，至今没有改变过。南宋社会在门当户对的婚姻观念上又加了一层亲上加亲，亲上加亲是那个年代特殊的婚姻现象，流行近亲结婚，比如陆游与唐婉也是近亲结婚，还有发生在南宋的爱情神话"白娘子与许仙"的儿子许士林和表妹碧莲也是近亲结婚，所以近亲结婚成为那个年代的特殊婚姻关系。

张玉娘与沈佺的爱情被后人誉为"梁祝"第二，是中国历史上真实存在的爱情故事。张玉娘生前不幸，死后她也逐渐被人遗忘，她的作品在死后几百年里一直默默无闻。直到明代成化、弘治年间，邑人王昭为之作传，她的事迹才流传于世。再后来，她的事迹也以戏剧、影视的形式呈现。

杨慎与黄娥

明正德十四年(1519年)的某天清晨,早朝,正德皇帝朱厚照端坐在紫禁城内奉天殿的龙椅之上,下面站满了文武大臣,御前太监上前几步,喊道:"退朝。""吾皇万岁万岁万万岁。"众臣跪拜。

　　待正德皇帝从奉天殿离开,臣子们才散去,此时天才刚亮,清晨的空气很凉爽,紫禁城的上空晴空万里,阳光洒在紫禁城的琉璃瓦上,金光闪闪。

　　"黄尚书请留步。"

　　黄珂回头望去,作揖道:"哦,原来是杨相爷,不知杨相爷唤下官何事啊?"

　　杨廷和来到黄珂面前,笑着拱手道:"黄大人,你我同朝为官,但私交不多,今日不妨同行,我有话要对黄大人说。"

　　黄珂笑道:"杨大人官居相国,下官不敢高攀啊!若非公务,下官是真不敢高攀大人!"

　　杨廷和笑道:"黄大人,你谦虚了,谁不知道黄大人你一向清廉自持啊,本官甚是佩服,一直都想与黄大人结秦晋之好啊!"

　　"哦,相爷这是何意啊?"黄珂揣着明白装糊涂。

杨廷和道："黄大人,走,我们边走边说。"

杨廷和与黄珂一起出了奉天殿,他们走在紫禁城的阶梯上。

黄珂纳闷道："相爷,你刚才所说的秦晋之好是什么意思?"杨廷和道："黄大人,我也不跟你兜圈子了,听说你有一个女儿叫黄娥,颇具才名,今年刚满二十一岁吧?"黄珂笑道："不愧是相爷啊,连小女的年龄都打听清楚了! 下官的确有个女儿叫黄娥,今年确实满二十一岁,不知相爷所问何事啊?"

杨廷和道："黄大人,本官长子杨慎你应该听说过吧,正德六年(1511年)钦点状元,任翰林院编撰。犬子今年三十一岁,至今未婚配,本官与他娘都好生着急。只是这孩子油盐不进,给他介绍了多少王公大臣的女儿他都看不上眼。我这才想起了黄大人的千金黄娥啊,本官有意向黄大人提亲,不知黄大人意下如何?"

黄珂犹豫道："那贵公子是什么态度?"杨廷和笑道："杨慎自然乐意,他早就对黄大人的千金仰慕不已。"

黄珂道："杨相国,你官居正一品,贵公子又是钦点状元,自是前程无量。小女能配贵公子是小女的福气,也是我们黄家的光荣。虽说这婚姻大事是父母之命媒妁之言,但是我黄某人一向尊重女儿的意见,待下官回去问问小女再答复相爷。如果此事不成,还请相爷见谅。"

"黄大人哪里的话,不管这事成与不成,我们都是同僚啊,不会因为此事伤了和气。毕竟这是孩子们自己的事情嘛!"杨廷和笑道。

黄珂与杨廷和一起出了午门,有大队官轿在午门口等候,黄珂面对杨廷和拱手道："相爷,那下官就先告辞了。"

"黄尚书慢走。"

杨廷和看着黄珂上了官轿,这才回头向自己的那顶官轿走去。

"老爷回府。"黄珂的官轿在黄府门口停下,轿夫朝府里喊道。

官轿停下后,府门口看门的两个下人匆匆来到轿前,待压轿后,下人为黄珂掀开了轿帘,黄珂从轿子上走下来。黄珂怀着愉悦的心情走进了府里,府里的下人们纷纷向黄珂打招呼。

黄珂路过庭院之时,见黄娥正坐在石凳子上,趴在石桌子上,一边嗑着瓜子、喝着茶,一边给丫鬟们讲故事,府里的一些家丁也凑过去听,一下子聚集了十多个人。

"话说当年司马相如娶了富家女卓文君之后,生活有了起色,卓文君在司马相如最落魄的时候嫁给他。哪知后来司马相如被汉武帝赏识,封了郎官,后来官越做越大。有钱了,名气也越来越大,就开始在外面拈花惹草,经常夜不归宿。卓文君很伤心,写下了著名的《白头吟》……"

黄娥在那里讲的是津津有味,其中一个丫鬟举手,激动道:"我知道……我知道……愿得一人心,白头不相离!"

"对,这也是我追求的爱情。"黄娥道。

另一个丫鬟举手道:"小姐,蜀中出过才女卓文君,也出了像小姐这样的才女,小姐你再给我们讲讲薛涛和花蕊夫人的故事吧,听说她们也很惨!"

黄娥笑了笑道:"好好好,我就给你们讲讲薛涛,薛涛是唐朝一位了不起的才女;但是命运不济,后来认识了元稹,等了元稹很多年,元稹始终没有回来。元稹最终还是迎娶了权贵之女,最后依附权贵做了高官。……"

其中一个丫鬟激动道："这元稹太过分了！还是咱们女人最容易付出真感情,男人都花心。"

黄娥道："男人追求高官厚禄没有错啊,攀附权贵也没有错!"

那丫鬟道："可是小姐,元稹可以追求高官厚禄,也可以迎娶高官的女儿;但是他不应该伤害薛涛啊,据说薛涛为了他终身不嫁?真是害苦了人家!"

黄娥道："这世上的薄情郎很多! 只是很多女人瞎了眼没有看清楚!"

黄珂走了过来,咳嗽了一声,众下人见黄珂到来,连忙见礼道:"老爷。"

下人们便纷纷散去。

黄娥见父亲,连忙从石凳上站起来,弯腰施礼道："女儿见过父亲。"黄珂训斥道："女儿呀,你一个未出阁的姑娘在这里讲什么情爱,你羞不羞啊! 你应该在闺房里做女红。"黄娥调皮道："父亲,这女红是平常女子做的活,我是尚书大人的女儿,当今才女,我才不干那等俗事。"黄珂道："今天上早朝,当朝首辅杨廷和跟我向他的儿子提亲,你答不答应啊!""哪个儿子?"黄娥问。

黄珂道："就是那个杨慎,你听说没有?"

黄娥思索良久道："有点印象,好像是状元?"

"对,就是他,正德六年的状元,此人颇有才名,杨廷和又是首辅大臣,一人之下万人之上,你嫁到杨家以后就算是有了依靠了!"黄珂沾沾自喜道。

黄娥道:"父亲,名声、家室都只是外在的,毕竟没有见过他本人,也不知人品如何? 要是人品不好,就是皇帝的儿子,女儿也不嫁!"

黄珂无奈道:"你呀你,真不知道天高地厚! 杨相国为人正直,当政期间多有建树,他的儿子也曾有过一面之缘,相貌堂堂,一身正气,不像是坏人。"

黄娥道:"爹,我出一题,你抽空带给杨家,若杨慎解得好、解得对,我就嫁给他。"

黄珂道:"你这丫头,真够刁钻,什么题,拿来吧!"

"我一时没有想好,想好了,我再交给父亲。"黄娥道。

黄珂道:"你好好想想吧,想好了再告诉我。"

黄珂说完就离开了。

次日,黄珂出了府,准备上官轿,黄娥从府里追了出来,来到黄珂的轿子外面,喊道:"父亲,等一下。"

黄珂打开轿窗,问道:"黄娥,什么事?"

黄娥将信封交给黄珂:"父亲,我已经拟好了问题,你帮我交给杨慎,只要他能答出来我就嫁给他!"

黄珂接过信封:"我知道了,你回去吧。"

"起轿。"几个轿夫抬着黄珂就走了,后面跟随几名官差。

下朝后,奉天殿里的大臣们纷纷离去,黄珂叫住了杨廷和,黄珂从袖筒里取出黄娥的书信交给杨廷和,说道:"相爷,这是小女给贵公子出的题,小女说如果杨慎能答得出来,她就嫁!"

杨廷和惊讶道:"哦,还真有奇女子,这还真是别出心裁啊!但愿问题不要太难,否则难为慎儿了!"

黄珂笑道:"杨相爷谦虚了,虎父无犬子嘛,谁不知道相爷的大公子杨慎是京城有名的才子,就小女那点学问怎能跟公子相提并论!"

杨廷和笑道:"尚书大人,这客气话咱们都不说了,书信我带给杨慎,等他答好了我再给你送来。"

"好,那下官公务在身就先告辞。"黄珂拱手道。

杨廷和拱手回礼。

杨府位于北京城的郊外,虽然是首辅大臣的府邸,但是并不奢华,却很气派。杨府的门口有一对石狮子,是古代权贵的象征,两边站着十几位兵丁,他们个个都显得格外威武。此时,正是傍晚,夜幕降临,满朝大臣皆已到了退朝时间。杨廷和的官轿尤其显眼,因为首辅大臣相当于宰相,他的官轿都是有一定规格的,朝中每一位大人由于官阶、品级不同,乘坐的轿子也不同,杨廷和作为首辅大臣,他回家负责护送他的兵丁也不少。

杨廷和的官轿在杨府门口停下,杨廷和掀开轿窗看了看自家的门第,待压轿后,他才走下来。

杨廷和朝着府门口走去,众兵丁见杨廷和,连忙跪下,异口同声道:"恭迎首辅大人回府!"杨廷和道:"都起来吧。""是。"众兵士又都站了起来,竖立着枪,端端正正地站在那里。

杨廷和进入到府内，一路来到大厅，杨廷和的几位妻妾黄氏、喻氏、蒋氏皆在大厅门口恭候，见杨廷和迎面走来，连忙跪迎道："妾身恭迎相爷回府。"

杨廷和的原配黄氏连忙为杨廷和摘下乌纱帽，喻氏和蒋氏也帮助杨廷和脱下朝服。杨廷和整个人都轻松多了，他来到椅子上坐下来，问道："夫人，孩子们回来了吗？""恒儿、忱儿回来了，惇儿、慎儿还没有回来！"黄氏道。

一个丫鬟将热茶端到杨廷和的面前放下："相爷请用茶！"

丫鬟便退了去。

杨廷和端起茶碗，品了两口，便又放下，说道："夫人，慎儿回来，让他到书房来找我！"

杨廷和起身，便朝书房走去。

杨廷和坐在书房里的椅子上，背靠着椅子，手里端着司马光的《资治通鉴》正在看，一篇篇翻着，全神贯注。杨慎敲响了房门，杨廷和眼睛一直看着书，听到有人敲门，说道："进来。"

杨慎来到了父亲面前："爹，娘说你找我？"杨廷和放下手中的书，坐直了腰板："慎儿，你觉得黄尚书的女儿黄娥如何？"杨慎道："爹说的是哪个黄尚书？""黄珂。"杨廷和答道。

杨慎道："她呀，京城大名鼎鼎的才女，才十几岁就名动京师了！"杨廷和道："爹向黄大人提了亲，让黄大人将女人许配给你，你是怎么想的？"杨慎乐道："爹，黄娥并非一般的才女，非汉代班昭、前朝李清照不可与之相提并论，孩儿能娶到她当然是好事！"

杨廷和道:"黄家与我们杨家倒也门当户对,黄尚书的老家也是四川的,我们的老家也在四川,黄娥又是才女,与你匹配再好不过了。"杨慎忧虑道:"是怕黄娥看不上我啊!"杨廷和笑了笑:"慎儿,这是黄娥给你出的题,说只要你能解答出来,她就嫁给你。"

杨廷和将信封交到了杨慎的手里,杨慎看着信封,说道:"黄娥虽然有才,只是不知相貌如何?如果太丑,孩儿是断断不能接受啊!"杨廷和道:"这个你可以放心,黄珂相貌堂堂,他的女儿又能差到哪里!"杨慎握着书信:"那孩儿先回房了。"

杨廷和点了点头。

杨慎回到了自己的房间,将窗户都一一打开,来到书桌前,将黄娥的信拆开来看,纸上写着一句话:请抄写《观音心经》一百遍。"

杨慎很纳闷,喃喃自语道:"这黄家小姐到底是才女,出题都这么别出心裁,只是不知道让我抄写《观音心经》是何意!也罢,就抄写一百遍!"说罢,杨慎便铺开纸张,提笔便写起《观音心经》来。一个月后,一百遍《观音心经》已经抄完,厚厚的一摞纸。杨慎将成绩都用大箱子装好并封上,并用马车亲自送到了黄府。

杨慎从怀里拿出帖子,来到黄府门口,交给下人道:"烦恼通报尚书大人,翰林院编撰杨慎求见!""杨大人请稍后,小人这就去通报!"下人朝府内跑去。

少时,下人走出来道:"尚书大人有请,请杨大人跟我来。"杨慎回头吩咐随从道:"你们快把箱子卸下来,抬进来!""是。"三五个人一起将箱子从马车上卸下来,抬进了府。

杨慎跟着黄府的下人来到了黄府的会客厅,黄珂正在厅里坐着,下人来到黄珂面前道:"大人,杨大人带到。""你先下去吧。"黄珂吩咐道。

待下人走开,杨慎来到黄珂面前,微笑着作揖道:"杨慎拜见黄世伯。"黄珂笑道:"杨贤侄请坐,杨贤侄今日到我府上有何贵干?"

杨慎在一旁坐了下来,少时,黄府的婢女便为他送上茶。

杨慎笑道:"今日杨慎是来交差的!""交差?"黄珂纳闷道。杨慎道:"是呀,令千金让在下抄写的一百遍《观音心经》已经全部抄完了,现在都装在箱子里,请世伯查验!"

杨慎指着一口大箱子。黄珂惊讶道:"一百遍《观音心经》? 你都抄完了? 我真不知道她出的什么题!"杨慎笑道:"小侄仰慕令千金已久,确乃当世才女,出题别出心裁也是意料之中的事情! 东西我就放在这里了,请世伯验看,小侄就告辞了!"黄珂起身拱手相送道:"恕不远送!"

杨慎和几个下人离开了客厅。

黄珂打开箱子一看,里面是一摞厚厚的纸,黄珂是瞠目结舌。

这时,黄娥从屏风后面走出来,站在黄珂的后面道:"这个杨慎还真是一表人才,谈吐不俗啊!"

黄珂一惊,转过身来道:"女儿呀,你给杨公子出的题就是抄写一百遍《观音心经》?""是呀!"黄娥得意道。黄珂纳闷道:"你想考他什么?"

黄娥沾沾自喜道:"他肯抄这一百遍《观音心经》,可以说明这个人值得女儿嫁! 爹,你想啊,女儿喜欢佛教文化,他肯为我抄写佛经,说明这个人跟我还有点缘分。另外抄写一百遍心经也证明了他的耐心,肯抄写佛经的人也不是什么大奸大恶之人,待我看看他的字写得怎么样!"

黄娥从中抽出一张纸来,打开一看,字迹工整,运笔有度,惊叹道:"爹,好一个京城第一才子啊!这字写得太好看了,比女儿写的还好,虽不及王羲之、颜真卿、柳公权,但这字恐怕在如今的大明朝也难找第二个人!俗话说,字正人正,人品好比什么都重要。爹,这个人我嫁了。"黄珂道:"女儿,你真的考虑好了,要嫁给杨慎。"黄娥坚定不移道:"爹,考虑好了,爹可以立刻去通知杨家,商议好了吉日,女儿就嫁。"黄珂道:"虽然爹是一家之主,但是婚姻大事你还是去跟你娘商量一下,看看她的意见如何?""好吧,女儿这就去。"说罢,黄娥便朝外面走去。

黄娥的母亲正在花园里安排布置,黄娥母亲指着一盆兰花道:"把这盆兰花搬到那边去。"

上来一个家丁遵照夫人的指示将兰花移到了另一边。

黄娥笑着走到母亲的身后,拍了拍母亲的左边肩膀,待母亲朝左边看去,她又躲到了右边,母亲看到是黄娥,笑道:"你这臭丫头,都多大的人了还在调皮!"黄娥调皮地吐了吐舌头,将母亲拉到一边道:"母亲,我有话跟你说。"黄娥母亲道:"你这个鬼丫头,你说吧,什么事情?""我已答应了杨家的婚事!"黄娥道。黄娥母亲乐道:"好呀,能嫁到相府,这是多大的福气啊!这天底下的人都羡慕不来呢!只要是你的决定,娘都支持你!"黄娥欣喜不已道:"母亲,谢谢你!你和爹都同意了,那就等着订下日子吧!"

黄娥蹦蹦跳跳地走开了。

黄娥母亲摇了摇头,笑道:"这孩子,都二十二岁了,还是没长大!"

杨、黄两家商议好吉日,便正式明媒正娶,在杨府大摆婚宴,杨慎的父亲杨廷和亲自在府门口迎接前来参加婚宴的官员、嘉宾,杨府的大门口张灯结彩,鞭炮连天,只要有客人来,都要燃放一响鞭炮。杨廷和作为当朝首辅,一人之下万人之上,他的儿子结婚,满朝文武四品以上的官员都到齐了。

杨廷和、杨慎的生母黄氏、黄珂、黄娥的生母坐于高堂之上,下面站满了各路嘉宾,以及杨氏亲属和黄氏亲属,将杨府上下围得水泄不通,很是热闹。

司仪站在高堂旁边,喊道:"有请新郎、新娘。"

新郎官和新娘在伴郎、伴娘的陪同下来到了高堂的面前,黄娥盖着红盖头,杨慎也打扮得很英俊。司仪将一条红绫交到杨慎与黄娥的手里,他们各自牵着红绫的两端。

司仪喊道:"一拜天地。"

杨慎和黄娥转过身去,朝外面拜了拜。

司仪接着喊道:"二拜高堂。"

杨慎面对着黄珂夫妇,黄娥面对杨廷和夫妇,拜了拜。

双方父母都乐得合不拢嘴,纷纷递出了自己的见面礼。

司仪道:"夫妻对拜。"

杨慎与黄娥面对面,但是黄娥蒙着盖头,看不到她的表情,两人迎面再拜。

司仪道:"送入洞房。"

黄娥在伴娘的陪伴下离开了婚礼现场,朝婚房的方向走去。

婚礼现场欢呼雀跃,一片沸腾,众人皆向首辅大人和尚书大人道贺。

杨慎喝得醉醺醺地回到了婚房,黄娥正盖着盖头坐在床头上,杨慎走路歪歪斜斜地来到黄娥的面前:"黄小姐,我来了!"

黄娥没有吱声,杨慎用秤杆子挑起了黄娥的红盖头,黄娥本来就美艳动人,再加上醉酒后的杨慎看着黄娥就更加觉得美如天仙,不禁感叹:"莫非黄小姐是天仙下凡?我杨慎活了这么多年,还是第一次见到黄小姐这样美丽的人。"

说罢,杨慎便醉倒在床上。

黄娥推了推杨慎:"你起来,你怎么还叫我黄小姐啊?我现在是你的夫人!"

杨慎被黄娥推了起来,坐在了床边,整个人东倒西歪,坐都坐不稳,很是失态。

黄娥道:"谁让你喝这么多酒了?不能喝就不喝嘛!"杨慎借着酒劲儿道:"酒逢知己千杯少,今天是我大婚的日子,怎么能不喝酒!"

说罢,杨慎又倒在了黄娥的身上,黄娥推开了他,无奈道:"睡吧,睡吧,满身的酒气!"

黄娥便开始给杨慎脱鞋子和衣服,杨慎的脚确实很臭,黄娥只好捏着鼻子为他脱鞋、宽衣。

杨慎倒是酣然入睡,可把黄娥折腾了一宿,她一大早就起床,面对铜镜梳妆打扮。

这时,杨慎也从睡梦中醒来,他的酒劲也退得差不多了,他从床上坐起来,面对铜镜中的黄娥道:"你是我的夫人黄娥?"黄娥笑了笑道:"我不是黄娥是谁,难道别的女子会到你的房间来不成?"

杨慎从床边站起来,走到黄娥的面前,看了看铜镜中的黄娥,又看了看现实中的黄娥。黄娥端正地坐在梳妆台前,杨慎在黄娥身上上下打量一番,不禁感叹道:"夫人的身材好、相貌好,又是名震京师的大才女,我杨慎是哪来的福分会娶到夫人。我原本以为小姐这样的完人已经是不食人间烟火的,怎么会看上我杨慎?"

黄娥回头看了看杨慎,站起来,一边梳着头发,一边道:"因为我觉得你是一个值得托付一生的人!能够抄完一百遍《心经》的人必然是有耐心的人,也是人品出众的人!从夫君的书法中看得出来夫君是一个正直的人!你能为了我抄写一百遍《心经》,我焉能不嫁?"

杨慎道:"夫人真是别出心裁啊,能出这样的题考验用修!"

杨慎面对黄娥的千娇百媚,那傲人的身材,到底情难自禁,一把抱住了黄娥,随即倒在了床上,缠绵在一起。窗外喜鹊纷至沓来,落在窗户上、枝丫上,叽叽喳喳叫个不听,更为这对新婚宴尔增加不少情趣。

深秋,北京香山上火红一片。杨慎带着新婚的妻子黄娥来到香山上秋游,香山上雾气笼罩。北京城在云雾的笼罩下显得更加的神秘。

杨慎携手黄娥站在香山的一处高峰上远眺,黄娥不禁赞道:"好美啊!"杨慎看了看黄娥道:"夫人以前来过香山吗?"黄娥摇了摇头道:"没有,我出生在四川,小时候到过峨眉山、青城山,后来跟我爹来到京城!"杨慎道:"那你喜欢京城吗?"黄娥道:"京城有什么好!人多! 我还是喜欢四川,我想回四川生活,要不是因为父亲在京城做官,我真想回去!"

　　杨慎搂着黄娥道:"我们杨家的祖籍在四川新都,只是我爹常年在外为官,很多年没有回去了。只要你想回去,我可以向朝廷提出来调回四川,这样我们就可以在四川生活了!"黄娥道:"你是男子汉,你难道真的愿意为了我放弃自己的前程?"杨慎道:"为百姓做事,在哪里都一样,京城达官贵族太多,伴君如伴虎,离开京城未尝不是好事!"黄娥依偎在杨慎的胸前:"用修,我黄娥这辈子都跟你,无论你做什么,我都无怨无悔!"

　　杨慎对贤惠的黄娥深感欣慰。

　　杨慎拉着黄娥:"走,我带你去赏香山的红叶,特别有名。"

　　黄娥和杨慎肩并肩、手牵手,一起朝香山深处走去。

　　杨慎与黄娥婚后的第六个年头,明武宗正德皇帝朱厚照去世,朱厚照没有子嗣,也没有兄弟,于是皇位的继承人落在了兴献王之子朱厚熜的头上。

　　嘉靖皇帝朱厚熜在即位后的第六天就做了一个惊人的决定,他高坐奉天殿的宝座之上,群臣皆鸦雀无声,大殿上静得可怕。嘉靖皇帝对太监点了点头,太监手握圣旨上前几步,缓缓打开圣旨,道:

"众臣接旨。""吾皇万岁万岁万万岁。"群臣跪迎圣旨,但是臣子们的声音并不是那么洪亮,好像在接一道他们并不愿意接的旨意。

太监宣读圣旨:"奉天承运,皇帝诏曰:追封兴献王朱祐杬为知天守道洪德渊仁宽穆纯圣恭俭敬文献皇帝,庙号睿宗。钦此!"

圣旨下,一片哗然,群臣是议论纷纷。

纂修官杨慎出列,启奏道:"启奏圣上,臣作为史官,臣不能不站出来,圣上下此旨意难道没有想过后果?武宗先帝没有子嗣,圣上以兄终弟及的方式登上大宝。按照我大明的祖制,圣上应该尊孝宗为皇考,陛下只能尊生父兴献王为皇叔啊。圣上这样做实在有违祖制,请圣上三思,收回封号!"嘉靖皇帝震怒道:"大胆!杨慎你只是小小的纂修官竟敢指责朕,你就不怕朕杀了你?"杨慎道:"圣上,臣对大明一片忠心啊!"嘉靖道:"你对大明忠心,对朕难道就不忠心吗?"

首辅大臣杨廷和也站出来,启奏道:"陛下,我父子对大明、对陛下忠心耿耿啊!请陛下三思!"

众臣见杨氏父子出头,纷纷附议。

文渊阁大学士张璁启奏道:"陛下,臣支持陛下的主张,陛下如今登基做了天子,对生父尊称帝号也是应该的。臣没有异议。"

礼部侍郎桂萼启奏道:"陛下,臣也赞成张阁老的意见,陛下既已荣登大宝,对生父加冕也是应该的!"

杨廷和愤怒地瞪着张璁和桂萼二人:"张大人、桂大人,你们这样做有违祖制,二位大人将来如何面对太祖皇帝?!"

嘉靖皇帝一时为难,被下面的大臣逼得头疼脑热,拍案而起,说道："这件事情就这么定了,谁敢再议,朕当严办!"

嘉靖皇帝拂袖而去。

事后,以杨慎为首率领众大臣前往左顺门外哭泣,大喊道:"祖制不能违,民心不可失啊! 陛下此举如何面对先帝啊?"

嘉靖皇帝始终没有露面,只是派太监前来城楼上宣旨:"奉天承运,皇帝诏曰:纂修官杨慎屡抗圣旨,重打二十大板,充军云南,钦此!"

就这样,杨慎的厄运就开始了。

杨慎被关押在囚车上,穿着囚服,狼狈不堪,他被一群士兵押送,在京城的大街上示众,准备押往云南。黄珂见此情形,对沉浸在伤痛中的黄娥道:"女儿,你才二十七岁,还是跟杨慎离婚吧! 你的日子还长着呢!"

黄娥执着道:"爹,一日夫妻百日恩,更何况我们做了六年的夫妻,我不能忘恩负义。我这辈子都跟定了杨慎,无论贫穷、富贵我都不会离开他!"

黄娥跟在囚车后面,一路哭走相送,杨慎泪流满面:"夫人,你嫁给我杨慎后悔吗? 我没有办法跟你白头到老!"

黄娥哭诉道:"夫君,我说过,我不会放弃,我会一直等你,等到老,等到死!"

杨慎越发地感动,说道:"此去云南,九死一生,也许这辈子都没有翻身的可能,我得罪的可是皇帝!"

黄娥一边追着囚车跑,一边喊道:"夫君,我会一直跟着你!"

士兵们看夫妻情深，感动，也有些同情，故意放慢了前行的速度，黄娥追上囚车便拿出手帕为杨慎擦脸，为他喝水、吃东西。士兵们纷纷摇头叹息。

　　杨慎的囚车，从通县下潞河上船。黄娥就赶到天津口，改乘大船，沿运河入长江，溯江而上。这对患难夫妻，在囚途中，一路颠沛，风雨同舟，历尽了千辛万苦。

　　从北京城一直追到了湖北江陵，黄娥已经筋疲力尽。这时候，她突然收到来信，说她的父亲黄珂、公公杨廷和都被贬官，两家都回到了四川。黄娥担心他们的处境，只好与杨慎分手。

　　黄娥面对囚车上遍体鳞伤、骨肉如柴、一脸沧桑的杨慎，她的心如刀绞，她来到负责押运杨慎的差官头子面前，说道："大人，我家相公乃首辅大人杨廷和的大公子，这次触犯龙颜，那也是为国为民，对朝廷、对皇上是一片忠心啊！所以，请大人此去云南的路上一定要约束属下切莫为难我家相公啊！这是五十两银子，请大人和各位差大哥喝酒，只是希望诸位好好照顾我家相公。"

　　黄娥将五十两银子递给带头的差官，差官很爽快地收下了，得了便宜还卖乖地说道："行吧，看在首辅大人多年来为朝廷为百姓做了很多好事的份上，我们自己委屈点，也不能饿了杨公子，放心吧，夫人！"

　　黄娥衷心地向几位差官鞠了鞠躬，便来到囚车旁边，黄娥面对憔悴的杨慎道："夫君，你就自己保重了！为妻只能送你到这里，现在黄、李两家都乱作一团，我不能不回去啊！我已经跟差爷们打点好了，放心吧，他们是不会为难你的！"

杨慎流着泪:"娶妻如此,夫复何求?你回去吧,如果爱妻等不到我回来,可以另嫁,为夫不会怪你的!"

黄娥哭诉道:"夫君,你忘记我们的山盟海誓了吗?我没忘!"

"黄娥,你回去吧!快走吧!差爷,咱们快赶路吧?"杨慎看了看黄娥,又朝几位差官喊道。

囚车缓缓地移动,杨慎哭着吟词道:"楚寨巴山横渡口,行人莫上江楼。征骖去棹两悠悠。相看临远水,独自上孤舟。却羡多情沙上鸟,双飞双宿河洲。今宵明月为谁留。团团清影好,偏照别离愁。"

黄娥痛心不已,作诗道:"关山转望赊,程途倦也。愁人莫与愁人说。离乡背井,瞻天望阙。丹青难把衷肠写。炎方风景别,京华音信绝。世情休问凉和热。"

黄娥没有再追,只是泪流满面,一副依依不舍的样子,一直望着囚车远去,直到消失在视线里。

黄娥随后溯江而上,回到了四川。杨慎被押解,经湖南,过贵州,而至云南。杨慎与黄娥仅仅过了五六年的夫妻生活,从此两地分居,这一别,就是整整三十年。

这三十年里,黄娥对杨慎是日日盼,夜夜盼,望穿秋水,始终没有等到杨慎回家。杨慎被充军云南的时候,黄娥只有二十七岁,一个二十七岁的女人就守了活寡,整日以泪洗面。她的情感需要、生理需要几乎都被剥夺了。黄娥的父亲黄珂劝过她改嫁,但是黄娥矢志不渝,她觉得这个世上没有人比得了杨慎,她不愿再嫁,甘愿守寡。黄娥写了一首《寄外》诗,寄给了远在云南的杨慎。

雁飞曾不到衡阳,锦字何由寄永昌?

三春花柳妾薄命,六诏风烟君断肠。

日归日归愁岁暮,其雨其雨怨朝阳。

相闻空有刀环约,何日金鸡下夜郎?

杨慎在永昌军营里读到黄娥的这首诗,肝肠寸断,已生白发,他哭道:"秀眉!对不起!是我不好,我成了英雄,却害苦了杨家和黄家,尤其是我们的孩子!"

明嘉靖三十八年(1559 年)八月八日,七十一岁的杨慎客死在了异乡。六十一的黄娥已经是白发苍苍,满面皱纹,行动也不那么灵便,走路也显得蹒跚,她拄着龙头拐杖正在四川家里的花园里用铲子给盆景松土、施肥。

杨慎的儿子杨有仁突然跑了过来,气喘吁吁道:"母亲,爹死了!信使刚刚才到,说已经有很多天了。"

黄娥大惊,拐杖倒在了地上,自己差一点晕死过去,杨有仁连忙扶着她,哭喊道:"天哪!用修,你怎么就抛下我自己去了?不行,我要见你!"

黄娥挣开了杨有仁便往前面走,走不上几步,就气喘。

杨有仁道:"母亲,你别着急,我立刻准备去云南的马车。"

就这样,黄娥在儿子杨有仁的陪同下赶往四川泸州,在泸州才将停放在那里的尸首接回来安葬。

面对杨慎的新坟,黄娥痛哭流涕道:"用修,你我于正德十四年

（1519年）成亲，我爹是工部尚书，你爹是首辅大臣，当年我们的婚姻让很多人都望尘莫及，然而我们仅仅只相处了六年就被分开了。我从二十七岁就一直在等你，等了你整整三十多年，不曾想始终没能等你回来，现在你终于回来了，只是从此阴阳相隔！老天爷对我们还真不薄啊！你放心，用不了多久，我也会下来陪你，你一定要来接我……"

黄娥说不下去了，眼泪已经流干了，只是趴在坟头一直哭。

杨家和黄家权倾朝野，杨慎与黄娥的婚姻再门当户对不过了，杨慎由于出色的文采被钦点状元，也被誉为是"明代三大才子"之首。黄娥也是才貌双全，"蜀中四大才女"之一，都是几百年甚至上千年才出现的人才，才子佳人再般配不过。然而，命运确强行拆散他们，命运的挫折，现实的无情，却没有打破爱的坚贞和誓言，他们的爱情可谓千古绝唱。

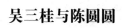

吴三桂与陈圆圆

明朝末年,誉为"秦淮八艳"之一的陈圆圆被重利轻义的姨父从家乡江苏常州转卖到了苏州。圆圆居于苏州桃花坞,成了梨园戏子,由于色艺双绝,成为苏州梨园的名角。苏州,地处江南腹地,人来人往,贵族、豪强盘根。圆圆名震江南,江南权贵纷纷慕名前来看戏。圆圆美艳动人,常被有权势的恶人盯上,轮番糟蹋。先是豪强贡若甫抢去为妾,后来又被贡若甫的爹贡修龄强暴;陈圆圆从贡家逃出,遇到了文学家冒襄,遂有许嫁冒襄之意,冒兵火之险至冒襄家所栖舟拜见冒襄之母。二人感情缱绻,申以盟誓。此后冒襄因战乱屡失约期,圆圆为了生计,便又重新回到了苏州梨园当起了戏子。

　　崇祯十六年(1643年)春。一日,苏州阊门外的戏楼里,正在上演《西厢记》,里面扮演红娘的陈圆圆格外耀眼,比主角崔莺莺与张生更加光彩夺目。张生站在旁边,崔莺莺指着跪在地上的红娘扮演者陈圆圆,斥责道:"红娘,你为何要监视我与张生,莫不是你想在我娘亲面前邀功!"

　　红娘扮演者陈圆圆满腹委屈,哭诉道:"小姐,红娘实属无奈,皆是被老夫人所逼,红娘不从,她便要赶我出崔府!红娘委屈啊!"

陈圆圆以戏曲的唱法表演,她的表情和语调都搭配得很好,恰到好处,台下随即响起了一片掌声,叫好连天。陈圆圆的楚楚动人,她的表演入木三分,在场的达官贵族无不垂涎欲滴。江南地区富裕繁华,来此听戏的人多数是达官显贵和豪强,衣食无忧,来此消遣。

舞台上的《西厢记》剧情正在发展,高中状元的张生以河中府尹的身份归来,揭穿了郑恒和崔老夫人的谎言。张生并未迎娶豪门千金,郑恒骗婚的奸计未能得逞。张生和崔莺莺相拥在了一起,红娘扮演者陈圆圆唱道:"有情人终成眷属……"剧情宣告结束。

台下的掌声更加热烈。

台下的前排有一个五十多岁的中年人,从节目开始就一直色眯眯地盯着陈圆圆,陈圆圆毛骨悚然,浑身不自在。她完全能够察觉到台下有一双眼睛。那人衣着华丽,面相猥琐,身边站着几个随从,一看就是那种不可一世的暴发户,此人叫田宏遇。陈圆圆见田宏遇眼神邪恶,便匆匆忙忙回到了后台。

坐在椅子上的田宏遇喝了一口茶,侧过脸去对随从道:"你去把班主给我叫来。""是。"其中一个随从便朝后台走去,此时的戏楼里看戏的人也散得差不多了。

少时,班主被带到,班主走在那随从的后面,一副忐忑不安的样子。

随从面向对田宏遇道:"大人,班主带到。"田宏遇看了看班主道:"你就是戏班的班主?""正是,不知这位客官有何吩咐。"班主忐忑道。田宏遇坐直了,问道:"班主,刚才那扮演红娘的戏子叫什么名字?"班主回道:"她叫陈圆圆。"田宏遇大惊,眉飞色舞道:"什么?她就是陈圆圆! 江南名伶陈圆圆?""正是此人。"班主道。田宏遇道:"快将她梳妆打扮一番,我要带走她。"班主道:"客官,圆圆是我们梨园的艺人,卖艺不卖身的。过府演出,梨园没有这个规定啊!"田宏遇道:"谁说让她过府去演出,我是要带走她。快让她出来见我!"班主吞吞吐吐道:"这……这……"

田宏遇的一个随从为了拍田宏遇的马屁,恐吓道:"什么这个那个的! 你知道我们大人是谁吗? 他可是当朝国丈,田贵妃娘娘的父亲。官拜左都督,你要是得罪了我们家大人,定让你在江南待不下去! 还不快去!"

班主诚惶诚恐,惊慌失措的样子,叹道:"好吧,请大人稍后。"

班主一脸晦气地朝后台走去,田宏遇看了看几位随从,脸上露出了邪笑。

很快,班主带着陈圆圆从后台出来,陈圆圆一副胆怯的样子,躲在班主的身后,班主来到田宏遇的面前:"大人,陈圆圆带到!"

陈圆圆已经卸了戏服,卸了脸上的妆,换回她本来的一声素服,圆圆气质高雅,面容姣好,身材也好,胖瘦匀称。圆圆从班主的身后胆怯地现身出来,面对田宏遇见礼道:"陈圆圆见过大人!"

田宏遇在陈圆圆的身上上下打量一番,色眯眯地道:"你就是陈圆圆?""正是。"陈圆圆道。

田宏遇笑道:"你的红娘演得不错! 跟我走吧,跟着我,你吃的用的什么都不愁,比你在这戏园子强多了! 你这么美艳动人,应该找个好男人。"田宏遇说着就开始在陈圆圆的身上动手动脚,他刚要去摸圆圆的小手,圆圆害怕,连忙退了几步。

田宏遇对身后的随从道:"把陈圆圆给我带回府里去。""是。"几个大汉上前将陈圆圆带走。陈圆圆一边挣扎,一边哭道:"你们放开我,我凭什么跟你走。"田宏遇邪笑道:"凭什么,就凭你长得漂亮。带走。"陈圆圆被强行带走,陈圆圆回头朝班主喊道:"班主,救我!"

班主也无计可施,无可奈何道:"你们……你们怎么能这样?"

班主急得直跺脚,只能眼睁睁看着陈圆圆被带走。

田宏遇来到班主的面前,拿出一张银票伸给班主,说道:"我也不白白带走你的人,不让你吃亏,这是一张一百两的银票,就当是赎陈圆圆的身吧!"

待田宏遇走远,班主看着银票,生气道:"呸! 狗仗人势! 仗着自己的女儿是皇贵妃就为非作歹! 一百两银票就带走我戏班的台柱子! 什么人呀这是!"

陈圆圆被田宏遇带回了府上,田府的几个下人押着陈圆圆来到田宏遇的房间,田宏遇跟在他们的后面,下人将陈圆圆带到田宏遇的房间,便退了下去。

田宏遇将房门关上,陈圆圆惊恐不已,田宏遇面对陈圆圆起了色心,扑了上去,一把将陈圆圆抱到了他的床上。此刻田宏遇便开始脱衣,陈圆圆惊恐道:"你想干什么?"陈圆圆一个劲儿地往里面缩。田宏遇淫笑道:"我把你带到我的房间,你说我想干什么。"

田宏遇脱了外套和裤子就扑上去,陈圆圆拼命地挣扎,一脚踢在了田宏遇的下身,田宏遇捂着下身,痛苦道:"你……你竟敢踢我!"

陈圆圆迅速从床上下来,站在田宏遇的面前,说道:"大人,圆圆一介女流之辈,能在苏州梨园演出,时有皇亲国戚到此观戏,圆圆早已心有所属。大人虽为贵妃之父,当朝的国丈,但是喜欢圆圆的这位大人比田大人身份还要显赫,大人你当真惹得起吗?你今天把圆圆虏来,并且施以强暴,他日那位皇亲定让大人付出代价!"

田宏遇道:"你休要出言蒙我,告诉我是哪位皇亲?"

陈圆圆镇定道:"大人,俗话说得好,宁可信其有,不可信其无啊!这色字头上一把刀!大人若是不信,可以尽管上前辱没我!这红颜祸水的滋味,大人是没有尝过吧!"

痛过之后的田宏遇冷静下来,他从床上下来,面对陈圆圆心有不甘的样子,朝外面喊道:"来人呀!"田宏遇道:"把陈圆圆给我关起来,没有我的吩咐,谁也不能放!"几个下人异口同声道:"是。"

待田宏遇走后,下人将门关上,并加了锁,下人们轮班看守。

田宏遇气冲冲地走在院子里,自言自语道:"这天下的女人,除了皇帝的女人我不能碰,还有谁我不敢碰!哼!"

田宏遇的管家是一个拍马屁的主,见田宏遇唉声叹气,他跑了过来,对田宏遇道:"老爷,何事叹气啊?"田宏遇道:"今天去了阊门听戏,遇到了陈圆圆,我把他带了回来,哪知这陈圆圆是个硬骨头,不好啃啊!"管家不解,问道:"老爷,不就是一个戏子吗,算什么硬骨头?"

田宏遇敲了敲管家的脑袋:"你懂什么?她可是江南名伶啊!她跟我说她早就跟了一位皇亲国戚了,我要是动了她吃不了兜着走!还是不要惹麻烦!现在田贵妃体弱多病,我必须要给自己另外找个靠山,我准备把她献给皇上。"管家奉迎道:"这个好!没准皇上一高兴,老爷又要升官了。"

田宏遇沾沾自喜。

崇祯皇帝朱由检正在紫禁城的宫殿里看奏章,全神贯注。他的御案上放了两大山的奏折,崇祯皇帝准备将他看完再睡,他每日皆是如此,今日也不例外,他的勤政甚至超越了明朝历代皇帝。

太监王承恩来到了崇祯帝的面前,启奏道:"启禀皇上,国丈田宏遇求见。"

崇祯帝纳闷道:"都已经这么晚了,他来干什么? 宣他进来。"

王承恩走出了宫殿将田宏遇带了进来。

"臣田宏遇参见陛下,万岁万岁万万岁。"田宏遇跪拜道。

崇祯帝没有抬头,一直看着奏章,只是嘴巴在动:"国丈大人请起,不知国丈这么晚找朕有什么事情?"

田宏遇站了起来,说道:"皇上每日看奏章到深夜,废寝忘食,实乃千古第一勤政君王! 臣担心皇上的龙体,近日臣在江南寻得一位绝代佳人,特来献给皇上,让她伺候在皇上身边。"

崇祯帝放下朱笔,抬起头,看了看田宏遇道:"田爱卿,朕用不着美女伺候,你的好意朕领了,你先下去吧!"田宏遇道:"皇上,此女乃江南名伶陈圆圆,长得倾国倾城,而且这戏曲唱得更好! 能唱能跳,何不请进来为皇上唱上一段解解闷!"

崇祯一脸犹豫,田宏遇看了看王承恩,给王承恩挤了挤眼。王承恩笑道:"皇上,你为了朝政日益操劳,难得国丈大人有这份心,皇上何不借此休息一下,一边喝茶吃点点心,一边听上一段?"崇祯帝道:

"也罢,宣吧!"

王承恩走出大殿将陈圆圆带了进来,陈圆圆来到崇祯皇帝的面前,跪拜道:"民女陈圆圆叩见皇上,万岁万岁万万岁。"陈圆圆低着头,不敢正视崇祯帝。崇祯帝道:"你起来,抬起头来。"陈圆圆站了起来,抬头看着崇祯帝,崇祯帝在圆圆身上扫视了一番,说道:"的确是位美女,你能唱什么曲子?""只要皇上点得出来的,圆圆都能唱!"陈圆圆一脸自信道。

崇祯帝看了看王承恩,又看了看田宏遇,笑道:"你这女子真是大言不惭! 好,你给朕来段《长恨歌》,唱得好,朕有赏,唱得不好,你可要为你的大言不惭负责!"

"遵旨。"陈圆圆后退了几步。

陈圆圆站在距离崇祯帝十几米远的位置,便开始整理了衣袖,提了提嗓子,开唱道:"汉皇重色思倾国,御宇多年求不得。杨家有女初长成,养在深闺人未识。天生丽质难自弃,一朝选在君王侧。回眸一笑百媚生,六宫粉黛无颜色。……七月七日长生殿,夜半无人私语时。在天愿作比翼鸟,在地愿为连理枝。天长地久有时尽,此恨绵绵无绝期。"

陈圆圆边唱边跟着故事的发展做出相应的舞蹈动作。

圆圆唱完后,崇祯帝热泪盈眶:"朕很久没有听梨园戏曲了,朕也很久没有见到如此精彩的表演! 陈圆圆,朕问你,你是怎么看待唐朝灭亡的?"

陈圆圆思索片刻道:"唐朝是因为藩镇作乱,唐末皇帝昏庸、宦官专政造成的亡国。"

崇祯帝摇了摇头道："依朕看,唐朝作为一大帝国又岂会在顷刻间被灭掉,朕认为还是积弱太久。唐朝由盛到衰,应该就是从玄宗李隆基开始的。不是因为李隆基沉迷于美色,误国误民,也不会有后来的安史之乱!所以,朕认为女人终究是祸水!"

说罢,崇祯帝低头继续批阅奏章。

田宏遇道："那皇上,陈圆圆臣就给你留下了?"崇祯帝道："不用了,带她走吧!赏陈圆圆黄金一百两!"

王承恩来到陈圆圆面前准备带她离开,田宏遇道："皇上,你就留下陈圆圆吧,臣想有个人在身边伺候皇上!"崇祯帝拍案而起,大怒道："好你个田宏遇,朕敬你是国丈才给了你足够的面子!现在的大明朝风雨飘摇,起义频繁,你不思报国,不想破敌良策,还在给朕献美女,你居心何在?你想让朕当亡国之君吗?"田宏遇脸色煞白,跪在了崇祯帝的面前:"请皇上赎罪,臣没有此意!"

崇祯帝看着陈圆圆,问道："陈圆圆,朕问你,你为何愿到宫里来伺候朕?朕看你也不像是为了荣华富贵来到皇宫的人。"陈圆圆当即跪下来道:"皇上,民女在苏州梨园唱曲,是田大人硬抢来的!民女到皇宫也是田大人硬逼的,不是民女的初衷!请皇上赎罪,为民女做主!"

崇祯帝坐下来,道:"田爱卿,朕知道你一向忠心,但是私抢民女可是重罪,你们都起来吧!将陈圆圆送回去,朕不需要美人伺候。"

三人站了起来,田宏遇惊魂未定:"多谢皇上饶臣不死!臣这就送走陈圆圆。"

陈圆圆、田宏遇在太监王承恩的护送下出了大殿。

不久,传出田贵妃的死讯,田宏遇悲痛欲绝,白发人送黑发人,田宏遇五内俱焚。但这不是最重要的,重要的是田宏遇从此失了靠山。贵妃去世后的数日里,田宏遇是整日无精打采,茶饭不思。田宏遇对家人说:"从此我没有了靠山,生在乱世,该如何立足?"

管家对田宏遇道:"何不将那陈圆圆献出去,大人能依附当今最有实力的人岂不更好?"田宏遇纳闷道:"当今最有实力的除了皇上,还有谁?再说皇上是个勤政爱民的皇上,不喜欢女色。"管家不以为然:"大人,而今乱世,谁手里有兵权谁就是大人值得依靠的人。我觉得大人可以将陈圆圆送给那辽东总兵吴三桂,他现在可被封为平西伯,年纪轻轻被封伯爵难道不值得依附吗?而且听说这吴三桂也是生性好色之人啊!"田宏遇一筹莫展道:"可是要那陈圆圆心甘情愿啊,不要向上次那样,陈圆圆在皇上面前当众让我难堪。"

这时候,陈圆圆出现在田宏遇的门口,听到了里面的谈话,对这个刚刚死了女儿的老人深表同情;且陈圆圆早已仰慕吴三桂的大名,便敲了敲田宏遇的门,走进去,对田宏遇道:"大人,陈圆圆愿意去伺候那吴三桂!"田宏遇大喜道:"陈圆圆,你只要愿意,本官立马收你为义女。"陈圆圆当即跪在了田宏遇的面前:"陈圆圆拜见义父。"

田宏遇高兴道:"好好好,圆圆,你去了吴三桂的身边,以后老父就要靠你了。王管家,你速拟请柬邀请吴总兵来府上赴宴。"

"是,大人。"管家缓缓退出。

田府笙歌曼舞,田宏遇专门请来了京城有名的歌姬来府上跳舞为吴三桂助兴,有跳舞的,有拉二胡的,有弹琵琶的,有弹古筝的。田府的宴会上只请了吴三桂和田宏遇平日里来往的几位官场上的朋友。

田宏遇站起来,举起了酒杯,对吴三桂:"平西伯,今天能赏光到此赴宴,令寒舍蓬荜生辉啊!来,平西伯,我敬你一杯。"吴三桂也举杯,站起来,与田宏遇碰杯:"国丈大人客气。"

说罢,吴三桂一饮而尽,便坐下来。

吴三桂环视周围:"国丈大人,本官公务繁忙,天下战乱四起,三桂日益操劳,今日国丈大人请本官应该不仅仅只是为了吃顿饭,欣赏歌姬跳舞吧!"田宏遇笑了笑:"当然不是,今日除了宴请大人和几位好友,主要是我有一样礼物要送给大人,请平西伯稍候!"

田宏遇朝一旁的管家点了点头。

少时,陈圆圆带着古筝走了进来,坐下来,将古筝平放在桌案上,便开始弹奏起来,唱道:"十年生死两茫茫,不思量,自难忘。千里孤坟,无处话凄凉。纵使相逢应不识,尘满面,鬓如霜。夜来幽梦忽还乡。小轩窗,正梳妆。相顾无言,唯有泪千行。料得年年肠断处,明月夜,短松冈。"

众人皆被这个女子的风采给迷住了,纷纷放下了手里的筷子。吴三桂更是目瞪口呆,直咽口水。

田宏遇看着吴三桂问道:"将军觉得这个礼物怎么样?"吴三桂惊讶道:"此女子是谁?"田宏遇笑道:"田某知将军素有爱美之心,所以故将此礼物献给将军,此女是我的义女,名为陈圆圆,乃江南梨园的名伶。"

吴三桂从座位上起身，缓缓走向陈圆圆，临近陈圆圆，吴三桂的心里越发的心痒痒。面对陈圆圆，吴三桂显出一副好色的样子，而陈圆圆总是羞涩地点着头。

吴三桂用手抬起了陈圆圆的下巴："好一张美艳的容貌，不愧是江南梨园有名的人物，姿色、气质都是绝品！我活了这么久，还是头一次见到如此美人！"陈圆圆连忙起身，弯腰施礼："陈圆圆见过将军。圆圆早就仰慕将军的威名，今日得见将军三生有幸！"吴三桂道："陈圆圆，你可愿跟着我？我生平从来不强人所难，你不愿意本官也不勉强。"陈圆圆羞涩地应道："得将军赏识，圆圆受宠若惊，圆圆愿跟随将军。"吴三桂得意道："好好。"

吴三桂牵着陈圆圆的手来到了田宏遇的面前，众人皆从宴席上站了起来。

田宏遇笑着对吴三桂道："吴总兵，这件礼物你还满意吗？"吴三桂笑道："田国丈，你既是圆圆的义父，以后有什么事情吴某定当关照！以后吴某一定善待圆圆，此生不渝！"吴三桂对身边的副将道："拿一千两银票给我。"

副将将一千两的银票递到了吴三桂的手里，吴三桂笑着将银票伸给田宏遇："国丈大人，你既将义女许给我，这是一千两银票，就当作聘礼！"田宏遇摆手，推辞道："吴总兵，这怎么行，我不能收。"吴三桂硬塞到田宏遇的手里，笑道："国丈大人，一来感谢你将如此美艳的义女许配给我，二来为了圆圆，就是出再多的钱我也觉得值。"

一旁的陈圆圆甜在心里。

田宏遇假装客气道："那我就恭敬不如从命了。"

田宏遇将银票收下。

众人向吴三桂皆拱手道："恭喜将军,贺喜将军!"

吴三桂还礼。

田宏遇看了看陈圆圆:"圆圆,以后一定要尽心伺候将军,他可肩负着平息叛乱,恢复河山的重任啊!""知道了,义父放心。"陈圆圆道。吴三桂拱手道:"诸位大人,三桂公务在身,就先告辞了,改天再来打扰。"

田宏遇将吴三桂和陈圆圆送到了府门口,亲眼看着陈圆圆上了吴三桂的马车。田宏遇感叹道:"当今第一美人却送给了吴三桂,老夫不甘哪,希望这个吴三桂能成为我的靠山!"

陈圆圆被带到了吴三桂所在的总兵府,总兵府虽无田宏遇府上那般奢华,但却显得格外气派。吴三桂走在军营里,回到总兵府这些兵士都像敬神一样对吴三桂敬畏三分,陈圆圆对这位将军是由衷地敬佩。

吴三桂回到府上以后,将府上的家眷和亲兵都聚集在一起,就在总兵府的院子里,吴三桂携手陈圆圆站在台阶上,下面站满了吴三桂的亲兵和亲眷。

吴三桂握着陈圆圆的手,朝在场所有的人喊道:"你们都听着,我身边的这位就是你们的新夫人。以后要以夫人相称,要是谁敢对夫人不敬,我知道了一定重罚,都听清楚了吗?"

"是。"众人异口同声。

吴三桂的正妻张氏站在下面,一副很不满的样子。

年幼的吴应熊见母亲一脸的不高兴，打抱不平道："父亲，你称她为夫人，那置我娘于何地？"吴三桂当众斥责道："逆子，休要胡言！要是你以后敢冒犯我首先拿你开刀！"

众人一听，觉得吴三桂已经被眼前这个女人迷得神魂颠倒了，有些难以置信，皆显出一副不可思议的样子。

陈圆圆却有些受宠若惊："我出身贫贱，不配做你的夫人，只要你对我好，能留在身边伺候你就行了。"

这话很是体贴，吴三桂更加喜爱这个女人，下面的张夫人看到后，一脸的醋意。

张氏冷嘲热讽道："我以后对她就像对待亲娘一样，不敢怠慢！"

吴三桂看着这说话的人，给陈圆圆介绍道："这位也是我的夫人，以后你们见面自可姐妹相称，不必见礼。"陈圆圆道："不敢，姐姐是将军明媒正娶的夫人，下妾怎敢与其平起平坐。"吴三桂笑道："这不难，等平息了战乱，我吴三桂就对你明媒正娶，到时候邀请朝廷的皇亲国戚、三公九卿，让你好好风光。"

张氏对于吴三桂很无奈，对于这个陈圆圆更是不屑一顾。

崇祯十六年（1643年）三月十七日，闯王李自成所率领的农民起义军攻入北京城。崇祯皇帝朱由检不忍皇家受辱，在起义军攻入紫禁城之前，亲手处死了自己的皇后、贵妃、公主、皇子等多名。十九日凌晨，李自成起义军从彰义门杀入北京城。十九日拂晓，大火四起，重返皇宫，崇祯帝在前殿鸣钟召集百官，却无一人前来，崇祯帝说："诸臣误朕也，国君死社稷，二百七十七年之天下，一旦弃之，皆为奸臣所误,以至于此。"最后在景山歪脖树上自缢身亡,死时光着左脚,右脚穿着一只红鞋。时年三十三岁。

崇祯帝一死,京城炸开了锅,天下也炸开了锅,真的乱了起来。京城的厮杀声、哭喊声、在北京城里的每一个角落里蔓延,闯王李自成自称是农民起义军,到了北京城以后不顾黎民死活,大肆烧杀,北京城成了人家地狱。

此时的吴三桂身为总兵,正在外御敌。吴三桂在京城的家却乱成了一锅粥,吴府的下人们听闻起义军杀进北京城,来不及向吴府里的张氏和陈圆圆辞行,就各自回到房间拿着自己的行李跑了。有些人甚至不带行李,还有些小人将吴三桂府上的瓷器、金银、名贵字画等财物,能拿的都拿走了,没人能管,都顾着自己逃命。

陈圆圆、张氏带着吴三桂的幼子吴应熊、吴应麟等匆匆从后门逃走,怎知李自成的士兵已经将吴府团团围住。陈圆圆等人刚出后门就被擒拿,送到了李自成麾下将领权将军刘宗敏的面前。

此时的刘宗敏正在京城的一家客栈里坐着大吃大喝,双脚放在桌子上,背靠着椅子,一边喝着大碗酒,一边大块吃鸡。刘宗敏虽然做了将军,但还是一副地痞流氓的样子,农民身上的土气他都有。

一个卒长级别的将领会同几个士兵将吴三桂的家眷带到刘宗敏的面前,卒长道:"禀将军,这几位是吴三桂的家眷,想逃跑,被我们抓住!请将军发落!"

陈圆圆生来漂亮,站在人群中最为显眼,好色的刘宗敏一眼就看中了她。

刘宗敏手里拿着鸡腿,满嘴油腥,走到陈圆圆的面前,问道:"你是吴三桂的什么人?""我是他的夫人。"陈圆圆声音洪亮地答道。刘宗敏用手摸了摸陈圆圆的脸,陈圆圆退了几步,呵斥道:"请将军自重!"刘宗敏将鸡腿扔了,淫笑道:"好好好,这吴三桂真是艳福不浅哪! 这么漂亮的美人竟然上了他的床! 跟我走吧,我保你荣华富贵。"陈圆圆道:"我既然已经嫁给了平西伯,生是他的人,死是他的鬼,你要杀便杀。"

陈圆圆不屑一顾地避开了刘宗敏的眼神,藐视他的样子。

刘宗敏拍手,笑道:"好。有个性,我喜欢。这几位想必也是吴三桂的女人和孩子吧,美人只要你跟我走,我就不杀他们;否则,我就将他们一一杀掉!"张氏怒道:"你难道不怕平西伯吗? 他现在可是辽东总兵,手里悍将如云,你杀了他的儿子,他一定会回来报仇的!"刘宗敏大笑道:"吴三桂,他算什么东西,怎么能跟我们的闯王比。在闯王面前,还不是跟孙子一样。美人,一句话走不走,不走,我可就动手了。"

刘宗敏拔出剑,比在吴应熊的脖子上,威胁陈圆圆。

吴应熊道:"要杀便杀! 我是大英雄吴三桂的儿子,我不怕死!"刘宗敏一狠:"小东西,我结果了你……"刘宗敏刚准备动手,陈圆圆便道:"住手,我跟你走。只是你要放了吴三桂的孩子和张夫人!"刘宗敏得意道:"行,只要你跟我走,吴三桂的家眷我不杀,也不带走,要他们也没用,你这么漂亮肯定是吴三桂的心肝宝贝,我就是要让他疼。""来人,将美人给我带回府里去。"刘宗敏朝外面的士兵喊道。

少时,进来几个士兵将陈圆圆带走。

张氏看着陈圆圆被带走,心里还是有些感激和愧疚。

陈圆圆面对张氏说:"张姐姐,你带着几个孩子先找个地方躲起来吧,不用担心我。只要你们没事,我做什么都愿意,我的命就是吴家的。"

刘宗敏跟着就走了出去。

此时的吴三桂正在山海关排兵布阵,准备迎战多尔衮的铁骑吴三桂正在营帐里看着军事地图,和几个部将商议对清军作战的计划。

部将张国柱急急匆匆走了进来,来到吴三桂的面前,凑到吴三桂的耳边将陈圆圆被掳一事禀告于他。

吴三桂大怒道:"刘宗敏匹夫,好生大胆,竟敢抢走我的爱妻。我一定要杀了他。"张国柱道:"平西伯,你不能杀刘宗敏,你要是杀了他,就和闯王李自成彻底决裂了。为了大计,你要三思而行啊!"吴三桂道:"我本有意投降李自成,现在看来李自成的大军也难成气候,我吴三桂不能跟着这样的人走。既然他们不仁,休怪我不义。国柱,你立刻替我修书给多尔衮和皇太极,我要投降他们,放他们入关。"

众部将一起跪在了吴三桂的面前,异口同声道:"平西伯,你要三思啊!如果放鞑虏进中原,平西伯你就是千古罪人啊,你如何对得起明朝的历代先帝?"吴三桂道:"大明已亡,我必须给自己找一个靠山,这个李自成难成气候,或许这关外的清朝才是我该效力的。为了我的将来,为了我的美人,我心意已决,谁也不要再劝。"张国柱无可奈何道:"遵命,我这就去信给皇太极。"张国柱缓缓退出了营帐。

吴三桂对几位部将道:"你们都出去吧,既然已经决定投降清军,这作战计划取消吧，你们都出去，让我一个人静静。"

几位部将纷纷出了营帐。

数日后，吴三桂放清军入关，大军会同吴三桂的兵马一起向北京城涌来。李自成的农民军在吴三桂和清军正规军的两面夹击之下，节节败退，再无招架之力，受到重创后的李自成仓皇逃离北京。李自成的大军丢盔弃甲，为了逃生，将抢来的辎重还有不便带走的妇女全部都扔在了路边。

吴三桂踏着京城的战火寻来，一直寻到了刘宗敏的府上。此刻陈圆圆狼狈不堪，衣衫不整，头发也散乱，脸上全都是尘土。她一个人坐在刘府院子里的台阶上发呆，一副失魂落魄的样子。

吴三桂带着几名亲兵寻来，见到陈圆圆，吴三桂大喊道："夫人！"

意识恍惚的陈圆圆听到了吴三桂的声音，连忙抬起头，一见是吴三桂，欣喜不已的陈圆圆扑向了吴三桂，依偎在了吴三桂的怀里。吴三桂紧紧地抱着她，喜极而泣道："圆圆，我可算找到你了！"

陈圆圆哭诉道："夫君，我以为这辈子再也见不到你了，现在天下到处都在打仗，我很害怕。这刘宗敏听说你一来，他就吓跑了。我是逃出来的，他现在只管逃命，根本没有心力再带走我。"

吴三桂将身上的披风解下来，为陈圆圆披上，为陈圆圆整理了凌乱的头发，安慰道："现在我找到你了，不用怕了。我为大清立下了汗马功劳，这次清军入关，全都是因为我的协助，为夫现在深得多尔衮的信任，以后高官厚禄肯定少不了。"

陈圆圆忧虑道："夫君，你放鞑虏入关，会背负千古骂名的！"

吴三桂道:"我管不了那么多了,圆圆,当国柱告诉我,你被刘宗敏掳走的时候,我恨不得立刻杀了他冲进京城救你!我本意是投降李自成,但是李自成负我在先,他的部下掳走你,我只有投降清军!圆圆,现在知道你在我心里的位置了吧?"

"原来夫君这么做都是为了我,我陈圆圆何德何能。"陈圆圆道。

吴三桂笑道:"夫人,为了你,我吴三桂什么都做得出来。"

陈圆圆道:"你找到张姐姐和应熊他们了吗?"

"找到了,他们现在都好好的呢,我们回家吧。"吴三桂搂着陈圆圆就往外面走。

陈圆圆心里明白,这个伟大的男人,又那么爱她,她的心里很甜蜜。

吴三桂配合清军打败了李自成,被清廷封为平西王。此时的皇太极已经去世,他的儿子,幼小的福临在多尔衮的扶持下,迁都北京,成为清朝入关后的第一位皇帝。此后陈圆圆一直跟随吴三桂辗转征战。吴三桂平定云南后,圆圆进入了吴三桂的平西王府,一度"宠冠后宫"。

晚年,陈圆圆年老色衰,吴三桂另有宠姬数人,圆圆日渐失宠。陈圆圆看破红尘,回望一生,皆是戏剧、笑话,跟她当年在苏州梨园歌颂的那些爱情故事一样,都是笑话。圆圆遂入道,"布衣蔬食,礼佛以毕此生"。一代红妆从此豪华落尽,归于寂寞。

陈圆圆,作为"秦淮八艳"之一,才情与"八艳"之首的柳如是相差甚远,可能容貌远在柳如是之上。这个女人不简单,因为她,吴三桂

"冲冠一怒为红颜"，改写了历史的走向。也许，不是因为吴三桂引清兵入关，李自成骄奢淫逸迟早会退出历史的舞台。但是清军会晚很多年入关，清军入关，吴三桂起了很大的作用。

陈圆圆因为貌美，而且生在乱世，她成为很多男人的玩偶，也成为政治牺牲品。可以说，陈圆圆一生当中经历过的男人无数，仅历史记载就有很多，还不算历史未载入的人。她最后嫁的男人是吴三桂，她深爱着吴三桂，吴三桂也爱她，但是更多的是爱她的外表。纵观古今，其实女子还是比较多情的，容易付出真感情，到最后都是男人辜负女人，这是大多数情侣的结局。陈圆圆看破红尘而入道，历史上，又岂会只有陈圆圆呢。